著 Y.A
イラスト：藤ちょこ
八男って、それはないでしょう！
2
みそっかす

亡くなったお母様と同じ髪型『縦ロール』にすることで、
ヴァイゲル家復興を目指していることを世間にアピールする。
ドレスと共に、これが私の覚悟の表れというものなのですから。
カタリーナ
第一話
『カタリーナという名の少女』より

カチヤ
放出魔法は使えないけど速度には自慢のあるあたいは、
ロングソードで横合いから斬りかかり、
初めてホーンシープを仕留めることに成功した。
第二話
『衝撃の出会い』より

アマーリエ
ヴェンデリン
「(もうすぐ、ヴェル君はこの領地を出て行ってしまうのね……)」
夫が円滑に家督と領地を継ぐためとはいえ、
弟たちを領地から追い出してしまう。
よくないこととは思いつつも、
私にそれを止める手はありません。
第三話
『最後の一週間』より

八男って、それはないでしょう! みそっかす 2

CONTENTS

第1話
カタリーナという名の少女
006

第2話
衝撃の出会い
116

第3話
最後の一週間
221

第1話　カタリーナという名の少女

「お父様！　お母様！」

「……カタリーナ、無様《ぶざま》に爵位と領地を取り上げられた父上と母上はすでにこの世にいない。そのうえ、まだ幼いお前を残して死ぬ私とエレナを許しておくれ……」

「カタリーナ……。あなたは長生きするのよ……」

「お父様！　お母様！　お気を確かに！」

「……すまない……」

「……」

「お父様ぁ――――！　お母様ぁ――――！」


貴族であった私の祖父母と両親は、ヘルムート王国で大きな力を持つルックナー侯爵家の策謀によって爵位と領地を奪われてしまった。

理不尽な改易の直後、私が物心つく前にお祖父《じい》様とお祖母《ばあ》様は亡くなってしまい、数年後、度重なる心労で病に伏したお父様とお母様もそれに続くかのようにまだ小さい私を残してこの世を去ってしまいました。

「まだ幼いというのに、家族をすべて亡くしてしまわれるなんて……。カタリーナ様、お労《いたわ》しや……」

「お父様、お母様。そして天国のお祖父様、お祖母様。私は必ず、爵位と領地を取り戻してみせますわ！　その様子を天国から見守ってくださいまし！」

「カタリーナ様、まだ幼いのにご立派でございます」

そのためにも、私は強く生きていかねばなりません。

だからたとえ、代々ヴァイゲル騎士爵家に仕えていて気心も知れたハインツの前でも、決して涙は見せないと心に誓ったのですから。

「ところでカタリーナ様、バース様とエレナ様の葬儀ですが、このハインツめにお任せください」

「わかりました。あなたにお任せしますわ。残念ですが私はまだ子供で、葬儀など取り仕切れるわけがありませんもの」

「必ずや、ヴァイゲル家当主夫妻に相応《ふさわ》しい葬儀を執り行わせていただきます」

ハインツの変わらぬ忠義に感謝しつつも、たとえ立派な葬儀をしても両親の無念は晴れないままなのはわかっています。

本当に両親が天国に行けるのは、ヴァイゲル騎士爵家が無事に復興してからなのですから。

「(だから私は、それまで決して泣きません)」

まるで眠っているようにも見える両親の遺体の前で、私は必ずヴァイゲル家を再興させるのだと、幼心に誓ったのでした。

＊＊＊

「とてもいいお話なんですよ。ですから、是非カタリーナ殿に了承していただきたく……」

「そうおっしゃられましても、こればかりはカタリーナ様がご了承されなければ、私たちにはどうにもできません」

「ハインツ殿、貴殿はカタリーナ殿の後見人なのでは？　あなたが勧めれば、きっと結婚話も進むはずです」

「それは無理ですよ。そもそもカタリーナ様はあと半月ほどで冒険者予備校に入学されるので、ご結婚など微塵《みじん》も考えていないはずですから。それにまだ、カタリーナ様は十三歳。ご結婚されるまで、早くてもあと二、三年はあります。今から焦っても仕方がないでしょう」

「冒険者予備校は一年間です！　卒業後に婚約すればいいんですよ」

「カタリーナ様がご了承されれば我々に断る理由はありませんが、すべてはカタリーナ様の御心のまま。我々が勝手に決めるわけにはいきませんから」

「そこをなんとか！　ハインツ殿、もし貴殿がカタリーナ殿を説得してドーハン子爵家に嫁がせることに成功したら、あなたに家臣としての席を用意すると、お館《やかた》様もおっしゃられております」

「……その手の話は以前から複数ありますが、私はヴァイゲル家以外に仕える気はありません。これ以上話を続けても無駄なようですね。お引き取りを」

「ハインツ殿！」

「アレクシス、お客様がお帰りだ。失礼のないようにお見送りを」

「畏《かしこ》まりました、父上」

ついにカタリーナ様に魔法の才能があることが、ヴァイゲル家に関連する人間以外にバレてしまった。

お館様と奥様がほぼ同時に亡くなられてしまって色々とバタついたため、カタリーナ様が魔力見の水晶で判定をしたのは六歳になってからだった。

カタリーナ様に魔法の才能があることがわかったのはいいが、生憎《あいにく》とカタリーナ様の周囲にはその魔法の才能のみを利用し、ヴァイゲル家復興など微塵も考えないような者たちが大勢いた。

特に、この旧ヴァイゲル騎士爵領の代官を送り出しているルックナー侯爵家と、ヴァイゲル騎士爵家が改易された時になんの手助けもしてくれなかった元寄親《よりおや》であるリリエンタール伯爵家は信用ならない。

だからカタリーナ様は我々以外に魔法のことが知られぬよう、密《ひそ》かに鍛錬を続け、その才能を遺憾なく開花させた。

とはいえ、師匠もなくすべて独学で習得したこともあってか、やはり粗削りなところを気にされている様子で、実践的な魔法を習うべく西部ホールミアランドにある冒険者予備校の門を叩《たた》く運びとなった。

結果は特待生試験を受験して首席で見事合格、半月後には旧ヴァイゲル騎士爵領を出て、ホールミアランドで一人暮らしをすることが決まっている。

幼き頃からカタリーナ様の成長をずっと見守ってきた私としては、遠い西の地で一人暮らしを始める彼女のことが心配で堪《たま》らないが、これもカタリーナ様の成長とヴァイゲル家復興のため。

涙を飲んで、快くカタリーナ様を送り出そうと思う。

本当は距離的にも、在学する魔法使いの数と質においても、講師陣の充実ぶりでも、王都の冒険者予備校に通った方がいいのだが、王都はカタリーナ様の魔法を利用しようと考える悪党貴族たちの巣だ。

だからわざわざカタリーナ様は、なんの縁もゆかりもない西部ホールミアランドの冒険者予備校に入学試験を受けに行かれたのだが、残念ながら我々は奴ら王都の大物貴族たちの目と耳の良さを見誤っていたようだ。

現に今こうして、カタリーナ様を嫁として迎え入れたいという貴族の使者が多数訪ねてきたのだから。

しかもその中には図々《ずうずう》しいことに、ヴァイゲル家を潰《つぶ》したルックナー侯爵家の係累や、寄親だったのにヴァイゲル家を守らなかったリリエンタール伯爵家の親族も含まれていて、不愉快この上なかった。

そんな結婚話、カタリーナ様が受け入れるわけがなかろう。

だから私が対応しているのだが、それにしても人の足元を見おって！

だが残念だったな。

三日後には、カタリーナ様はここを出て西部ホールミアランドへと向かう。

今さら結婚話など持ち込んでも無意味なのだから。

ヴァイゲル家復興について、カタリーナ様は大物貴族の係累に嫁いで機会を待つのではなく、自らの力で成し遂げることを決意された。

それにどうせ、カタリーナ様が大物貴族やその係累と結婚したところで、ただ魔法を利用されるだけで、ヴァイゲル家復興は難しいと私も読んでいる。

カタリーナ様に魔法の才能があると判明したその時から、たとえ困難な道でも、カタリーナ様ご自身で道を切り開かれると決意なされた。

ならばそれを信じてお支えするのが、我らヴァイゲル家に関わる者たちの務めだと私は思うのだ。


『ハインツ殿、あなたは元ヴァイゲル家の家宰ではないですか。ここは、寄親であったリリエンタール伯爵家にカタリーナ殿が嫁ぐよう、説得するのが筋なのでは？』

『筋？　寄親なのに、ヴァイゲル家が改易されてもなにもしなかったリリエンタール伯爵家にカタリーナ様が嫁ぐよう説得するのが正しい？　随分と変わった言い分ですな』

『とてもいいお話ではないですか！』

『どこがです？　それならせめて、カタリーナ様をリリエンタール伯爵家の跡取りの正妻として迎え、生まれた子にヴァイゲル家を復興させると約束するくらいの条件は出すのが礼儀でしょう。私の言っていることは間違っていますか？』

『……』

さすがに、リリエンタール伯爵家側も無理筋な話だとわかっていたのか、私が本音を口にしたら黙り込んでしまった。

『これ以上話を続けても時間の無駄でしょう。お引き取りを』

『……失礼する』

あの時のやり取りは、今でも思い出すだけで腹が立つ。

せめてカタリーナ様が成長されるまで支援の一つもしてくれていれば話も違っただろうが、リリエンタール伯爵家は、お館様と奥様の葬儀にも来なかったではないか！

もうお館様と奥様は貴族ではないという理由で。

残されたカタリーナ様は、我々元家臣たちがずっと成長を見守ってきたのだ。

それがカタリーナ様に魔法の才能があるとわかった途端、跡取りの三番目の妻になれだと？

いくらヴァイゲル家が改易されたとはいえ、そんな条件を出すなんて常識ハズレにも程がある！

これでは、仮にカタリーナ様がリリエンタール伯爵家に嫁いだとしても、ヴァイゲル家復興は一切期待できない。

それがわかっておられるから、カタリーナ様はすべての結婚話を断るよう私に指示を出され、王都の悪徳貴族たちの縄張りではない西部ホールミアランドにある冒険者予備校で魔法の腕を磨くことにされたのだから。

「しかしながら父上、カタリーナ様が魔法を使えることは、すでに多くの貴族たちの間に広がっているはずです。これからもゾロゾロとやってくるでしょうな」

「彼らの話を断り続けるのは我々の仕事だ。カタリーナ様が存分に冒険者予備校で魔法の修練ができるようにな。もうすぐ西へと旅立たれる、その準備に忙しいカタリーナ様のお手を煩わせるわけにはいかないのだ」

私はもう年なので、カタリーナ様が名声を手にし、ヴァイゲル家を復興させるまで生きていないかもしれない。

これからは、私の息子であるアレクシス、お前がカタリーナ様の邪魔をする貴族たちの矢面に立たねばならないのだ。

「大物貴族の使者たちに断りを入れる仕事は面白そうですからね。どうやら彼らは、自分たちの要求が断られるとは微塵も思っていないようで……」

「無駄にプライドが高いからな。自分は大物貴族ではないのに不思議な話だが、その代理で使者に赴くと、自分も大物貴族になったような気分になる者が一定数存在するのだ。そういう無礼者は交渉を失敗させる確率が高い。そしてそんな者を使者に任じる貴族は愚か者だ。彼らの話など聞く価値もない」

まさか改易された元貴族に断られるなんて……と衝撃を受け、激昂《げきこう》して『お館様に言いつけてやる！　覚えておけ！』と捨て台詞《ぜりふ》を吐いて去る者もいる。

「別に怒らせても大した問題ではないがな。それよりも、アレクシスがその手の連中に怯《おび》えてカタリーナ様に結婚を勧めるなんてことになる方が問題だ。気をつけて対処してくれよ」

「わかっていますとも。私としても、自分を見下しているような連中に配慮する必要を感じませんからね。しっかりと断りますよ」

これからしばらくは、カタリーナ様を嫁に迎えたい貴族たちの相手で忙しそうだが、アレクシスに任せれば問題あるまい。

私たちも宿屋の経営があるので暇ではないのだが、これもカタリーナ様のため。

元ヴァイゲル騎士爵領は王都に近くて大きな街道沿いにあり、王都から次々と大物貴族たちの使者がやってくる。

それを考えると交通の便がいいというのも考えものだが、おかげで我々元ヴァイゲル家の家臣や領民は宿屋の経営で比較的裕福に暮らしていける。

そんな領地だからこそ、ルックナー侯爵家に目をつけられて改易されてしまったわけだが、たとえこの地に代官が着任してきても、我々の真の主人はカタリーナ様だ。

カタリーナ様が自らのお力でヴァイゲル家復興を目指すというのであれば、我々家臣と領民たちはそれをお支えするのみ。

ただそれだけのことである。

＊＊＊

「ハインツ、また結婚のお話があったと聞きましたが……」

「ありましたが、カタリーナ様がお気になさる話ではありません。今は出発の準備に集中していただきたく思います」

「私の魔法がバレてしまったら、突然増えましたわね。ホールミアランドの冒険者予備校の特待生試験で、魔法を使っただけですのに……」

「魔法使いは、それもカタリーナ様ほど優秀な魔法使いは常に不足しておりますからな。たとえ西部でも、王都の大物貴族たちの目と耳があるということです。お気をつけて」

「ありがとう、ハインツ。とはいえ、私がすることはただ一つ！　冒険者予備校で魔法に磨きをかけ、冒険者となってお金を稼ぎつつ知名度を上げ、ヴァイゲル家復活を目指すのみですわ！」

「おおっ！　実に頼もしいですな」
「今の私が貴族に嫁いだとしても、ただ魔法を利用されるだけで、ヴァイゲル家の復興はできないでしょう。それならば、授かった魔法で自らの人生を切り開くのみですわ！　そういえば、冒険者予備校の入学式で着るドレスが仕上がっていたはず。早速マルスのところに取りに行ってきます」
「行ってらっしゃいませ、カタリーナ様」

ヴァイゲル家の家宰にして、私の親代わりでもあったハインツから結婚話が急増しているという報告がありましたが、入学試験での魔法の実演で私が魔法使いであることがバレてしまったからでしょう。

ですが、今の私は結婚よりもヴァイゲル家の復興の方が重要ですし、ハインツは私の気持ちを重々承知なのですべて断ってくれています。

私がホールミアランドの冒険者予備校に入学してしまえば、あそこは西部の雄ホールミア辺境伯家の縄張りなので、王都の貴族たちは私にちょっかいをかけられないはず。

貴族は縄張り意識が強いですから。

そんなことを考えながら街を歩いていると、多くの住民たちが手を振ったり、会釈をしてきます。

ここはすでにヴァイゲル騎士爵領ではなくなっていますが、みんな、お祖父様が領主だった時のことを忘れず、陰ながら私を手助けしたり、応援してくれるのでとてもありがたいです。

そんな元領民たちの期待に応えるためにも、私は必ずヴァイゲル家を復興させなければ。

「マルス、頼んでいたドレスが完成したと聞いて取りに伺いましたわ」

「おおっ！　カタリーナ様ではないですか。ご注文どおり仕上げましたが、これでよろしいでしょうか？」

「ええ、大満足の出来ですわ」

ホールミアランドの冒険者予備校に入学するにあたり、私は旧ヴァイゲル騎士爵領内にある馴染《なじ》みの洋品店で、ドレスをオーダーいたしました。

これまでは、この旧ヴァイゲル騎士爵領の代官をしている、憎《に》っくきルックナー侯爵家の係累に隙《すき》を見せるわけにいかず、魔法が使えることを隠す目的もあったので地味な服装を心掛けておりましたが、私が魔法を使えることが知られた以上、もう遠慮する必要はありません。

それどころか、私が下手に大人しく謙虚にしていたら、またどこかの貴族が私に嫁入りしろと迫ってくることは必定。

さらに私は、王都の大物貴族の助けを借りずに己の実力のみでヴァイゲル家の復興を目指すと誓った身なのです。

これからは常に貴族としての誇りを持つべく、それに相応しい振る舞いを心掛けなければいけません。

そこで、代々のヴァイゲル家の女性が好む紫色のドレスをオーダーしました。

これほどまでに見事なドレスなら、冒険者予備校の入学式に着ていくのに相応しいはず。

とても高価なものですが、代々ヴァイゲル家のためにドレスを作ってくれていたマルスの洋品店に仕事を頼み、高価なドレスの代金を支払うことで彼のお店が潰れないようにすることも、その土地を治める貴族の大切な義務なのですから。

貴族たる者、浪費しすぎてもケチすぎてもよくないと、常々ハインツが言っていました。

私たち貴族の浪費で領民たちの生活を支えることができるのなら、その出費を躊躇《ためら》ってはいけないのです。

ヴァイゲル家は改易されましたがそれなりの資産があったことと、これまでずっと地味に暮らして節約を心がけ、夜中に魔法の修練も兼ねて狩猟、採集に勤《いそ》しんだので、ドレスの代金は支払えない額ではありません。

「(これまで、私の代わりに狩猟、採集物を換金してくれたハインツに感謝ですわ)マルス、この洋品店の経営は大丈夫ですか?」

貴族の女性が着るのに相応しい、紫を基調とした豪華なドレスをマルスの奥さんに着付けてもらいながら、ヴァイゲル家という顧客を失ってしまったマルスにお店の経営状態を尋ねます。

貴族たる者、領民たちがちゃんと暮らせているか、常に気を配る必要がありますから。

「ヴァイゲル家からのご注文は七年ぶりですが、その間はここの住民たちの服などを作ってなんとか食べていました」

「売り上げは落ちていないのですか?」

「落ちましたし、価格が安い服を沢山作らないといけないので忙しくなりましたが、カタリーナ様がヴァイゲル家を復興させるまで、潰れることはないのでご安心ください」

「代官家の仕事は受けないのですか?」

代官とその家族はヴァイゲル家の仇《かたき》ではありますが、貴族なのでドレスなどをオーダーしてもらえれば、マルスの洋品店の経営も大きく助かると思うのです。

「カタリーナ様、この洋品店は二百年以上、代々ヴァイゲル家の方々のドレスや服を作り続け、そのことに誇りを持っています。突然やってきた代官とその家族が着る服を作る仕事など、このマルスは死んでも引き受けません。でもご安心を。最近、近隣の領民たち向けの服が売れるようになってきたので、うちが潰れる心配はありませんから」

「それならばよろしいのですが……」

マルスの奥さんに着付けてもらった紫のドレスはとても美しく、着心地も最高ですわね。

「カタリーナ様、よくお似合いですぞ」

「奥様を思い出しますねぇ」

生前、お母様は定期的にマルスのお店に顔を出し、奥さんのララーと楽しそうに話していたのを思い出します。

私も何度かお供しましたから、よく覚えているのです。

「私はお母様似だと、よく言われていたのを思い出しますわ」

「エレナ様も、天国からカタリーナ様のドレス姿を見て、とても似合っているとおっしゃられているはずですよ」

お母様、カタリーナはこれより常に貴族として振る舞い、必ずやヴァイゲル家の復興を成し遂げますから。

「カタリーナ様の出発にドレスが間に合って本当によかったです。どうかお気をつけて」

「マルスもララーも、私がヴァイゲル家を復興させるまで元気でいるのですよ」

「私たち夫婦は年を取りましたが、まだまだ現役ですからご安心を」

「ヴァイゲル家が復興するまでは死んでも死にきれませんとも。ねえ、あなた」

「ははは。まだまだ私は現役ですとも。ところでカタリーナ様、次はアンダルクの理髪店に向かわれるのですね」

「よくわかりましたね」

「カタリーナ様が必ずヴァイゲル家を復興させるのだと、世間に対しその意思を表明するためには、私のドレスと共にアンダルクに髪を結ってもらうことが必要だと思っておりましたので。そのために、これまで髪を伸ばしてこられたのでしょう？」

「マルスにはお見通しでしたか。これからアンダルクの理髪店に向かいますわ」


マルスの洋品店を出た私は、アンダルクという人物が経営している理髪店へと移動しました。

私はこれまでは髪を伸ばすのみで、特に髪型には拘《こだわ》っていませんでしたが、ヴァイゲル家の復興を目指すことを世間に示すためには、亡くなったお母様と同じく貴族女性に相応しい髪型にする必要があると思ったのです。

「おおっ！　カタリーナ様ではありませんか。髪の長さは十分……。ふふふっ、お任せください。このアンダルクがこれまでに習得した髪結いの技術を総動員して、貴族令嬢に相応しい髪型に仕上げてご覧に入れましょう」

アンダルクは私を店内の椅子《いす》に座らせると、すぐさま髪を洗ってくれました。

「これまではずっと自分で髪を洗っていましたが、さすがはプロですわね」

「お褒めに与《あずか》り光栄です」

貴族として没落してしまった私が、アンダルクに髪を手入れしてもらうと代官たちに目をつけられる可能性があるのでこれまでは自分でやっていましたが、さすがにお母様が『真の貴族女性の髪型』だと言っていた縦ロールを自分で巻くのは難しいので、アンダルクの手腕に頼るしかないのです。

「今でも思い出します。その昔、エレナ様が髪を巻くために来店された時、まだ幼いカタリーナ様もご一緒で、成長されて髪が伸びた暁には、必ずエレナ様と同じ縦ロールを巻きたいとおっしゃられていたのを」

亡くなったお母様と同じ髪型『縦ロール』にすることで、ヴァイゲル家復興を目指していることを世間にアピールする。

ドレスと共に、これが私の決意の表れというものなのですから。

「ただ一つ気になることがありまして。縦ロールは定期的に髪を巻く必要があると思うのですが、私がホールミアランドに旅立ってしまうと、アンダルクに髪を巻いてもらうことができません」

椅子に座って縦ロールを巻いてもらっている私は、これからどうやってこの髪型を維持すればいいのか、アンダルクに尋ねます。

私は死ぬまでこの髪型を維持するつもりですから。

「カタリーナ様がそうおっしゃると思って、こんなものを用意させていただきました」

「これは？」

「カタリーナ様の縦ロールを維持するための髪巻き器です。これで髪を巻いて温めていただきますと、簡単に縦ロールができるのです」

「素晴らしい発明ですわね」

私の場合、髪巻き器を巻いた髪を温めるのは魔法でできますから。

「カタリーナ様はこれから冒険者として、人里離れた場所に出かけることも多いはず。プロであるホールミアランドの髪結いも利用しつつ、このようなものを使って縦ロールを維持すればよろしいかと」

「ありがとう、アンダルク」

これから一人暮らしをしながら冒険者予備校に通い、魔法の鍛錬をしつつ、狩猟や採集で何日も野営することもあるでしょうから、どうやって縦ロールを維持するかが悩みの種でしたが、これで無事解決というもの。

「カタリーナ様、完成しましたよ。エレナ様を思い出しますなぁ」

「本当ですわね」

無事に見事な縦ロールが巻きあがりましたが、昔のお母様を思い出し、私もアンダルクも涙ぐんでしまいました。

「私はお母様の髪型を受け継ぎ、必ずやヴァイゲル家を復興させます！　それが実現したら、アンダルクに専属の髪結いになっていただきませんと」

「そんな日が一日でも早く訪れることをお待ちしております」

ドレスに続き、貴族令嬢に相応しい髪型を手に入れた私は、そのあとホールミアランドでの生活に必要なものをすべて旧ヴァイゲル領内のお店で購入。

貴族は自分の領地でお金を回さないといけませんから。

購入したものを独学で作りあげた魔法の袋に仕舞い、そして翌日、ハインツたちや大勢の元領民たちの見送りを受けて西部ホールミアランドへと旅立つはずだったのですが……。

「ええっ――――！　この髪はなんなんですのぉ――――！」

朝、起床した私は、自分の髪がとんでもないことになっているのに気がつきました。

「これは……」

昨日、綺麗《きれい》に縦ロールを巻いたはずの髪が、どういうわけか四方八方に跳ね上がってまるで爆発したようになっていたのです。

「こんな髪型では、出発できませんわ！　急ぎアンダルクのところへ！」

私はスカーフで跳ね上がった髪を押さえながら、アンダルクの理髪店へと駆け込みます。

「あれまぁ、カタリーナ様の髪は意外と癖が強いのですね。だとすると、この縦ロールは厳しいかもしれません」

「この私が、貴族女性にもっとも相応しいとされる縦ロールを諦める？　昨日貰《もら》った髪巻き器を使いこなせれば問題ありませんわ！　アンダルク」

「ですが、毎朝髪がこんなになってしまうとなると、縦ロールを維持するのは大変だと思います」

「それでもこの私は、縦ロールに拘りたいのです」

私は出発予定を遅らせ、縦ロールを完璧に巻けるようアンダルクの指導を受けました。

「たとえ、毎朝髪を巻くのに時間がかかっても、私はこの髪型を死ぬまで維持するつもりです。なぜなら、縦ロールこそ真の貴族女性の象徴たる髪型なのですから！」

想定外のトラブルで、出発がお昼近くになってしまいましたが、私は集まってくれた元領民たちに見送られて、元ヴァイゲル騎士爵領から旅立ちました。

「カタリーナ様、お元気でぇ――――！　必ずここに戻ってきてくだせぇ――――！」

「「「「「「「「カタリーナ様ぁ――――！　行ってらっしゃいませぇ――――！」」」」」」」」

「「「「……」」」」

代官とその家臣たちがそんな私たちの様子をうかがっていますが、私も家臣も元領民たちも決してあなた方の嫌がらせには屈しません。

彼らに対抗する力を手に入れるべく、私は住み慣れた故郷を出て西部へと旅立つのでした。

＊＊＊

「おい！　カタリーナは、本当にこの山道を通るんだな？」

「私は、旧ヴァイゲル騎士爵領を出て西の街道を進む彼女の様子を確認してからこちらに駆けつけましたから。どうやら彼女はあまりお金を持っていないようで、西部ホールミアランドまで魔導飛行船を使わず、ここを通って西にある町で馬車に乗るはずです」

「改易された貧乏貴族の娘だからな。魔導飛行船の運賃など払えないか。ここで待ち伏せできるとなれば、俺様としても楽だ」

没落貴族の小娘のくせに、王都でも有数な大物法衣貴族であるルックナー侯爵家に連なる私からの結婚話を断りやがって！

生意気だし、身の程知らずにも程がある。

この俺様が、三番目の嫁に貰ってやると言っているんだ。

ありがたく受け入れて、俺様のためにその魔法を役立てやがれ。

「まあいい。これからの夫婦生活も考えると、生意気な小娘には教育が必要だからな」

どうせ俺様の妻になるのだから、ここで手籠《てご》めにしても同じこと。

小娘は魔法使いだがまだ未熟だし、ここは背の高い草木が生い茂った視界の悪い山道だ。

隙をついて襲いかかれば、いくら魔法使いでも反撃できまい。

「エイフ、二人で一斉にカタリーナを押さえつけるんだ。わかったな？」

「あのぅ……。彼女は魔法使いなんですが、本当に大丈夫なのでしょうか？」

「これから冒険者予備校で、本格的に魔法を習うような未熟者だ。貴族である俺様にかかれば余裕
……」

ガサガサ。

「エイフ！　もうすぐカタリーナがやってくるんだ。不用意に音を立てるな」

まったく、これだから平民は無能で困るんだ。

カタリーナがここにやってくる前に音なんて立てたら、怪しんで引き返してしまうかもしれないだろうが。

「ミック様、私は音など立てていませんが……。音はあそこからしているようですよ」

そう言ったエイフが指差した茂みをよく見ると、確かにそこが揺れて『ガサガサ』と連続して音を立てているのが確認できた。

「何者だ？　俺様はこれから大切な作戦を実行しなければいけないんだ！　とっととその場から失《う》せろ……」

「グモォ――――！」

「あれ？」

「ミック様！　くっ、熊だぁ――――！」

なんと、先ほどから茂みを揺らして音を立てていたのは巨大な熊だった。

「こっ、ここに熊がいるなんて情報があったか？」

「さすがにそれはわかりません」

「なんだと？　そんな無責任な話があってたまるか！」

それを調べるのが、俺様の家臣であるエイフの仕事だろうが！

まったく、無能な平民はすぐに仕事をサボろうとするから困る。

「私はあの小娘をずっと見張っていたので、そんな時間はありませんでしたよ。そもそも、ミック様が私しかここに連れてこないから……」

「言い訳するな！」

大勢連れてくると、経費がかかるから仕方がないんだ。

無事にカタリーナを嫁にできたら、あいつの魔法でお金を稼ぐことができるから俺様はもっと家臣を増やせるし、贅沢《ぜいたく》に暮らすことだってできる。

なんなら、ルックナー侯爵家から独立することだって。

「グモォ――――!」

「なっ、なんかとても怒ってないか?」

「私たちを縄張り荒らしだと思っているのでしょう。なので、とっとと逃げましょう」

「あっ、エイフ!　待て!」

エイフは躊躇うことなく俺を置いて、殺気の籠《こも》った唸《うな》り声をあげるクマの前から逃げ出した。

どこの世界に、主人を置いて逃げる家臣がいるというのだ。

「おい熊!　この俺様を誰だと思っている?　俺様はあのルックナー侯爵家に連なる者で……」

「グモォ――――!」

「ひぃ――――!　助けてぇ――――!」

まあいい。

カタリーナよ、今日のところは見逃してやろうじゃないか。

そして熊!

俺様が本気を出せばお前など一撃で殺せるが、俺様の目的はカタリーナであって熊ではない。

頭が悪い奴はそこを見誤るが、俺様は賢い男だからな。

「熊など倒したところで、その素材が手に入るのみだからな。次の場所でカタリーナを待ち伏せしなければいけないので、今日のところは見逃してやろうじゃないか」

俺様の慈悲深さに感謝するのだな。

いくら畜生でも、そのくらいのことは理解できるはず。

「グモォ――――！」

「逃げるぞ！」

「はい！」

俺様とエイフは一目散に、熊が出没した山中から逃げ出した。

「追いかけてきませんね。普通はかなりの確率で追いかけられるのですが……」

「エイフ、命拾いしてよかったな」

もしそうなっていたら、高貴な生まれでこの世のためになる俺様が殺されないよう、エイフが熊の前に立ち塞《ふさ》がる予定だったのだから。

「私が熊の囮《おとり》に？　食べ物をばら撒《ま》いて熊の気を引くのが普通のやり方じゃないですか」

「俺様が確実に生き残るためだ」

平民であるエイフと、貴族である俺様。

どちらの命が大切なのか、わざわざ口にするまでもないことではないか。

「とにかく熊が追いかけてこないでよかった。エイフ、次は馬車が出るという西の町で待ち伏せするぞ」

「町中で女性を襲うんですか？　そんなことしたら捕まってしまいますよ」

「うるさい！　俺様に指図するな！　もし捕まりそうになっても、ルックナー侯爵家の名前を出せば、俺様を捕まえることなどできない……っ！」

出没した熊から逃げることに成功し、馬車が出る西の町を目指して走っていた俺様とエイフの前に、なんともう一匹の巨大な熊が現れた。

「ミック様、最初の熊が私たちを追いかけてこなかった理由って……」

「この熊の縄張りに入らないためかぁ――――！　エイフ、俺様のために囮になるんだ！」

「嫌ですよ！」

「主人に対し、なんたる口の利き方だ！　あとで覚えてろよ！」

とにかく今は、二匹目の熊から逃げることが先決だ。

俺様とエイフは獣道すらない山道を、体中傷だらけになりながら全速力で駆け下り、熊がいる山中から逃げ出すことに成功した。

「ふう……。命拾いしたな」

「あのぅ……。例の小娘ですが、もしかしたら二匹の熊に立て続けに襲われてしまうのでは？　ここでミック様が彼女を助ければ、犯罪紛《まが》いの強硬手段を用いなくても、彼女に感謝されて結婚できるかもしれませんよ」

「……まあ、カタリーナは魔法使いだからな。俺様が助けなくても大丈夫なはずだ」

「はあ……」

「なにか文句あるか？　どうせまだ時間はたっぷりあるんだ！　必ずカタリーナを妻にするぞ。そうすれば俺様は、ルックナー侯爵家からの独立だって可能になるんだからな」

まだ俺様は失敗していない。

熊から逃げる際にちょっと迷子になってしまったが、カタリーナよりも先に西の町に着き、そこで彼女を手籠めにすればいいのだから。

「ところでエイフ。ここがどの辺かわかるか？」

「さっぱりわかりません」

「わからんだと！　お前は相変わらず役に立たんな！」

「そんなことをおっしゃられましても、ミック様が熊から逃げる際に、ろくに方向も確認しないからですよ」

「うるさい！　とにかく西の町を目指すぞ！」

ところがエイフが無能なばかりに、俺様とエイフが西の町に辿《たど》り着いた時には、すでにカタリーナはホールミアランド行きの馬車に乗ったあとだった。

「エイフ！　一旦《いったん》王都に戻って、ホールミアランドでカタリーナを妻にするための準備を整えるぞ！」

「まだやるんですか？」

「いちいち反論するな！」

俺様が、オマケ扱いである貴族の親族ではなく貴族家の当主として独立するため、カタリーナは絶対に必要な女なのだ。

必ず手に入れてやるからな！

＊＊＊

「……熊ですか」

馬車が出る西の町を目指して山中の道を歩いていると、こちらに恐ろしいスピードで向かってくる生物を『探知』しました。

目視できる距離になってから確認すると、大きな熊が私を餌だと思って襲いかかろうとしているようです。

ですがこの私は、ヴァイゲル家復興のため魔法を極めようとしている身。

熊ごときに負けるなど、決してあってはいけないのです。

「熊など、これまでの自己鍛錬で何度も狩ったことがあるのですから。私の最終目標は、討伐すれば一気に名を上げることができる竜！　それも、名のある属性竜を単独で倒すこと！」

魔物の領域のボスである属性竜を倒すことができれば、女性である私でも貴族になれるはず。

「そんな私が、熊から逃げることなど決してあり得ません！　『ウィンドカッター』を食らいなさい！」

私はこれまで何年も練習してきた『ウィンドカッター』をこちらに突進してくる熊に向けて放ち、狙いどおり首筋を切り裂くことに成功しました。

上手《うま》く頸動脈《けいどうみゃく》を切り裂いたようで、熊は首筋から大量に出血、そのまま失血死して私の元に辿り着くことはありませんでした。

「熊でしたら十分馬車代の足しになりますわね。これはラッキーでしたわ」

その後、運よくもう一匹熊を倒すことに成功して、これを売ったお金で馬車に乗ることができました。

「(熊は難なく倒せるようになったので、ホールミアランドの冒険者予備校でしっかりと魔法を学んで、名つきの属性竜を倒せるように頑張りましょう)」

ヴァイゲル家復興のため、頑張って強力な魔法を習得しませんと。

そしてそれこそが、女性である私がヴァイゲル家を復興させるための、もっとも確実な近道なのですから。


「いよいよ冒険者予備校生活の始まりですわね。まずは初めての顔合わせである入学式。同級生のみなさんに、私の存在をしっかりとアピールしませんと」

代々ヴァイゲル家のためにドレスを作ってきた洋品店のマルスがこの日のために丹精込めて縫製してくれたドレスを着て、私は冒険者予備校の入学式に参加しました。

これまでの私は、旧ヴァイゲル騎士爵領を治めるルックナー侯爵家と縁戚関係にある代官に目をつけられないよう、静かに地味に暮らしてきました。

両親の死後に判明した魔法の才能すら、私が幼いうちは彼らに利用される危険があったので、室内や夜誰もいない場所でこっそりと練習していたほどですから。

ですが、すでに私が魔法を使えることはバレておりますし、これからは己の力のみでヴァイゲル家復興を成し遂げなければいけません。

ならば変に縮こまることはよくないと考え、たとえ今は爵位と領地を奪われていても、必ずや貴族として復活するのだと、周囲の方々に対し強くアピールすることが大切だと理解したのです。

「(今日という日は、憎っくきルックナー侯爵家への宣戦布告の日でもあるのです)」

だから私は、これからは常に貴族らしく振る舞うことにしたのです。

「(代々ヴァイゲル家の人間に武具を作ってくれた武器屋のラードフですが、さすがに魔法使い用の杖《つえ》は作ったことがなく、ホールミアランドで買った練習用の杖のみというのが残念ですわ。そのうち、貴族と魔法使い、両方に相応しい杖をオーダーしませんと)」

校長先生の話が長いので退屈……ちょっと眠くなってきました……。

いいえ、私は貴族なのですから、たとえ死ぬほど退屈な校長先生のお話でも決して居眠りなどせず、エレガントに聞き続けなければなりません。

居眠りなんて下品な行為などもってのほか。

……とはいえ、一秒でも早く終わってほしいですけど……。

ただ一つ気になるのは、みなさん、随分と地味な服装ですわね。

せっかくの晴れの舞台なのですから、みなさんも存分に着飾ればよろしいのに。

＊＊＊

「(ええっ――――！　なんなの？　あの人は！)」

今日は冒険者予備校の入学式。

とはいえ、ワクワク感なんてものは一切なかった。

私は西部に領地がある貧乏騎士爵家の七女で、残念ながら政略結婚の駒にもなれないので、己で人生を切り開くために冒険者を目指すことにした。

でも魔法が使えるわけでもなく、大してお金も持っていないので、女の子なのに地味な服装で入学式に参加している。

選ぶほど服を持っていないというのもあるけど。

冒険者予備校の入学式に出席している生徒で実家が太い人なんていない——そもそんな人は冒険者予備校に入らない——ので、身なりもそれなりだ。

ところが一人だけ、ハデハデなドレスに場違いな縦ロールを靡《なび》かせた少女がいて、当然のことながらとても目立っていた。

そんな彼女を見ながらヒソヒソと話している同級生たちもいたけど、その少女はまったくそれが気にならないみたいで、校長先生の話に聞き入っている。

彼女は確か魔法使いで、特待生として入学したカタリーナさんのはず。

実家は中央にあるのに、王都ではなく西部にあるホールミアランドの冒険者予備校に入学したのは、彼女が没落貴族の娘で中央の貴族たちと確執があるから。

私は父からそう聞いていて、さらに面倒だから彼女には関わるな、とも言われていた。

特待生になれるほどの魔法使いなのに、ホールミア辺境伯家がカタリーナさんに声をかけないのは、中央の貴族たちと揉《も》めたくないと思っているからだとか。

私個人としては、そんなカタリーナさんは大変そうだなって思っていたのだけど、彼女自身はそんな苦境を気にもせず、まるで宣戦布告をするかのように派手なドレス姿と縦ロールの髪を見せつけていた。

ホールミア辺境伯家からの無視など気にせず、ましてや、その意向に従って彼女を同じく無視する生徒たちなど眼中にないと言わんばかりの態度だ。

実際彼女の派手なドレス姿と縦ロールに圧倒され、私たちは言葉が出なかった。

「（一見、カタリーナさんの服装はＴＰＯを弁《わきま》えない酷《ひど》いものだけど、彼女はそれをわかっていても、あえて派手なドレス姿を選んだのね！）」

いくら周囲の人たちが自分に対し冷たい態度を取っても、彼女は弱気を見せることなく孤高を貫くことを宣言した。

「（尋常でない覚悟！　そして、ホールミア辺境伯家が自分のことをどう思おうとまったく気にしないと、今この場で宣言したようなものね！）」

カタリーナさんは、まだ成人前の少女でしかない。

いきなり冷たくされて孤立すれば、不安や寂しさから、ホールミア辺境伯家に縋《すが》ろうとするはず。

でもそれこそが罠《わな》で、カタリーナさんはホールミア辺境伯家に囲い込まれる……。

もし中央の貴族たちから苦情が出ても、『彼女がそれを望んだので受け入れた』と、ホールミア辺境伯家は言い訳ができる。

そんな作戦だったはずなのに、彼女はあえて入学式に不向きな、まるで空気を読まないと批判されても仕方がない派手なドレスと髪型で、彼らに対し返答するなんて！

きっとホールミア辺境伯家の意向を受けている校長先生は、思惑が外れてガッカリしているはず。

一見すると、噂《うわさ》どおり長いだけでクソつまらなくて、なんのためにもならない話を延々と続けているだけに見えるけど！

「(ねえ、リーシャ。カタリーナさんって魔法使いの特待生なのよね？　空気を読まずにもの凄《すご》く派手なドレス姿だけど……)」

すべての生徒の視線がカタリーナさんに集中するなか、入学式前に仲良くなったヘレンが小声で話しかけてきた。

彼女は、どうにか魔法使いであるカタリーナさんをパーティに迎え入れたいみたい。

でも、それはとても難しいと思う。

「(孤立する覚悟を決めて派手なドレス姿で入学式に出席したカタリーナさんが、はたして誰かのパーティに加わるかしら？)」

「(……確かに、リーシャの意見には一理あるわね)」

私もヘレンも貧乏騎士爵家の娘なので、個人的には没落貴族の娘であるカタリーナさんに思うところはない。

でも私たちは、成人するまで実家の束縛からは逃れられず、本当は優れた魔法使いであるカタリーナさんとパーティを組めたら嬉《うれ》しいんだけど、実家から関わるなと釘《くぎ》を刺されている以上、どうにもならなかった。

「(あ――あ、いいなぁ。そんなこと気にしないで済む平民の子たちは)」

「(カタリーナさんの背景は気にしないだろうけど、初顔合わせの入学式であんな服装をしている彼女に声をかけられるかしら？)」

「(……いやぁ、さすがに私でも躊躇《ちゅうちょ》するかも)」

現に今、多くの入学生たちがカタリーナさんのドレス姿に圧倒されているのだから。

「(彼女はそこまで計算して、あんな格好をしているのよ)」

「(……リーシャ、しばらく様子を見ようか？)」

「(それがいいわね)」

もしかしたらカタリーナさんとパーティを組める機会があるかもしれないので、今後の彼女の動きを見逃さないようにしないと。

それにしても、校長先生のクソ長くて、内容が薄くてなんのためにもならず、所々自分の過去の自慢話が混ざる……このしょうもないお話はいつ終わるのかしら？

＊＊＊

「(ヴァイゲル家復興のため、まずは多くの方々に私の存在をアピールすることに成功しましたわ)」

これでルックナー侯爵家とリリエンタール伯爵家に、私がヴァイゲル家の復興を諦めていないことを宣言できました。

あとはしっかりと魔法の修練に励みつつ、せっかくの予備校生活を楽しみませんと。

そう！

私はヴァイゲル家の復興を目指す身ではありますが、同時にもう一つ目標がありました。

それは、この冒険者予備校で同年代の友達を作ること。

実は私、多くの同年代の方々と接するのが楽しみだったのです。

もちろん旧ヴァイゲル騎士爵領でも家臣や領民の子供たちとは接してきましたが、私は旧領主の娘なので彼らの方は遠慮がありますし、代官からしたら、私が元家臣や領民の子供たちと仲良くしていたら反乱を恐れて警戒するはず。

そのため、彼らとの接触は最低限にするしかありませんでした。

私には兄弟、姉妹もおらず、友達も一人もいなかったのです。

「(ですが、この冒険者予備校なら同年代の方々が沢山いますから)」

まずは机を並べて一緒に勉強……これまではずっと一人で勉強してまいりましたから。

そしてお昼も、これまでは一人でとることが多かったので、同年代の女の子たちと食事をとりながらたわいもない世間話に花を咲かせ、放課後には一緒にカフェでお茶を楽しむ。

そんな光景を想像しただけで、これからの冒険者予備校生活が楽しみでなりません。

「(入学式が終わったらクラス分けですが、私の隣にはどんな方が座るのでしょうか?)」

校長先生の話は長くて、しかも内容が薄いので、気を抜くとすぐに眠くなってしまいます。早くこの入学式が終わってほしいものです。


入学式が終わるとクラス分けが発表され、魔法使いの特待生である私は、当然一番上のクラスとなりました。

教室に入るとみなさんの視線が私に集中しましたが、誰も話しかけてきません。

初日なので恥ずかしさも……私にも同じ気持ちがありますから、今日はお互い様子見ということで、お友達を作るのは明日以降でしょうか。

すぐに担任の先生が教室に入ってきて、今度は席決めが始まりました。

この教室には二人用の机が並んでいます。

私は誰と隣同士になるのか？　向こうは私に話しかけてくるのか、それとも私から先に話しかけた方が……。

そんなことを考えつつ、ワクワクしながら席決めの結果を固唾《かたず》を呑《の》んで見守っていたのですが……。

「(……こんなの、おかしいですわ！　どうして私だけ二人席に一人なのでしょうか？)」

どういうわけか、私だけが二人用の机に一人だけ。

慌ててクラスメイトの数を数えると奇数なので、運悪く私だけが一人になってしまった？

他のクラスメイトたちは、お隣や周囲の席の方々と楽しそうに話しており、私だけが話す人もなく一人きりの状態。

これは、なにかの陰謀のような気がします。

「(ヴァイゲル家の復興を目指す私が家臣を集められないよう、中央の貴族たちが策謀を張り巡らせた？　それとも、ルックナー侯爵家やリリエンタール伯爵家に配慮した、ホールミア辺境伯家の仕業である可能性も……)」

おかしい……。

私が以前に読んだ本では、同年代の人たちが集まればすぐに自己紹介や会話が始まって、そこからあっという間に仲良くなってお友達になっていたというのに！

「(そもそもこの一番上のクラスの人数が奇数なのも、ルックナー侯爵家の意を受けた校長先生の仕業かもしれません！）」

……いえ、さすがにそれは考えすぎでしょうか？

ですが、私が仲良くなった同級生たちの中に、将来の新生ヴァイゲル家の家臣がいるかもしれないと考えると、慎重な大貴族たちが先に手を打った可能性もないとは言い切れません。

「（確かに優れた同級生がいたら、新しいヴァイゲル家に家臣としてスカウトするかもしれませんが、今は純粋に同年代のお友達を探しているだけなのに！）」

これも、私に魔法の才能があるからでしょうか？

「（ですがそんなことはお気になさらず、遠慮なく私に話しかけてくださいな）」

私は満面の笑みを浮かべながら、周りのクラスメイトたちに笑顔を振りまきますが、やはり私の推測は当たっていたのか、全員に顔を逸《そ》らされてしまいました。

「（ルックナー侯爵家とリリエンタール伯爵家、そしてホールミア辺境伯家の仕業なのでしょうか？ですが、私はくじけません！）」

今日はまだ初日なので、もう少し様子を見てみましょう。

クラスメイトたちには、彼らの意向など気にしない平民出身の方々も少なくないですし、教室には私の他にも数名魔法使いがいるので、同じ魔法使い同士でこれから交流を深めていき、そこから家柄や身分を越えた親友ができるかもしれませんから。

「（それに、予備校生の本分は勉強ですから）」

「無事に席も決まったことだし、早速初歩的な冒険者の心得を教えるぞ」

波乱の席決めが終わると、担任となった講師が座学の講義を始めました。

「(入学式だけで今日は終わりということはなかったですわね。すでに予習して知っていることばかりですが、冒険者予備校の講義は午前中のみと聞いていますから、問題は午後からです！)」

校内では見事に肩透かしを食らってしまいましたが、午前中の講義が終われば昼食の時間になります。

その時に一緒に昼食をとり、そのままの流れで午後から一緒に狩猟、採集を行う……そんな風に話が進む可能性も決して低くはないのですから。

いよいよ私に、初めてのお友達ができる！

ヴァイゲル家の復興と共に、どれだけそれを待ち望んだことか。

もちろん、元領民の子供たちともごくまれに話をしたり遊んだりしたこともありましたが、どうしても身分の差があるので、彼らを友達にするのは難しい。

なにしろ私は、ヴァイゲル家の当主なのですから。

「(ただ、ここは冒険者予備校ですし、私はまだ貴族に戻れていません。つまりこれは、身分差など気にせずに友達を作る最大のチャンスのはずです！)」

私が貴族に戻ってしまえばそんな機会はなくなるでしょうから、冒険者予備校で過ごす一年間のチャンスを生かさなければ。

「(となると、まずは昼食ですわね。この一週間ほど、私が実際に食事をして気に入ったお店にみなさんを誘う。学友と一緒にお昼……なんて素晴らしいのでしょう。いえいえ、あのお店では財政状態に余裕がない方を誘えませんから、ここはお友達となる方のお勧めのお店でよろしいでしょう。同年代の友人との食事……初めてですので楽しみです)」

これまでの私は、ルックナー侯爵家の手によって毒殺されては堪らないと、常にハインツが経営する宿屋で食事をとり、ハインツかアレクシス、日によりハインツの奥さんであるルキアに給仕と毒見役をしてもらっていたため、温かい食事と歓談は無縁だったのです。

「(ここは私から声をかけた方が……ですが最初は、向こうからのお誘いを受ける方が貴族らしい？　いえ、私はまだ貴族に復帰できていないのでそんなことを気にしては……。ですが、今から貴族らしく振る舞うことも必要なので、ここは声をかけられるのを待つべきなのでしょうか？)」

すでに講義どころではなく、どうやってクラスメイトたちと一緒に食事をとって友達になっていくか、頭の中で何度も様々なシチュエーションでその光景を思い浮かべ、ここはやはり貴族らしく声をかけられるのを待つか、いえ、最初は自分から声をかける勇気も必要だと、ついに覚悟を決めたのですが……。

「これはどういう？」

ところが、すでに教室には誰一人いませんでした。

「あれ？　講義は？」

いつの間に、担任の先生とクラスメイトたちは姿を消したのでしょうか？

予期せぬ状況に驚いていると、そこに一人の老人が入ってきました。

彼はモップと水の入った桶《おけ》を持っているので、どうやらこの教室に掃除に来たようです。

「おや？　まだ残っていたのかい？　今日の講義はとっくに終わっとるし、みんなもう、街にお昼を食べに行ってしまったよ」

「……ええっ――――！」

「そんなに驚くことかい？」

どうやら私が、どうやってクラスメイトたちと一緒に食事に行こうか、その方法を考えている間に講義が終わってしまい、クラスメイトたちは私を置いて午後のアルバイトや狩猟前の腹ごしらえに出かけてしまったようです。

「(せめて誰か一人ぐらい、『今日は自己紹介がてら、一緒にお昼ご飯でもいかがですか？』と私に声をかけてくれても罰は当たらないと思いますわ！)」

いえいえ、カタリーナ。

ここで貴族にあるまじき行為である、感情に身を任せて激昂するのは、決して感心できることではありません。

きっと彼ら、彼女らにも事情があるのですから。

「(それに今日は初日ではないですか。みなさん、私に声をかけづらかったのでしょう。きっとそうですわ)」

「お嬢さん、お昼ご飯を食べないのかね？　午後からは生活費を稼ぐ必要があるんだろう？　あっ、お嬢さんは魔法使いだから変に焦る必要はないのか」

「ええ、これからゆっくりと昼食をとって、午後からは狩猟をいたしますから。それではご機嫌よう」

私は教室を掃除し始めたお爺《じい》さんに挨拶をしてから、一人冒険者予備校の校舎を出て、ホールミアランドの街に出ました。

「(もしかしたら、お昼ご飯になにを食べようか悩んでいるクラスメイトたちが、私の姿を見つけて声をかけてくる可能性もありますわね）」

その可能性はかなり高いと思うので、私は徒歩で、知りうる限りの飲食店の様子を確認しに行きます。

ですがどのお店に出かけても、クラスメイトたちの姿が見えません。

「あれ？　おかしいですわね？」

どのお店も、初めて旧ヴァイゲル騎士爵領を出た私がこの一週間ほど外食をしまくって気に入ったお店ばかりですのに……。

少々お値段が高かったとはいえ、まだ魔物の領域に入れない私でも、ヴァイゲル家復興のための貯金をしつつ、毎日利用することができたのですから。

「もう少し待てば、昼食を終えたクラスメイトたちとお店の前で顔を合わせ、アルバイトや狩猟の前に『一緒にお茶でもどうですか？』という流れになるかもしれません。きっとそうに決まっていますわ」


ところが、それから一時間ほど私は自分が気に入った飲食店の前をウロウロしてクラスメイトたちが出てくるのを待っていたのですが、結局誰も私が気に入ったお店を利用していなかったようで、とんだ肩透かしを食らってしまいました。

「……明日以降も、チャンスは十分にありますから！」

冒険者予備校生活は一年間あるので、きっと私にも同年代の友人……いえ、友人たちができるはずです。

「ねえ、リーシャ。講義が終わったら、カタリーナさんに声をかけてみる？」

「私たちはまだ駄目だよ。父から関わるなって言われてなければなぁ……。魔法使いがパーティにいたら断然有利なのに」

＊＊＊

初日の講義中。

一人神妙な面持ちで考え事をしていたカタリーナさんに、クラスメイトたちはおろか、先生ですら注意することができずにいた。

あきらかに先生の講義をまったく聞いていないけど、あそこまで考え事に集中していると逆に注意しづらいようで、先生は講義が終わると、彼女に声もかけずそそくさと教室を出てしまった。

カタリーナさんは優れた魔法使いだけど、色々と事情があるようだから冒険者予備校としてもなるべく接点を少なくしたい。

他のクラスメイトたちは、すでにパーティを組んでいたり、これからお試しで一緒に狩猟に出かけようかというグループができていたりする。

その前に一緒に昼食をとりながら相談をしようと、次々と教室から出ていってしまった。

そんな状況でも、一人集中して考え事をしているカタリーナさん。

いったいどんなことを考えているのだろう？

「(彼女の事情を考慮しなくても、なんかカタリーナさんって声をかけづらいわね。服装も髪型も初日から……だし。魔法使いってこんな人ばかりなの？)」

「(そうじゃない魔法使いの方が多いと思うわ。もしかしたら……)」

「(もしかしたらなに？　リーシャ)」

私たちのように貴族の子女でない、平民出身のクラスメイトならカタリーナさんをパーティに誘っても問題ないだろうけど、当然中には魔法使いである彼女に寄生するのが目的の人たちも少なからずいるはず。

実際、講義が終わると、下のクラスの生徒たちがこちらの教室の中をうかがっているのが確認できた。

「(そんな寄生目的の人たちを避けるべく、カタリーナさんはわざとああやって神妙な態度で考え事をしているのかもしれない)」

「(今の彼女には声をかけにくいものね)」

カタリーナさんはわざとこうすることで、自分とパーティを組むのに相応しくない人たちにプレッシャーを与え、声をかけられないようにしている可能性が高かった。

「(パーティメンバーは選ぶってことね。ちょっと傲慢《ごうまん》に感じられるけど……)」

「(魔法使いは貴重だから仕方がないよ)」

「(あ――――あ、カタリーナさんに特別な事情がなければなぁ……)」

私もヘレンも貴族の娘だから、本当ならカタリーナさんを誘いやすい立場にあるのだけど、父から釘を刺されているからなぁ。

どうせ私たちは成人したら貴族ではなくなるのだから、父の言いつけなど無視して彼女に声をかけるという選択肢もあるのだけど、残念なことに私もヘレンもまだ未成年だから仕方がない。

「リーシャ、ヘレン。早く昼食をとって午後からの狩猟に備えようぜ」

「わかった」

「いつまでもカタリーナさんのことを考えていても仕方がないわね。では、行きましょうか」

私もヘレンも狩猟の経験はあるけど、今日は臨時で組んだ初めてのパーティで獲物を狩る予定だ。

これで上手くいけばしばらくこのパーティを続けるけど、駄目だったら他の人たちともパーティを組んでみないといけない。

「（魔法使いがいれば、寄生目的の足手まといでない限りどんなメンバーでも特に問題はないんだけど……）」

冒険者パーティとは、メンバーと合わなかったり、成果が出なかったら、すぐにメンバーを変更したり、解散してしまう非常にシビアなものだ。

カタリーナさんをパーティに誘えないのなら、真剣にパーティメンバーを選定しないと。

「リーシャ、昼飯はどこにする？　一番通りの飲食店街で探すか？」

「ダット。私たちに無駄遣いなんてする余裕はないわ。校舎裏にある一人前3セントの一番安い定食に決まっているじゃない」

「はあ……早く安定して獲物を狩れるようになって、一番通りのレストランで食事をしてみたいぜ」

「ダット、新しい武器と防具を買うお金を貯金しないといけないんだから、いくら狩猟が上手くいっても、しばらくは3セントの定食よ」

「だよなぁ……。カタリーナさんは魔法使いだから、毎日一番通りのレストランで食事をしても問題なくお金は貯《た》まるんだろうなぁ、羨《うらや》ましいぜ」

「でしょうけど、上を見ていたらキリがないわ」

私たちはカタリーナさんではないのだから、地道にコツコツと頑張るしかないのよ。

ただ、3セントの定食だけで狩猟を続けると栄養が足りないかもしれないから、この生活に慣れてきたら自炊に切り替えよう。

カタリーナさんは今日の昼食、どこでとるんだろう？

きっと私たちでは行けない、お高いレストランとかに行くんだろうなぁ。

＊＊＊

「みんな、明日は全クラス合同の野外実習だから、準備を怠らないようにな」

「「「「「「「「「は――――い！」」」」」」」」」

「野外実習かぁ、俺、獲物を狩れるかな？」

「人数は多くなるが、引率の先生たちもいるし、普段は行けない獲物が多いポイントで狩りができるんだ。絶対に狩れるさ」

「だよな。そろそろ獲物が狩れるようにしないと、将来冒険者としてやっていけるか不安になってしまうからな」

「入学して半月。そろそろ獲物を狩れるようになって、倉庫の荷物運びのアルバイトから卒業したいものだぜ」

「狩猟だけで暮らせる生徒は少ないものなぁ。あっ、弁当の用意を忘れないようにしないと」

「私は、アルバイトをしているレストランの余り物を持っていくわ。今回の野外実習では遠くのポイントに行けるから、大型の獲物を狩りたいもの。お弁当の準備で疲れたくないわ」


冒険者予備校に入学してから半月。

残念なことに、私にはいまだお友達はできておりませんが、焦りは禁物です。

将来私は貴族に復帰する身なので、お友達は十分に吟味して選ばなければいけませんから。

それにやはり、私の方からがっつくように声をかけるのも、貴族としてどうかと思いますし……。

幸い魔法のおかげで、他のクラスメイトたちよりも首尾よく狩猟で稼げておりまして、一人でもヴァイゲル家復興資金の貯金は順調です。

成人して魔物の領域に入れるようになれば、さらにお金を稼げるようになるはず。

そんな冒険者予備校生活でしたが、なんと明日は全校行事である全クラス合同の野外実習が行われるそうです。

クラスメイトたちは、ホールミアランドから遠く離れた狩猟場に先生と一緒に行けるので、成果に期待している方も多いようです。

狩猟というのは、経験者ならともかく、未経験者が冒険者予備校に入学したところで、そう簡単に獲物を狩れるわけがありません。

一番上のクラスでも、この半月で一度も獲物を狩れない人というのも珍しくなく、アルバイトで生活費を稼いでいる方も少なくないのですから。

この時期に野外実習があるのは、生徒たち全員に獲物を狩ってもらい、経験を積ませ自信を持たせるためでもあるとか。

ただ私には魔法があるので、幼い頃からしっかりと獲物を狩ることができていたため、この行事の目的自体に興味はございません。

それよりも、全クラス合同の野外実習という、冒険者予備校で開かれる特別行事であるという事実が大切だと私は思っているのです。

どうしてかといえば……。

「(想定外の躓《つまず》きがあって、いまだ私にはお友達ができておりませんが、こういう特別な行事で知り合いとなった方とお友達になる……というパターンは、子供の頃に読んだ本に沢山書かれておりましたから)」

野外実習というイベントを通してクラスメイトたちと交流し、友達となる。

たとえば、たまたま近くで狩猟をしていたらお喋《しゃべ》りが始まって、そのあと一緒にお昼ご飯でも、というお話になり、徐々に関係が深まっていくとか。

もしくは魔物ではなく動物相手とはいえ、思わぬピンチに陥るクラスメイトがいて、私が魔法でお助けしたら大変感謝され、そこから仲良くなるなど。

野外実習で起こりそうなことを考えるだけでワクワクします。

「(これは大きなチャンスです！　野外実習、楽しみですわ)」

狩猟の効率でいうと、全校で主催される野外実習など私からすれば損なのですが、友達を作りやすいという点では大きなメリットがあります。

「(天国のお祖父様、お祖母様、お父様、お母様、ついに私にも……)」

私も含め生徒のみなさんが、入学してから初めての校内行事で浮かれているからこそ、普段まったくお話をしないクラスメイトたちとの会話が弾みやすく、そこからおつき合いが始まって。

この方法ならば、自然にお友達ができるというもの。

「(きっと誰かが、この私に話しかけてくるはずですわ)」

本当に仲良くしたり、パーティを組むかはよく吟味する必要がありますが、たとえ貴族といえど、いえ貴族だからこそ、一人くらい身分差など関係ないお友達が必要なのですから。

なぜなら貴族というのは孤独な存在で、だからこそ身分は違えど、気安く接することができる本当の親友が一人でもいれば人生成功したようなもの。

お父様が亡くなる前に、そんなことを話していたのを思い出します。

「(考えてみたら、私って生まれて初めてピクニックに出かけますのね。これも楽しみですわ)」

旧ヴァイゲル騎士爵領時代は、夜にこっそり獲物を狩る時くらいしか領地の外に出ることがなかったので、真っ昼間にお外でみんなとお食事をしたり、お話をしたりするのがとても楽しみです。

魔法が使える私は、どうせ他の日にいくらでも取り戻せるので、獲物を狩ることよりもそちらに集中しましょう。

そして明後日《あさって》からは、新しくできたお友達と楽しく冒険者予備校生活を送る。

明日の野外実習がとても楽しみなので、寝不足にならないように早めに就寝することにいたしましょう。

あっ、楽しみすぎて眠れないと困るので、その前にしっかりと魔法の修練もしてよく眠れるようにしなければ。

せっかくの野外実習を寝不足で迎えたら、楽しむことができませんから。


「……あの、先生。どうして私だけ、他に誰もいない遠く離れた森の中で一人狩猟をしなければいけないのでしょうか？」

翌日、全生徒が参加して野外実習が始まったのですが、どういうわけか私だけが、大半の生徒たちが実習をしている草原からかなり距離が離れた森で、一人狩りをする羽目になってしまいました。

「(私は魔法使いですから一人でも大丈夫ですが、他に誰もいない場所ではクラスメイトたちと話をする機会すらないではないですか！)」

せっかくお友達を作ろうと思って野外実習に参加したのに、私だけ遠く離れた場所で一人ぼっちで獲物を狩ることになってしまうなんて。

あまりの理不尽さに、様子を見に来た先生にその理由を問い質《ただ》しました。

「今日は、いまだ獲物を狩ったことがない人たちに自信をつけてもらうというお話も聞きました。私が魔法でサポートすれば、色々と捗《はかど》ると思いますが……」

「……確かにカタリーナが手を貸せば、これまで獲物を狩ったことがない生徒でも、なにかしらの成果を得ることができるだろう。だが……」

「だが、なんです？」

「そんな方法で獲物を狩らせても、そいつらのためにならない。サポートは我ら講師や、魔法は使えないが優秀なクラスメイトたちに任せてくれ。カタリーナは魔法使いだから、『飛翔《ひしょう》』で上空から獲物を探せるし、なんなら魔法で『探知』できるが、魔法使いでない者はそんなことはできないんだ。だから、カタリーナの補佐はかえってよくない結果を招く」

「ですが……」

「下手に助けると、そいつらがお前に寄生する可能性があるが、それでもいいのか？　その手の連中を一生面倒見る覚悟があればいいが、途中で見捨てると確実に路頭に迷うし、それだけならまだしも、お前に恨みを抱く可能性だってある。お前を一人にした理由を理解してもらえたかな？」

「はい……」

下手な人をパーティメンバーにして養った結果、ヴァイゲル家復興のための貯金ができなくなる可能性にも気がつき、私は先生の指示に従い、野外実習を一人でこなすことになってしまいました。

「(まあ確かに、この私が貴族としての寛容の精神を持って、多くのクラスメイトたちの狩猟を魔法で助けてしまうと、かえってよくないことはわかりました。ですが昼食は……)」

クラスメイトたちと一緒にとっても問題ないでしょう。

実は一向にクラスメイトたちと一緒に昼食に行けないので、私もヴァイゲル家復興資金を貯金すべく自炊を行うようになったのですが、今日は腕によりをかけてちょっと多めにお弁当を作ってきました。

「(こういう行事を利用して、クラスメイトたちと一緒にお弁当を食べて、多めに作ったおかずをおすそ分けしたり交換したりして仲良くなっていく。これぞ、充実した青春というものですわ）」

旧ヴァイゲル騎士爵領時代からボッチだった私に、楽しい青春の日々が！

これ以上の喜びが存在するでしょうか？

「先生、みなさんお昼はどこで召し上がられるのですか？　私もお昼になったら合流を……」

「ああ、その必要はない。野外実習は一匹でも多くの獲物を狩ってもらうためにあるんだ。お昼は空いた時間に手短に済ます。これも、冒険者になった時の練習に入っているんだ。カタリーナも空いた時間に、この辺で適当に昼食をとってくれ。じゃあな」

「先生？」

「ちょっと気になって見に来たんだが、さすがは首席。もうすでに多くの獲物を狩っているじゃないか。午後からもその調子で頼むぞ」

先生はそう言い残すと、生徒たちに指導するため、多くの生徒たちが集まる草原へと戻っていきました。

「……私が想像していた野外実習とは大分違う……。どうしてこんなことになってしまったのでしょうか？」

このままでは、いつもと同じように一人で狩猟して一人で食事をするだけで終わってしまいますが、まさか勝手にクラスメイトたちと合流するわけにもいかず……。

「こうなってしまった以上、ヴァイゲル家復興のため、一匹でも多くの獲物を仕留めてご覧に入れましょう」

昼食の時間になるまで、私は『飛翔』で森を上空から偵察して、ホロホロ鳥、猪《いのしし》、鹿、ウサギ、鴨《かも》、アナグマなどなど……クラスメイトたちと語らうことができなかった悔しさをバネに、これまでの最高実績を塗り替える成果をあげることに成功したのでした。

そして昼食の時間。

「ふう……。せっかく期待していた野外実習ですのに、一人で食事を食べると味気ないですわね。しかもちょっと量が……」

私は一人、自分で作ったお弁当を食べますが、クラスメイトたちにおすそ分けすることを前提に、大量に作ってきてしまったため、その後始末で苦労することになってしまいました。

えっ？

魔法の袋に仕舞っておけば、傷まずに翌日以降も食べられるですって？

こんな悲しい思い出があるお弁当を何日も食べ続けるのは嫌なので、ヤケ食いも兼ねて今日中に全部食べきるに決まっているではないですか。

魔法使いは体力も使うので、午後に備えてしっかりと栄養補給をしたい……という表向きの理由と共に。

＊＊＊

「ねえ、リーシャ。カタリーナさんの姿が見えないわね」

「彼女は魔法使いだから、先生が別の場所で狩猟をさせていると思う。もし彼女に魔法で手伝ってもらって獲物が狩れるようになっても、みんなそれを真似することができないから」

「元々カタリーナさんが野外実習に参加する意味はないから、私たちから遠く離れた場所で狩猟しているのね。さすがだわ」


野外実習当日。

私もパーティを組んだヘレンやダットと共に、順調に成果をあげることができた。

幸い私たちのパーティは、数日前から狩猟だけで生活できるようになっていて、だから今日は先生から頼まれて、まだ獲物を狩ったことがないクラスメイトや他のクラスの子たちのフォローに入っている。

私とヘレンは田舎に領地がある貴族の娘なので、物心ついた頃から狩猟の経験があり、先生たちからは成績優秀者という評価を受けていたからだろう。

そんななか、ヘレンは多くの生徒たちが狩猟に励む広大な草原で、これまで一度もカタリーナさんの姿を見ていないことに気がついた。

そういえば私も朝礼以降、彼女の姿をまったく見ていないような……。

でも彼女がここにいない理由は、ある程度予想できた。

カタリーナさんが野外実習で覚えることなどないし、下手に彼女が狩猟を手伝うとかえってその人たちが経験を積めなくなってしまうので、先生から自由に狩猟をしていいと言われているのだろう。

今日はみんなでホールミアランドから離れた場所にいるので、カタリーナさんも大きな成果を期待できるはずだから。

「カタリーナさんはもう教わることがないわね。さすがは首席」

私たちもカタリーナさんとほとんど年齢が変わらないというのに、さすがは魔法使い。

時おり羨ましくなってしまう。

「ねえ、リーシャ。今日の昼食はカタリーナさんを誘ってみない？」

「ヘレン、どういう風の吹き回しなの？」

私もヘレンも、父から没落貴族の娘で複雑な事情があるカタリーナさんに関わるなと言われていて、これまではそれを忠実に守ってきたのに、いったいどういうことなのかしら？

「どうせ私たち、成人したら貴族でなくなるのに、父の言うことなんて聞く意味あるのかなって。リーシャは実家から仕送りとか貰っている？」

「貰ってないわ」

貧乏貴族の七女に仕送りなんてあるわけが……。

「当然私もだけど、それなら抜け駆けして、カタリーナさんをパーティに入れてもいいんじゃないかって。私たちはなりふり構っていられないじゃない」

「確かに……」

どうせ成人後に籍から抜ける実家の言うことを聞いて、魔法使いであるカタリーナさんを逃してしまうなんてもったいないことなのは事実。

ヘレンの意見には一理あると、私も思うようになってしまった。

「今日は野外実習だから、その空気感で一緒にお弁当を食べても問題ないわよね」

「そういえば卒業した先輩に聞いたことがあるけど、野外実習でパーティメンバーが決まったり、友達ができたりすることが多いって聞くから、このチャンスを生かせばもしや……」

念願の魔法使いであるカタリーナさんが、私たちのパーティに……。

「(父に苦言を呈されたところで、どうせ私たちは成人したら実家と関わりがなくなるのだから、ここは思い切って……)ヘレン、昼食にカタリーナさんを……」

「「「「キャア――――!」」」」

「なんだ？　あの大群は？」

「ヤバくないか？」

私がカタリーナさんを昼食に誘おうと、ヘレンに言おうとした瞬間。

突如周囲が騒がしくなり、同時に遠方から『ドドドッ！』とまるで落雷のような音が鳴り響いて……。

「リーシャ！　大変だ！　いきなりこの草原に恐ろしい数の動物の群れが現れて、こちらに向かってくるらしい。先生たちが急ぎ逃げろって」

先生に私たちパーティの成果を報告しに行っていたはずのダットが、血相を変えて駆け戻ってきた。

なんと草原のほぼ中心部で野外実習をしている私たちのところに、突如出現した猪、鹿などの群れが迫っているという。

「魔物の群れじゃなくて、動物の群れ？　どうしてそんな急に？」

「リーシャ、そんなことを俺に聞かれてもわからないって。ここにいたら動物の群れに踏み潰されてしまうから、一刻も早く逃げ出せってさ」

「もう動物たちの足音が近くまで迫ってるじゃない。無理よ」

「私たちみんなで迎え撃てば倒せるかもしれないし、獲物を沢山ゲットできるかも」

「ヘレン、先生が死ぬから逃げろって言っているんだ」

それはそうよね。

一匹だけなら私たちの生活の糧でしかない獲物だって、数百、数千と群れを作ってこちらに突進してくれれば、簡単に私たちを踏み潰し、ズタボロにしてしまうはずなのだから。

「とにかく逃げないと！」

「間に合えばいいが……」

他の人たちは突然のことに動揺してその場から動けなくなっているし、私たちですら逃げ出すことができるかどうか。

まさか魔物ではなく、動物の群れに殺されてしまうなんて……。

「(こんなことなら、早くカタリーナさんをパーティメンバーに誘っておけばよかったわ)」

もたついている間に、視界に多数の猪、鹿、ウサギ、狼《おおかみ》などの群れが迫ってきた。

どうして草食と肉食の動物が群れを作り、全速力でこちらに向かってくるのかわからないけど、いまだ未熟者が多い冒険者予備校の生徒たちでは……いえ、経験豊富な先生たちでもどうにもならないはず。

「(どうやら駄目みたいね……)」

私が多くの動物たちに踏み潰され、ズタボロになって死ぬ未来を予想したその時だった。

「「「「「「「「ブモォ――――！」」」」」」」」

突如、私たちに迫っていた動物の群れの中心部に巨大な竜巻が発生し、その多くを上空へと巻き上げていった。

「竜巻？　でも空は晴れて……」

「リーシャ！　あそこ！」

「あっ――――！」

ダットが指差した上空には、宙に浮かびながら杖を振っているカタリーナさんの姿が。

どうやら巨大な竜巻は、彼女が魔法で作り出したものみたい。

迫り来る動物の群れから逃げ切れず、先生たちですら死を覚悟していたため、カタリーナさんの魔法のおかげで命拾いしたことがわかると、みんなが歓声をあげ始めた。

群れを作って突進を続けていた動物たちの大半は竜巻に呑み込まれ、はるか上空へと巻き上げられてしまった。

「凄い……」

私たちのような成績優秀者と経験豊富な先生たちがいても、迫り来る動物の群れを前になにもできなかったのに、カタリーナさんはたった一人で数百……いや、数千かもしれない動物たちをすべて退けてしまったのだから。

「ヘレン、必ずカタリーナさんをパーティに誘おうよ」

「そうよね。カタリーナさんが私たちのパーティにいれば……。ダットもそう思わない？」

「もっと多くの成果をあげられるはずだよな。俺も賛成だぜ」

私たちは、上空に浮かび上がりながら神妙な面持ちで杖をかざして、魔法の『竜巻』をコントロールするカタリーナさんを見上げながら、必ず彼女をパーティに誘うことを決めたのだった。

＊＊＊

「ふう……間に合いましたわね」

普段ほとんど人がいない場所なので狩猟の成果は大いにあがりましたが、せっかくの校内行事にもかかわらず、いつものように一人きりな私。

昼食も、一人で味気なくお弁当を食べていると、クラスメイトや先生たちが狩猟をしている草原の方から、通常ではあり得ない獲物の魔力を『探知』しました。

動物の魔力はとても少ないですが、あれだけの数がいれば『探知』も容易《たやす》いです。

それにしても、いくら動物でもあれだけの数に襲われたら、たとえ先生がいても逃げ切れるものではありません。

「助けに行かなければ！」

私は貴族ですから、困っている下々の方々を助けるのは当然のことですし、もし見事みんなを動物たちの襲撃から救うことができれば……。

「きっと誰かしらが、私を昼食に誘ってくれるはずです。さらには……」

そこから友達になって、パーティに誘ってくれる人もいるはず。

「命を助けたことから始まる友情は、きっと一生ものとなるはずです。急ぎみなさんをお救いしなければ！」

私は食べかけのお弁当を魔法の袋に仕舞うと、全速力の『飛翔』で草原を目指します。

すると視界に、クラスメイトや先生たちめがけて突進を続ける様々な動物たちの群れが見えてきました。

「どうしてこんなに沢山……こんな事象は初めて見ましたが……って、今はそんなことを気にしている場合ではありませんわね」

一刻も早く、誰かが襲われる前にこの動物たちをどうにかする必要があります。

それも一匹一匹倒していたら間に合わず、動物たちに襲われる人が出てしまうので短時間で多くを倒す必要が。

「広範囲に効果があって、私が得意な魔法といえば……『風』魔法でしょうね」

これまでずっとすべての系統魔法の鍛錬を続けてまいりましたが、徐々に得意不得意が理解できるようになってきて、今一番得意な系統を尋ねられたら、きっと風魔法だと答えるでしょう。

「風系統で広範囲に効果がある魔法……それは『竜巻』ですわ！」

旧ヴァイゲル騎士爵領では、ルックナー侯爵家の者たちに私の魔法がバレると困るので、『竜巻』はほとんど練習したことがありませんでしたが、冒険者予備校に入学してからはのびのびと練習できるようになり、自分でも驚くほどのスピードで上達を続けていることが実感できる魔法ですから。

「すべての動物たちを、私の竜巻で天国まで送って差し上げますわ！」

これまでの練習の成果もあって、私は『飛翔』で上空に浮かびながら、同時に猛スピードでみんなに襲いかかろうとしている動物たちに対し杖を構え――今は同時に二つの魔法を展開するのが限界ですわね――巨大な『竜巻』を発生させました。

「(みなさんを竜巻に巻き込まないように……)」

順調に魔法の腕前は上達していますが、まだ私の魔法コントロールは完全とは言えません。

人間を巻き上げないよう慎重に、全速力で突進を続ける動物たちの進路上に『竜巻』を発生させ、一匹でも多く上空に巻き上げていきます。

「成功ですわ！」

『竜巻』から逃れた動物も少しだけいますが、少数なのでみなさんで対処できるはずです。

「やりましたわ」

みなさんのピンチに現れ、魔法で凶暴な動物たちを一網打尽に。

きっとみなさんは、命の恩人である私に感謝するはずです。

さらには私の魔法の実力を世間にアピールし、決してルックナー侯爵家やリリエンタール伯爵家の嫌がらせには屈せず、将来必ずヴァイゲル家を復興すると世間に向けて宣言したようなものなのです。

「これだけの規模の『竜巻』を、初めての実戦で見事成功させる。さすがは私。きっとこれで私にも二つ名がついて、西部はおろかヘルムート王国中でその名が轟《とどろ》き、ヴァイゲル家復興もそう遠くない日に成し遂げられますわ。そしてお友達も」

むしろ今日はそれが一番大事なことだと思っておりまして、このあとみんなに感謝され、ようやく私にも友達が……と思っていたのですが……。

一つ大切なことを忘れているのに気がつきました。

『竜巻』で巻き上げられた多くの動物たちですが、『竜巻』を止めれば必ず地面に落下してくることは決まっています。

もしみなさんの頭上に『竜巻』で巻き上げられた動物たちが降ってくるような事態に陥れば、今日の一番の目的である友達を作るどころではなくなってしまうでしょう。

そして結果的に大量の動物たちがはるか上空から次々と地面に叩きつけられ、背筋が凍るような断末魔の悲鳴と、『バ――――ン！』という大きな衝撃音が連続して響きわたり、その体は大きく破損、大量の血液や肉片、内臓、脳みそが飛び散り、草原を赤く染め、とても正視できないような光景となってしまいました。

まるで、物語の挿絵で見た戦場跡のようです。

「……もしやこれは、『ウィンドカッター』の方がよかったのでは？」

さすがの私も、眼下に広がる凄惨《せいさん》な現場を直視することが……。

みなさんもその場から一歩も動けないようです。

そして……。

「いくら状態が悪い獲物とはいえ、これだけの数ならばそれなりのお金になるはずです」

私は、ヴァイゲル家の復興を目指す身です。

これらの獲物はすべて私が倒したのですから、ちゃんと回収してホールミアランドの冒険者ギルドに持ち帰りませんと。

横取りされる心配はないと思いますが、念のためすぐに回収作業を始めます。

「(ちょっと酷い現場になってしまいましたが、無事にみなさんをお救いしたのです。私はきっと多くの人たちに感謝の声をかけられ、間違いなく沢山のお友達ができるでしょう)」

そんな楽しい未来の前に、獲物の死骸をすべて回収いたしましょうか。

＊＊＊

「……」

「うぇ――――!」

「これを全部、カタリーナが一人でやったのか?」

「風の魔法だったな。『竜巻』だったが、この凄惨な現場からして、まさに『暴風』だな」

多くの動物の群れに襲われ、無残に殺されるところをカタリーナさんの魔法が救ってくれた……のはいいのだが、私たちの眼前には体が潰れたり千切れたりした動物たちの死骸が大量に散乱し、すえた血の臭いで鼻がおかしくなりそう。

狩猟どころか動物の死骸にも慣れていない生徒の中にはショックのあまり気絶したり、気分が悪くなってその場で吐いたり、泣き出す人たちもいて、せっかく助けてもらったのに、カタリーナさんにお礼を言うどころではなくなっていた。

そんな微妙な空気の中、普段と変わらぬカタリーナさんがふわりと空から降りてきて、なんと血や内臓、脳漿《のうしょう》が飛び散る凄惨な現場で、自分が魔法で倒した獲物を拾い始めたのです。

いつもどおり、狩猟中なのに状況を弁えない豪華なドレス姿で、ドレスの裾が血で汚れることも気にせずに血まみれの動物の死骸を集めている様は、逆にみんなを恐怖のどん底に陥れるには十分なものだった。

「ううっ……。俺たちはカタリーナさんのおかげで命拾いしたし、獲物はすべて彼女の成果だから横取りなんて考えていないけど……」

「ねえ、リーシャ。やっぱりカタリーナさんをパーティに誘うのはやめない？」

この悲惨な光景を見て気持ち悪くなって吐いてしまったヘレンは、先ほどとはうって変わって、カタリーナさんをパーティに誘うのをやめようと言い出した。

つい先ほどまでカタリーナさんを必ずパーティに誘おうと言っていたのに、ヘレンにどのような心境の変化が……。

私たちは、私たちを見捨てる親の言うことなど無視して、戦力となる彼女をパーティに誘うと決意したはず。

「カタリーナさんが私たちに迫っていた動物の大群を『竜巻』で吹き飛ばしてくれたからこそ、誰一人死ぬことがなかったんだから、こんなことになってしまったのは不可抗力だと思うんだけど……」

今、ただひたすら動物の死骸を魔法の袋に収納し続けているカタリーナさんが不気味だから、そんな理由で彼女を仲間に入れないなんて、その気持ちはわからなくもないけど、これから冒険者としてやっていくのに覚悟が足りないと私は……。

「私も冒険者として生計を立てる予定だから、獲物の血や内臓に慣れないといけないって思っている。だから今も笑顔で動物の死骸を集めているカタリーナさんが怖くて不気味だから誘うのをやめようと思っているわけではないの」

「じゃあ、どうして」

「カタリーナさんは、冒険者予備校に入学してまだ一ヵ月も経《た》っていないのに、現役の超一流冒険者以上の成果を出したわ。そんな彼女と未熟な私たちがパーティを組んだとしても……」

「寄生目的だと思われてしまうかもしれない……。それは一理あるな」

ダットもヘレンと同じく、カタリーナさんをパーティに入れるのに反対みたい。

でもそれは、自分たちが彼女に寄生していると周囲から思われたくないため。

「俺たちは実家なんてあてにならない身で、だからこそ自分の力で人生を切り開いていかなければならないんだ。そのためには手段を選んでいられない……とはいえ、カタリーナさんに寄生していると思われるのは心外だ。それに今、カタリーナさんとパーティを組んで楽をした結果、あとで困ったことになってしまうかもしれない」

カタリーナさんをパーティメンバーにできれば確実に大きな実りがあるだろうけど、もし将来、今よりも確実に優れた魔法使いになっているであろう彼女が、私たちを実力不足だと評価して切り捨ててしまったら……。

「いい年をして、それも楽を覚えた状態で放り出される方が辛《つら》い。なにしろカタリーナさんには、優れた冒険者をパーティメンバーとして自由に選ぶ権利があるんだから」

それに今日、多くの先生たちと同級生たちの前で圧倒的な魔法を披露したカタリーナさんの噂が広がれば、必ず有名な冒険者からお誘いが来るはず。

「私たちが一方的にカタリーナさんをパーティメンバーにしたいと思っても、彼女から断られてしまう可能性が高いと思う」

「確かにそうかもしれない……」

ヘレンの考えは正しいと、私は思ってしまった。

「それなら今の俺たちにできることは、カタリーナさんをパーティメンバーに誘っても断られないだけの実力を手に入れることではないのかな？」

「ダットの言うとおりね」

優れた魔法使いとしてこれだけの実力を見せつけたカタリーナさんが、私たちをパーティに加えても問題ないと思うほどの実力を身につける。

それは非常に困難なことかもしれないけど、今の私たちでは彼女をパーティに誘っても確実に断られるだろう。

それでも今、この惨状を見てカタリーナさんを怖がったり、大量の動物の死骸と血を見て気絶してしまったり、逃げ出してしまった人たちよりは可能性があるはず。

「成人すれば貴族じゃなくなる私たちは、自分の力で人生を切り開いていかなければならない。決してこんなことではくじけないわ」

「そうね、リーシャ。明日から頑張りましょう」

「カタリーナさんをパーティメンバーに誘えるようになる実力を手に入れるぞ！」

とんでもない野外実習になってしまったけど、私にはヘレンとダットというかけがえのない友達、仲間がいることを再確認した。

だから成人して貴族でなくなっても、私たちはくじけることなく頑張っていけると思う。

そして将来、カタリーナさんとパーティを組める実力を必ず手に入れるのだ。

＊＊＊

「……（これは想定外の事態です。どうして誰も私に声をかけてくれないのでしょうか？）」


思わぬ大騒動があった野外実習の翌朝。

いつものように登校して席に座り、講義を受ける準備をしながらクラスメイトの誰かが私に声をかけてくるのを待っていたのですが、どういうわけか一人も話しかけてきません。

そっと周囲のクラスメイトたちの様子を探ると、私の様子をうかがっていたり、私を見ながら他のクラスメイトたちとヒソヒソ話をしているというのに……。

「（普通に考えたら、私に昨日の件でお礼を言ってから、『お昼を一緒にどうですか？』などと誘いが入り、その席で『カタリーナさん、私たちと一緒にパーティを組みませんか？』的なお話があるはず……）」

だって昨日の私は、みなさんの前で多数の暴走する獣たちを得意な風魔法で倒し、その実力をアピールすることに成功したのですから。

「（昨日の私の魔法を見て、私をパーティに誘うどころか、一人も声をかけてこないなんて……もしや！）」

クラスメイトたち全員が同じことを考えているから、みなさん牽制《けんせい》し合って、私に声をかけることを躊躇している？

「(そういうことでしたら納得ですわ)」

いつまでもそんな状態が続くはずがなく、誰か最初の一人が私に声をかければ、抜け駆けされてなるものかと、他のクラスメイトたちも続けて私に声をかけてくるはず。

「(ならばここで変に焦らず、貴族らしく優雅に待つことも大切ですわね)」

あとのお楽しみのため、私はいつもどおり真面目に講義を受けるとしましょう。

「みんな、出席してるか？　じゃあ今日は、ブライヒブルク周辺で採集できる、食べられる野草の見分け方についてだ」

昨日の野外実習に参加していた講師なのに、私の大活躍について一言も触れない点は気になりましたが、一限目の講義が始まり、二限目、三限目と特にトラブルもなく進んでいきます。

いまだ、私に話しかけてくるクラスメイトは一人もいませんが。

「(きっと今日の講義が終わってから、昼食に誘われるのでしょう)」

クラスメイトたちに恩着せがましいことを言うつもりはありませんが、私はみなさんの命の恩人なのですから、声くらいかけてくれても……。

「(大丈夫ですわ、きっと)」

「……以上だ。今日の講義はこれで終わりだ」

時間はちょうどお昼。

生徒たちは午後からのアルバイトや狩猟の前に昼食をとるので、その時に私が誘われる。

「(ようやく私もクラスメイトたちに誘われて、初めて一緒に昼食を。そしてそのあとは……)」

さあ、どなたが私に話しかけてくるでしょうか?

ワクワクしながらその瞬間を待っていると、背後から……。

「あのぉ、すみません」

「(きた!)」

ついにクラスメイトが私に声をかけてきた。

ですが私は、貴族であるヴァイゲル家の当主。

ここで変に焦って、すぐに後ろを振り返るような下品な行動はよくありません。

「(嬉しさのあまり気持ちは逸《はや》りますが、ここはとにかく焦らず、ヴァイゲル家の当主に相応しく、優雅に振り返るべきなのです)」

天国のお父様、お母様!

ついに私も、初めて同年代の方とお食事を一緒に!

もしかしたらこれが縁で、ヴァイゲル家復興にも協力してくれるかもしれず、そうだったらこんなに嬉しいことはありません。

「(もういいでしょう。どなたが私に声をかけてきたのでしょうか?)はい」

私が貴族らしく優雅に振り返ると、そこには一人の女子生徒が……そういえば私は彼女の名前を知りませんでした。

これまであまり接触がなかったので仕方がないとはいえ、さすがにこの点は改めませんと。

貴族は人脈が大切なので、人の顔と名前をすぐに覚えられるよう努力する必要があるのですから。

「(彼女は私にどのような用事が……わかっていますが)」

私が、女子生徒が声を発するのを今か今かと待ち構えていると、ようやく彼女が……。

「あのぅ、ルルさんですよね？」

「はい」

「(……あれ？)」

なんと、後ろから私に声をかけてきたと思った女子生徒は、別の女子生徒に声をかけていたのです。

それを知った瞬間、振り返った私の顔は火を噴き出したかの如《ごと》く熱くなってしまいました。

「ルルさんは弓矢が上手と聞きました。昨日のような事態に備えて、私たちはパーティを強化したいんです。是非参加してくれませんか？」

「私、これまでパーティを組んでなくて。野外実習で初めて獲物を射ることに成功したような初心者ですけどいいんですか？」

「私たちも似たようなものなので。これからお昼ご飯を兼ねて、他のパーティメンバーたちと打ち合わせをしませんか？」

「喜んで」

「安くてお得な食堂があるので、そこで一緒にお昼ご飯を食べながら話をしましょう」

「そうですね」

私の隣の席に座るルルさんは急ぎ下校の準備を終えると、二人で連れ立って教室を出ていってしまいました。

そしてそんな二人が教室を出ていくところを羨ましいと思いつつ見送ってから、あらためて教室を見渡すと、私以外すでに一人もクラスメイトがいませんでした。

「(おかしいですわね。これはどういう？)」

クラスメイトたちが動物の群れに襲われるところを魔法で救ったのに、一人も私に話しかけてこないなんて……。

「(こ、こんなおかしなことがあっていいのでしょうか？)」

私が子供の頃に読んでいた物語では、昨日の野外実習ほどのトラブルがあれば、必ず友達ができていたのに……。

「(物語と現実の差なのでしょうか？　それともみなさんは、そんなに恥ずかしがり屋なのですか？　いえ、もしかしたら午後にホールミアランドの外で声をかけてくる可能性も……。その前に……)」

「あ――、お嬢さん。これから掃除をするんで、なるべく早く教室を出てくれんかね？」

「……はい」

私はまたも、教室の掃除を担当しているお爺さんから早く教室を出るように注意されてしまい、今日もお昼ご飯は一人で食べることが決定したのでした。


「(まだまだ予備校は始まったばかり。きっと私にもお友達が。なのでその前に……)」

ヴァイゲル家復興のためにはいくら資金があっても困ることはありませんから、これからは積極的に狩猟と採集に勤しもうと思います。

実は昨日『竜巻』で倒した動物たちは、素材状態は決してよくないにもかかわらず、思っていた以上の金額で買い取ってもらえたのですから。

＊＊＊

「みんなはこれで卒業となるが、まだ習っていない必要な技能などがあれば追加で講義を受けることができるから、その時は遠慮なく申し出てくれよ。講習料はかかるが、必要な技能や知識を学ぶ時にお金はケチらない方がいい。命に関わるからな。冒険者の先輩である俺たちからの最後のアドバイスだ」

「一年って、あっという間だったな」

「なあ、卒業後のパーティ編成はどうする？」

「俺たちはそのままでいいだろう」

「私たちは、先輩冒険者と組むことも考えないといけないわね」

「クソ――――っ！　卒業直前にパーティが解散してしまった！　なんなんだよ？　パーティ解散の理由が、リーダーとサブリーダーによる女の取り合いって！　次はまともなパーティに入るぞ！」

一年間の冒険者予備校生活が終わり、今日は卒業式。

持っていたところで特に役に立つわけではない、と散々に言われている卒業証書を大講堂で受け取り教室に戻ると、クラスメイトたちが卒業後にどう活動するか、楽しそうに話していました。

今のパーティで冒険者生活をスタートさせる者。

在学中にパーティが分裂したり、戦力にならないメンバーをクビにして新しい仲間を探そうとしていたり。中にはパーティが解散になってしまった人も。

冒険者も人間なのでメンバー同士の気が合わなかったり、男女混合のパーティではよくあるそうですが、痴情のもつれがあったりと。

そういえば在学中、旧ヴァイゲル騎士爵領で読んだ物語のような素敵な男性との出会いは、私にはありませんでしたわね。

もしあっても私は貴族に戻る予定なので、それが恋愛関係に発展することなど決してあり得ないのですが、できたら遠くから眺めるだけでウットリできる素敵な男性との出会いが……同年代のクラスメイトたちは子供っぽく感じてしまいますし、講師の方々は年配の方が多いので、これからに期待しましょう。

とはいえ、貴族に戻る私は将来政略結婚もしなければいけないので、あくまでも遠くから見ているだけ……私は淑女ですから。

ところで無事卒業となったのはいいのですが、結局私には一人の友達もパーティメンバーもできませんでした。

どういうわけか、みなさん全然話しかけてくれませんし、たまに話しかけてきたと思ったら、私に寄生する気満々な駄目な方たちばかり。

まさか同年代の方々と交流することが、こんなに難しいとは思いませんでした。

「（ですが、まだ焦る必要はありませんわ！）」

だって、私はまだ十四歳なのですから。

これからの人生は長く、きっと私の生い立ちや決意を知ってもなお、お友達になってくれる方がいるはずです。

「(魔物の領域に入れるのは来年、十五歳になってからですが、むしろ好都合ですわ)」

冒険者予備校を卒業した元同級生たちもまだ成人していないので、しばらくはホールミアランド周辺の土地で狩猟、採集を続ける方が多いはずですから、これから仲良くなればいいだけの話ですわ。

「(そういえば、冒険者予備校はホールミア辺境伯家が経営していることを思い出しましたわ)」

在学中、ほとんど誰も私に声をかけられなかったのは、ホールミア辺境伯がルックナー侯爵家とリリエンタール伯爵家の顔色をうかがって、裏でなにか工作したから……という可能性も捨て切れません。

「(ともあれ、冒険者予備校を卒業してしまえば、貴族たちの柵《しがらみ》を気にしない人たちがきっと私に声をかけてくるはず。今から楽しみですわ)」

ヴァイゲル家復興に必要な資金稼ぎも、普通の冒険者なら徒歩で何日もかかる場所に『飛翔』で移動できるので、いくらでも珍しい獲物や採集物が手に入ります。

成人すれば魔物を倒して大金を稼ぐことも可能になりますし、なにより竜を倒せる！

そう。

去年、私が冒険者予備校に入学して夏休みに入った時、王都では大騒動が起こっていました。

ヘルムート王国南部の大都市ブライヒブルクから王都へと向かう魔導飛行船がアンデッド古代竜に襲われ、船を落とされたなら王都にも甚大な被害が発生すると思われたその時、たった一人の少年がその竜を退治してしまったとか。

しかも彼は騎士爵の八男であったにもかかわらずこの功績で準男爵に任じられ、それからすぐに広大な魔物の領域パルケニア草原のボス、老地竜『グレードグランド』を倒して男爵に陞爵《しょうしゃく》したそうで。

「（つまり、ここから導き出される結論はたった一つですわ！　私も竜を倒せば貴族に復帰でき、ヴァイゲル家の復興も成るはず）」

そのためにも今は、動物の狩猟や採集で魔法の腕前をさらに磨き、貴族に復帰した時に備えてお金を貯めることが大切なのです。

「とにかく無事に冒険者予備校は卒業できたので、これからは冒険者として沢山お金を稼ぎませんと」

ヴァイゲル家が復興した時、家臣たちに給金も支払えないようでは貴族失格ですから。

「となると、これからも食事はできる限り自炊した方がいいでしょう」

貴族が自ら料理をするのはどうかと思いますが、せっかく覚えた技能ですし、節約もできますし、なにより今の私はそもそも貴族ではないのでセーフということで。

卒業式も終わりましたので、朝に作っておいたお弁当を食べてから、今日は高い山を流れる渓流で魚を獲り、これを馴染みのレストランに卸してから狩猟と採集を始めるとしますか。

＊＊＊

「あの女ぁ！　どうしてこんな高い山の渓流なんかで仕事をしているんだよ？」

「渓流で獲れる特別な魚が高く売れるって聞きましたから、それが目的じゃないですか？」

「カタリーナは魔法使いだろう？　モンスターや竜をバンバン魔法で倒せばいいじゃないか」

「ミック様、もしかして知らなかったんですか？　成人しないと、魔物の領域に入れないんですけど……」

「ちょっと忘れていただけだ！　当然知っていたさ！」


カタリーナが冒険者予備校を卒業したので、ようやく俺様のモノにできる。

本当は在学中に隙をついて押し倒してしまえばよかったのだが、冒険者予備校はホールミア辺境伯家が経営しているところだ。

そこの生徒に手を出すと、最悪ルックナー侯爵家とホールミア辺境伯家との争いになってしまうので、俺様は涙を飲んでこの一年間我慢した。

その間に俺様は、ホールミアランドに拠点を作ってカタリーナの卒業に備えていたんだが、この街は王都に比べると田舎だが、金はあるのでまあまあの暮らしだったな。

ただ、この一年間ちょっと遊びすぎてお金が尽きかけているから、一日でも早くカタリーナをモノにしなければ。

「これでようやくカタリーナの金を使って、ルックナー侯爵家からの分離、独立を図る作戦が実行できるというもの。この俺様がいつまでも、ルックナー侯爵家で飼い殺しにされていいわけがない！」

現にルックナー侯爵の弟ですら独立できたのだから、この俺様が独立できないわけがないのだ。妻になったカタリーナが稼ぐ金を原資として、俺様のサクセスストーリーの幕が上がるのさ。

そう思って早速カタリーナを尾行しようとしたんだが、あの女、『飛翔』で飛行して人里離れた場所にばかり出かけやがって！

「カタリーナめ！　もっと尾行するのに便利な場所で狩猟なり、採集をしやがれ！」

「街の近くではライバルが多いですし、獲物や採集物が取り尽くされて成果が出ないこともあるので、魔法で飛べるカタリーナが遠征することは理にかなっていると思いますよ」

「エイフ！　そんな正論は俺様もわかってるんだ！」

とにかく、一日でも早くカタリーナを手籠めにして、俺様がルックナー侯爵家から分離、独立するための資金を出してもらわないと。

「ルックナー侯爵家の当主が大伯父様の頃は俺様も可愛《かわい》がってもらって楽しく暮らせていたのに、今の当主は駄目だ！　この俺様を蔑《ないがし》ろにしやがって！」

上から目線で、『ちゃんと働け』などと抜かしやがる。

大伯父様は俺様がお願いすればすぐにお金を貸してくれたというのに、その息子は『これまでに父が貸したお金を返さなければ、これ以上金を貸すことはない』などとケチ臭いことを……。あんな貴族に相応しくないケチなど、こちらから用済みってものだ。

「エイフ、カタリーナの行き先を探るんだ。先に俺様たちがそこで待ち伏せしておけば……。人里離れた場所なら、目撃者もいなくてウヒヒヒヒ」

「はあ、わかりました」

まだお金が残っているうちに、カタリーナを妻にして資金源を確保しないとな。

さて、カタリーナの行動予定はエイフが掴《つか》んでくるだろうから、俺様はホールミアランドで貴族に相応しい浪費をしなければ。

「ミーアちゃんと同伴出勤して、お店が終わったあとは……うふふ」

いやあ、貴族である俺様はモテモテで困ってしまうな。

＊＊＊

「この森にライバルはおらず、大きな獲物が沢山獲れますわね。魔法の袋に入れておけば傷みませんし、成人するまで魔物の領域に入れない以上、街近くのポイントは避けるべきでしょう」

冒険者予備校を卒業してからの私は、毎日『飛翔』でホールミアランドから遠く離れた場所で狩猟、採集を続けています。

たとえ『飛翔』を使っても、宿から現場までの往復時間が惜しいので、決められた成果を出すまで何日も現地で野営を続けることも珍しくなくなりました。

もう一つ、野営のメリットは、宿代を節約できる点にあるかもしれません。

冒険者予備校卒業後、ホールミアランドで部屋を借りようか悩んだのですが、月の半分近くを野営するようになったので、それなら宿に泊まればいいという結論に至ったのです。

持ち物も魔法の袋に入れておけば邪魔になりませんし、魔法使いは生活費を安く済ませることができることが判明して、ヴァイゲル家復興のためにお金が必要な私にはありがたい話です。

貴族らしい生活ではありませんが、遠く人里離れた場所で狩猟と採集を行えば、他の人に目撃されることもないので好都合というもの。

ただ、この生活を続けているとなかなかお友達ができないのですが、成人して魔物の領域に入れるようになれば、状況も変わるはずです。

「獲物も採集物も十分に手に入りましたし、一旦ホールミアランドの冒険者ギルドに戻って清算することにしましょう」

ホールミアランドの近場で狩猟をしないと同業者から声をかけられないという欠点がありますが、ヴァイゲル家復興のためにはお金が必要です。

そのうち、私にもお友達とパーティメンバーができるはず。

それまでは、頑張って冒険者として活動していきませんと。

＊＊＊

「……エイフ！　カタリーナはどこにいるんだよ？」

「あれ？　おかしいですね。もうホールミアランドに戻ってしまったのかな？」

「お前、ふざけるなよ！」

「ミック様、カタリーナの活動範囲が人里離れた場所ばかりだから仕方がありませんよ。この場所に向かったことは確実なんですけど、さすがに彼女の予定は彼女自身にしかわかりませんからねぇ。

三日もかけてここまでやってきたのに、これはとんだ骨折りでしたね、あはは」

「笑い事で済むか！」

カタリーナが、この人里離れた森で狩猟と採集をするという情報をエイフが仕入れてきたので、俺様たちは三日かけてその森に到着した。

ところがいくら探しても、カタリーナの姿を見つけられなかったのだ。

エイフに問い質すと、もう彼女はホールミアランドに戻ってしまったかもしれないと言い始め、こんなふざけた話があってたまるかと、俺はエイフに文句を言う。

「ホールミアランドで、カタリーナを襲ったらよろしいのでは？」

「そんなことをしたら、ホールミア辺境伯家にバレるだろうが！」

他所《よそ》の貴族の領地で犯罪行為なんてしてみろ。

ライバルのスキャンダルを握ることができて大喜びなホールミア辺境伯家が、すぐにルックナー侯爵家を攻撃するはずだ。

「だから人里離れた森まで移動しているんだ」

「なら、一回くらい空振りだったからって怒らないでくださいよ。狩猟も女性も根気が必要ですって」

エイフの奴、このところ生意気になりやがって！

これも当代のルックナー侯爵になってからというもの、俺様の懐が大変苦しくなり、エイフをクビにしたら俺様一人になってしまう現状を見透かされているからか。

「とにかく今日は諦めて、ホールミアランドに帰りましょう。ホールミアランドに戻るには、また三日間歩きづめですけど……。面倒だなぁ」

「文句を言うな！　お前は俺様に雇われているんだぞ！」

「ミック様、あまりこういう場所で大声を出さない方がいいですよ」

「どうしてだ？」

「魔物の領域ではない森には狼が棲《す》んでいることが多く、私たちのような獲物を見つけたら、捕らえて食らおうとするからです」

「はんっ！　狼如きすぐに追い払ってやるさ」

「狼の群れに襲われたら、そんなこと言ってられませんって」

「そんなもの、ここにはいないだろう？」

ガサガサ。

「エイフ、こっそりと藪《やぶ》を揺らして俺様を脅かそうとしても無駄だぞ」

俺様を脅かそうとしても、そうはいかないからな。

どうせエイフが藪をこっそりと揺らして、狼がこちらをうかがっているように見せているだけなんだろうから。

「ミック様、ここにいる私がどうやって数メートル先の藪を揺らすことができるって言うんです？」

「じゃあ、あの藪をガサガサ揺らしている奴は誰なんだ？」

「ええと……私たちを狙っている狼じゃないですかね？」

「えっ？」

まさかとは思ったが、その直後に藪から飛び出してきたのは数匹の狼たちだった。

しかもそいつらの後ろにも、生き物の気配を多数感じてしまい……。

「(エイフ、くだらない言い争いをしている場合ではなかったな。逃げるぞ)」

「(はい、逃げましょう)」

「ウォ――――ン！」

「「「「「「「「「「ウゥ――――ッ」」」」」」」」」」

その後俺様たちは、数十匹の狼の群れに追いかけられながら、命からがらホールミアランドまで逃げ帰った。

俺様がこんな目に遭っているのは、すべて気が利かないカタリーナのせいだ。

妻にしたら、その立場を徹底的に理解させてやるからな！

＊＊＊

「『いよいよ私も今日で成人となり、明日から魔物の領域での狩猟を始められます。将来の新ヴァイゲル家に相応しい家臣となるパーティメンバーを集め、竜を倒して名をあげ、必ずやヴァイゲル家を復興させるので、みんな楽しみにしていてください』……と。本当は旧ヴァイゲル騎士爵領に戻りたいところですが、お金はともかく時間が惜しいところ。それに中央で冒険者として活動すると、ルックナー侯爵家とリリエンタール伯爵家の妨害があるかもしれませんから。さて、ハインツに送る手紙は書き終えたので、今日は盛大にお祝いしましょう」

今日は私の十五歳の誕生日。

旧ヴァイゲル騎士爵領にいた頃はハインツたちがお誕生日を祝ってくれましたが、ここはホールミアランドなので自分で祝うしかなく、今日はお金を気にせずに豪勢なお食事でもとりましょう。

お誕生日を祝ってくれるお友達は……ようやく私も成人しましたので、これから頑張ればいいのです。

新ヴァイゲル家は以前よりも大所帯になることが想像できますから、人格、能力に優れたパーティメンバーを引退後に家臣にする。

そのためにも、パーティメンバーは厳選いたしませんと。

「実際のところ、動物の狩猟や、魔物の領域以外での採集は一人でも問題ありませんでしたが、魔物の領域では仲間がいた方がいいのは事実ですから」

この一年間でさらに魔法の腕前が上がりましたが、それでも一人で魔物の領域に入るのは危険です。

「どこかのパーティに入るべきか。それとも私がリーダーとなり新しいパーティを作るべきか」

冒険者予備校を卒業してから一年。

つい一人で行う狩猟と採集の効率のよさに夢中になり、元クラスメイトたちや同業者の方々に話しかけることをすっかり忘れていました。

私が最後に会話した人って……いつも利用している宿屋のおばさん……。

「この状況はよくありませんわ！　私は貴族になるのですから、これからは人脈構築を優先いたしませんと」

魔法の修練の仕方はわかるのですが、どうすれば私にお友達ができるのか？

ですが脳裏には常にヴァイゲル家復興のことが思い浮かび、魔法の修練やそのための資金集めを優先してしまいます。

ですが、それが無駄になることはないはず。

ヴァイゲル家の復興が見事叶《かな》ったら、私が魔法使いに生まれたことを利用して、領地、爵位、資産を増やし、新しい家臣も集めてさらなる発展を狙えるのですから。

魔法使いの才能は遺伝しないと聞いておりますので、このチャンスを生かしませんと。

貴族は孤独と聞きますし、私には生い立ちのせいで乳兄弟《ちきょうだい》や一緒に教育を受けた一族や家臣の子供もいません。

身分差を超えた友人は、外で作るしかないのです。

「そこで、臨時パーティですわ」

ホールミアランドから徒歩で三日ほどの距離にある岩山がワイバーンの巣なので、ここに一緒に討伐に行く臨時のパーティメンバーを募集する。

ワイバーンの討伐なら寄生目的の冒険者は排除できますし、臨時パーティならおかしな人が入ってもそれっきりにすることもできます。

優れた戦闘力を持つ方を正式なパーティメンバーにして、将来家臣にスカウトすることも可能でしょう。

「実に素晴らしいアイデアですわ。早速募集することとしましょう」

私は、この一年で馴染みとなった冒険者ギルドの職員さんに、臨時パーティメンバー募集の紙を掲示板に張ってもらうことにしました。

「カタリーナさんの実力なら、『タキッド岩山』のワイバーンの群れに襲われても大丈夫だと思います。なにしろカタリーナさんの得意な魔法は風ですから」

飛行するワイバーンは強力な風魔法に弱いと聞きますから、まずはワイバーンから挑戦して、飛竜、属性竜と難易度を上げていきたいものです。

「ただ、ホールミアランド周辺で活動する冒険者の中で、タキッド岩山行きを望む人はとても少ないと思うので、根気よく募集を続ける方がいいと思います」

「焦った結果、足手まといになるような人たちしか来ないのも嫌ですので、気長に待たせていただきますわ」

無事に臨時パーティ募集の紙を掲示板に張ることができたので、あとは応募者が現れるまで一人で魔物を狩るとしましょう。

どのような方が応募されてくるのか、とても楽しみですわ。

＊＊＊

「ねえ、この一年間でとてつもない成果をあげて、西部新人ナンバーワン冒険者だって評判になっているカタリーナさんが、ワイバーンを狩る臨時パーティメンバーの募集をしているけど、私たちも参加してみない？」

「私たちもこの一年間で、冒険者として大分成長したから、挑戦してみるのも悪くないわね」

冒険者予備校を卒業後、私、ヘレン、ダット、ボワーズの元クラスメイトでパーティを作って冒険者として活動してきた。

カタリーナさんほどじゃないけど、新人の中では成果を出しているとして、名が知れるようになってきた私たち。

先週で全員が成人したので初めて魔物を狩ってみたけど無事に成果を出せた。

これなら、在学中は到底無理だと思っていたカタリーナさんのパーティメンバーになれるかもしれない。

今回の臨時パーティメンバー募集はチャンスだと思ったのだ。

「臨時パーティかぁ。なんか下に見られている感じだな」

「カタリーナさんは優れた魔法使いとして実際に成果を出しているし、そんな人には寄生目的の冒険者が寄ってくるって聞くから、それを警戒しての臨時パーティだと思う」

卒業後にパーティに加わったボワーズはカタリーナさんのやり方に否定的だけど、冒険者の世界は実力がすべてだから、それは仕方がないと思う。

「ボワーズだって、一昨年《おととし》、野外実習でカタリーナさんの実力を見ただろう？　俺たちが彼女と同じくらい強くなれるなんてことはないが、彼女がパーティに入れたくなる実力は獲得していると信じて、これに応募してみようぜ」

「そうだな。カタリーナさんに俺たちも進化したことを見せてやるぜ！」

私たちは早速ギルド職員に声をかけ、カタリーナさんの臨時パーティメンバーに応募する旨を伝えた。

　頑張って、正式なカタリーナさんのパーティメンバーに選ばれるぞ！

＊＊＊

「臨時パーティメンバーか。これに応募しようじゃないか」

「ミック、まだ諦めていないのか？」

「……エイフ、お前、そのタメ口をやめるつもりはないのか？」

「ないな。なぜなら、今のミックと私は同じパーティを組むごく普通の冒険者……という設定なのだから」

「……仕事に忠実で結構なことだ」


　なかなかカタリーナをモノにできないまま、俺様のホールミアランド滞在はもう二年になろうとしていた……。

　今の当主はケチなのでホールミアランドの滞在費を出してくれず、仕方なしに身分を隠してエイフと二人で冒険者として登録。

　この一年、カタリーナを襲うチャンスを待ちながら、エイフと二人で生活費を稼いでいた。

　先代は頼めばすぐに仕送りしてくれたのに、その息子はなんてケチなんだ！

　貴族であるこの俺様が、冒険者として生活費を稼がなければいけないなんて……。

財政難で、いま残っている家臣はエイフのみ。

どうにかカタリーナを妻にしなければ俺様は破産だと思っていたら、向こうが臨時パーティメンバーを募集し始めた。

これまではカタリーナ一人で飛んでいってしまい接触の機会がなかったから、このチャンスを必ず生かさなければならない。

「エイフ、早く応募するんだ。ライバルたちも多いだろうからな」

「それはどうかな？」

エイフの奴が、俺様の考えを否定した。

俺様の身分がバレないようにタメ口なのはいいが、俺様がカタリーナを妻にしたら元の口調に戻るのか不安になってくるな。

「どうかなとは？」

「多分、応募してくる冒険者は少ないと思う」

「あのカタリーナと臨時でもパーティを組むことができるんだ。この機会を逃す冒険者は少ないと思うが……」

「当日になればわかるさ」

日付は変わり、カタリーナをリーダーとする臨時パーティが初めて顔を合わせる日。

待ち合わせ場所に向かうと、そこには冒険者らしくない派手な服装と髪型のカタリーナが待ち構えていた。

待ち構えていたのだが……。

「お二人の名前を教えていただけませんか？」

「ミックとエイフだ」

「ミックさんとエイフさんですね。お二人のことはギルド職員の方から聞いておりました。よろしくお願いします。頑張ってワイバーンを倒しましょう」

「はい」

「おっ、おう」

特に武芸に優れているわけでもない俺とエイフが、この一年間冒険者として過ごしたところでそれほど強くなるわけがない。

この機会を利用してカタリーナと既成事実を作り、結婚することが目的なのだから。

ワイバーンの相手は強力な魔法が使えるカタリーナに任せて、俺様たちは夜になるまで体力を温存しないとな。

夜中になったら、寝ているカタリーナに……。

「(そういえば、応募者は俺様たちだけなのか？)」

もしそうだったら、俺様は楽に目的を達成できるところだが……。

「(まさか。ミック、来ましたよ)」

俺様たちだけに思われたが、少し遅れてカタリーナと同年代と思われる少年少女四人パーティが姿を見せた。

「お久しぶりです、みなさん」

「カタリーナさん、一匹でも多くのワイバーンを狩りましょうね」

どうやら少年少女たちは、カタリーナの冒険者予備校時代の元クラスメイトらしい。

俺様たちよりも強そうなので、作戦は慎重に実行しなければ。

「これで全員ですわ」

「まあこの人数なら隙をついて……」

「ミックさん、隙をつくとは？」

「ああいや、上手くワイバーンを奇襲する戦法が使えないかなってさ。さあ、時間がもったいないから、すぐに出発するとしよう」

できれば、ワイバーンの棲処《すみか》に到着する前にカタリーナと既成事実を作っておきたい。

そうすれば、俺様がワイバーンと戦う必要がなくなるからだ。

「(確か、タキッド岩山はこのホールミアランドから徒歩三日ほど。三日もあれば……)」

「タキッド岩山まで一日で移動できる近道がありますので、そこを通ろうと思っていますが、みなさんはどう思われますか？」

「ダラダラと三日間も移動するよりは、一日で済むならその近道がいいと思う」

「ダットさんは私の意見に賛成ですか。反対の方はいらっしゃいませんか？」

本当は夜に寝ているカタリーナを襲うチャンスが減るので反対だが、ここで俺様だけが手を挙げると、その正体を勘づかれてしまうかもしれない。

「(今夜、成功させればいいんだ) 俺さ……じゃなかった。俺も賛成だ」

それに、三日間も歩き続けるのはさすがに面倒臭いからな。

「みなさん賛成のようですので、すぐに出発いたしましょう」

こうして合計七名でタキッド岩山を目指すことにしたのだが……。

近道は魔物の領域なうえ、カタリーナを先頭にタキッド岩山までの最短距離を突っ切るというものだった。

「ひぃ――――！　魔物がぁ――――！」

俺様たちを食い殺そうと迫り来る魔物たちに、恐怖以外の感想が出てこない。

「いきますわよ！」

当然、獣道以外ないので、樹木などの邪魔な障害物は、カタリーナが『ウィンドカッター』で薙《な》ぎ払っていく。

侵入者である俺様たちに次々と魔物が襲いかかってくるが、これもカタリーナが『ウィンドアロー』、『ウィンドランス』を駆使して次々と倒していった。

「(酷い光景だ……)」

首筋を切り裂かれ、頭部や心臓を貫かれ、血を噴き出しながら死んでいく魔物たち。

俺様はその凄惨な光景を見て吐き気を催していたが、カタリーナは顔色一つ変えず淡々と倒していきやがる。

「(こいつ、成人したばかりなのに、どうして平気なんだ？)」

「竜ではない魔物はさほど強くありませんわね。ヴァイゲル家の当主たる私の前進を邪魔するのであれば、死あるのみですわ。みなさん、魔物の死骸の回収をお忘れなく」

カタリーナの魔法で次々と殺される魔物たち。

俺様たちの仕事はその死骸を可能な限り回収することだが、一番の目的はタキッド岩山まで一日で到着することだ。

カタリーナは、魔物を大量に殺しながらも移動速度を落とさない。

彼女から少しでも遅れれば魔物の餌食となる。

エイフも少年少女たちも必死だった。

「（はっ！　他人のことなど気にしている場合ではなかった！）」

「どうやら血の臭いに釣られ、さらに多くの魔物が集まってきたようですわ。ですが！」

どれだけ多くの魔物が道を塞ごうとも、カタリーナは冷静に効率よく魔法で薙ぎ払っていく。

「拾え！」

「遅れるなよ！」

カタリーナから借りた魔法の袋があるにしても……いや、それがあるからこそ魔物の死骸の回収に時間をかけていられないのだ。

「はぁ……はぁ……（カタリーナの奴、よく体力が……）」

「（魔力で身体能力を強化しているんだ）ミック、遅れてるぞ！」

「おっ、おう！」

エイフの奴、自分は少し余裕があるからって……。

どうにか一日で魔物の領域を突っ切り、タキッド岩山の麓《ふもと》まで到着したのはいいが……。

「……もう今夜は動けない」

「ミック、夜になったぞ。カタリーナのところに夜這《よば》いに行かないのか？」

「体が……」

「体力がないな、お前」

エイフの野郎！

主人である俺様に対し、二人きりのテントの中でもタメ口を利きやがって！

もしテントの外から他人に主従の会話を聞かれ、俺様たちがルックナー侯爵家の係累だと気がつかれたら困るという、反論の余地のない完璧な言い訳だからなにもできないじゃないか！

とにかく今日は、魔物の領域を一日で突っ切ったので疲れた。

「ミック、今夜動かないでどうするんだ！」

「無茶を言うな！　俺様はもう体力の限界なんだから。帰りの道中に延期しよう……ふぁ――あ、もう意識が……」

今日は一日中、獣道しかない魔物の領域を走り続けたせいで、もう眠くて仕方がない。

まだチャンスはあるのだから、今夜はもう寝てしまうことにしよう。

明日できることは明日やればいいのだから。

＊＊＊

「ワイバーンがあんなに沢山。これは荒稼ぎのチャンスですわ」

「「「「……こんなにいるの？」」」」

「「……」」

　さすがは、西部でも有数のワイバーンの棲処として知られているタキッド岩山。

　その岩山の中腹から頂上にかけて多くのワイバーンたちが翼を休めています。

　山腹の巣では卵を温めたり、私たちが丸一日かけて踏破した魔物の領域から獲ってきた魔物を雛《ひな》に餌として与えていたりと。

　どうりで私が臨時パーティメンバーを募集しても、思ったほどの人数が集まらなかったはずですわ……。

「カタリーナさん、私たちだけで大丈夫でしょうか？」

「リーシャさん、私に任せてくださいな」

　私の最終目標はヴァイゲル騎士爵領の復興。

　その途中過程である属性竜を倒すことに比べたら、いくら数が多くてもワイバーンに苦戦してなどいられません。

「誰が言い始めたのか知りませんが、『暴風』たるこの私、カタリーナ・リンダ・フォン・ヴァイゲルがタキッド岩山のワイバーンたちを薙ぎ払ってご覧に入れましょう。みなさんには、私の援護と補佐をお願いいたしますわ」

　わずか十二歳でアンデッド古代竜と老地竜を連続して倒し男爵になったヴェンデリン・フォン・ベンノ・バウマイスターと私に、才能の差があるとは到底思えません。

ならば私も、一日でも早く属性竜を倒して貴族になりましょう。

今日はその第一歩。

ここは目立つため派手にいきましょうか。

「ワイバーンに接近されてしまったら、私はともかく他のみなさんでは対処できません。早めに落とさせていただきます！」

事前に書物で調べておいたワイバーンの倒し方は、まず最初に翼にダメージを与えて飛べなくすること。

特に今回は異常繁殖していて数が多いので、接近を許すと大変なことになってしまいます。

「巻き込まれたら『ウィンドカッター』の効果もある『竜巻』の乱れ撃ちを食らいなさいな！」

友達ができなかったことで得られた時間で生み出した新魔法により、翼を切り裂かれて地面へと落下していくワイバーンたち。

当然それだけでは死にません。

トドメを刺すべく『ウィンドランス』で頭部を貫いていきます。

「これだけの数のワイバーンが相手でも苦戦しないということは、私もあのバウマイスター男爵と同じか、それ以上の魔法の実力があるということ。見てなさい！　私は必ず名つきの属性竜を討伐して、貴族に復帰しますから！」

成果はいくらあっても困ることはありません。

ワイバーンを倒せるだけ倒して、私の名を世間に轟かせてご覧に入れましょう。

＊＊＊

「まっ、また！　ひぃ――――！」

「（ミック様、お静かに。今のあなたはワイバーン討伐に参加している凄腕《すごうで》の冒険者という設定なのですから）」

「しかしだな」

「（カタリーナに勘づかれますから）」


ミック様が、彼の目の前で『竜巻』を複数放ち、ワイバーンを次々と狩っていくカタリーナに恐れおののき、その場で腰を抜かしてしまった。

昨日に引き続き……いや、それ以上か。

カタリーナの魔法が想像以上に凄《すさ》まじいので気持ちはわからなくもないが、ミック様は彼女を妻にしようとしているのだから、その人が使う魔法に驚かないでほしい。

「みなさんは、ワイバーンの死骸の回収をお願いします」

「「「はいっ！」」」

カタリーナの同級生たちは彼女の魔法にあまり驚いていないようで、今日も彼女から預かった魔法の袋にワイバーンの死骸を回収していく。

汎用《はんよう》の魔法の袋……。

持っていない貴族はバカにされるので、ミック様が手に入れようと躍起になっているものだが、それを複数持つとは……。

さすがは凄腕の魔法使いにして、現在西部で一番稼いでいるのではないかと噂になっているだけのことはある。

「……ミックさんは具合でも悪いのですか？」

「珍しくお腹でも壊したんですかねぇ……」

ミック様が怯えて使い物にならないので、カタリーナから注意が入ってしまった。

ちゃんと役に立たなければ、今後二度と彼女とミック様との接点がなくなってしまう。

もう今さら彼女の寝込みを襲うなんてことはできないのだから、頑張ってワイバーンの死骸を回収するぐらいはしないと、次の機会すら巡ってこなくなるじゃないか。

「（ミック様！）」

「（無理！　無理！　無理！）」

「（駄目だ、こりゃ……）」

気持ちはわからなくもない。

カタリーナは『飛翔』しながら、自分に襲いかかってくるワイバーンを次々と、殺傷性が高い小さな『竜巻』で切り裂いて地面に叩き落とし、頭部を『ウィンドランス』で貫いて殺しているのだから。

翼を切り裂かれて地面へと落下していく血まみれのワイバーンと比較して彼女の美しさが際立つが、美しいからこそ恐怖が倍増されているようにも感じる。

その強さは、あの王都を救った英雄バウマイスター男爵にも劣らないかもしれず、昨日の魔物の領域突破と合わせて、ミック様は完全に心を折られてしまった。

彼女を無理やり妻にしたり、夫として支配するなど到底不可能だと理解したのだ。

「あの……具合が悪いのでしたら、後方で休んでいてください」

「ご配慮に感謝を。ミック、行くぞ」

「ああ……」

ミック様を呼び捨てにしても、それどころではないようで反論されなくなってしまった。

予想に反してカタリーナは優しかったが、これで私たちは完全に戦力外扱いとなってしまった。

「(これからどうしたものかな)」

ミック様がカタリーナを妻にできないとなると、彼のルックナー侯爵家での立場は……事実上の飼い殺しか……。

どういうわけか、ミック様は先代に気に入られてちょくちょく大金を貰っており、しかもその金でなにか役に立つことをしたわけでもないことが息子である現当主に知られ、今現在、完全に蔑《さげす》まれているかたちだ。

「(それにしても……)」

ワイバーンの数が減って余裕ができたからか、カタリーナはいまだ血一滴ついていないドレス姿で、まるで踊るかのように『飛翔』を続けながら、次々と『ウィンドカッター』でワイバーンの首筋を切り裂いていく。

ワイバーンの血煙が漂うタキッド岩山上空で、特注品と思われるドレス型の防具、これも特注であろう大きなルビー色の魔晶石をつけた杖、そしてこのところあまり見かけなくなったが、以前は

『貴族令嬢といえば』と言われるくらい流行していた縦ロールの髪型をビッチリと決めているカタリーナ……様を見ていると、彼女は必ず将来貴族に復帰できるような気が……いや、それはないか。

前当主である自分の父親と折り合いが悪かった現当主といえど、ルックナー侯爵家が自分たちの都合で潰したヴァイゲル家が復活してしまえば、それはルックナー侯爵家の間違い、瑕《きず》となるのだから。

「（可哀想《かわいそう》だが、世の中なんてそんなものさ）」

私も心が折れたミック様を王都に運んだあと、ルックナー侯爵からクビを言い渡される可能性が高いだろう。

「（彼女たちはこの状況でもしっかりと働いているから、間違いなくカタリーナ様のパーティメンバーになれそうだな）」

貴族の家臣になれるかどうかまではわからないが、優れた魔法使いであるカタリーナ様とパーティを組めれば、少なくともお金を稼ぐことはできる。

「（私とは違って、彼女たちは運が開けたな）」

私はミック様を王都に運び、そのあとは別の仕事を探すことになりそうだ。

結局私とミック様は、カタリーナ様に気がつかれないまま敗れ去ってしまった。

こんなに間抜けな話はないので、このことは墓場まで持っていくことにしよう。

＊＊＊

「（リーシャ、またこの惨状と遭遇するなんて……）

「（それでも私たちは、ワイバーンの死骸を回収するしかないわ）」

「（服がワイバーンの血で汚れてしまったな……。ボワーズ、吐くならあとにしろ）」

「（うぇ――――、吐きながらでもワイバーンをちゃんと回収すればいいんだろう。俺も一昨年の野外実習のことは覚えているが……あの時に比べればまだ……）」


私も、ヘレンも、ダットも、ボワーズも。

この一年間、新人冒険者としてはかなりの実績をあげたので、少しはカタリーナさんに近づけたかもなんて思っていたけど、再び彼女の風魔法で多数のワイバーンが切り裂かれていく様を見ていると、とんでもない思い違いであることに気がつかされた。

カタリーナさんは冒険者予備校在学時よりもさらに魔法の腕を上げ、武器や装備、あの縦ロールの髪型もさらにパワーアップして、ますます貴族令嬢らしくなっている。

場違いさもパワーアップしていたけど……。

普通の冒険者がドレスを着て、縦ロールの髪型で活動していたら、確実にふざけていると思われるはず。

でも彼女は、その格好ですでに数十匹のワイバーンを『竜巻』と『ウィンドカッター』で切り裂き、倒している。

最初は数が多いワイバーンに接近されないよう、『竜巻』で翼を切り裂いて飛べなくしていたが、それだと翼の部分が売れなくなって査定が落ちるからと、首筋にある太い血管だけを切り裂き、失血死させていく。

並の魔法使いでは到底不可能な戦い方に、私たちは戦慄《せんりつ》した。

「(私たちが、カタリーナさんと組むことなんて……)」

「(私が臨時パーティに参加しようって言い出したけど無理ね)」

「(ヘレン、俺たちもそれに反対しなかったんだから同罪だ)」

「(ワイバーン退治が今回だけならいいけど、今後もやめそうにないしな。今後は飛竜や、もしかしたら属性竜を狙う可能性だってある。俺たちには無理だよ)」

私も、ヘレンも、ダットも、ボワーズも。

カタリーナさんのパーティに入るのは、到底不可能だと思ってしまった。

「(私たちは地道にやっていきましょう)」

「(リーシャの言うとおりね)」

「(無理をして死んでしまったら元も子もない)」

「(俺たちは、カタリーナさんじゃないからな)」

その後もカタリーナさんはワイバーンを狩り続け、私たちはその死骸を夕方まで回収し続けた。

「にしても、あの二人は駄目だったたな」

「ミックさんとエイフさんか……。カタリーナさんも二度とあの二人とパーティを組もうとは思わないだろうな」

冒険者は海千山千と聞くけど、いい年をした大人が、いくら優れた魔法使いでもまだ少女のカタリーナさんに寄生しようだなんて、人として恥ずかしくないのかしら？

私たちは無理だったけど、カタリーナさんにいいパーティメンバーができるよう、私は心の底から願うのだった。


今回は稼げたので、これでいい武器と防具を新調しましょう。

＊＊＊

「……まっ、まだ焦る時期ではありませんわ」


三日後、ワイバーン退治は無事に終わり、タキッド岩山からホールミアランドへと戻ってきた私でしたが、結局新しいパーティメンバーはできず、また一人でワイバーン退治に行く羽目に……。

なんでも、タキッド岩山のワイバーンは数が多すぎるので、その数を適正数まで減らす必要があるのだとか。

ワイバーンの素材も不足気味だそうで、特に冒険者ギルドから頼まれてしまいました。

「ミックさんとエイフさんはお話になりませんでしたが、リーシャさんたちはしっかりと働いてくださっていたのに……」

私はリーシャさんたちを正式に仲間に誘おうと思っていたのに、どういうわけか彼女たちの方から正式にパーティを組むことを断られてしまったのです。

『ごめんなさい。カタリーナさんが凄すぎて、私じゃあこれから足手まといになってしまうから』
『カタリーナさんなら、きっと他の優れた冒険者とパーティを組むことができると思う』
『今回のワイバーン退治、ああいう状態が続いてしまうと、俺たちの今の実力じゃあなぁ……』
『カタリーナさんなら、トップランクのパーティと組むことだってできるはず。俺たちも陰ながら応援するから』
『……（えっ？　えっ――――！）』

私はリーシャさん、ヘレンさん、ダットさん、ボワーズさんと正式にパーティを組もうと思っていたのに……。

「いったい、この私のなにが悪いのでしょうか？　こうなったらベテラン冒険者パーティへの加入も検討しなければいけないかも……。いいえ！　将来のことを考えた場合、私がリーダーとなってパーティを作る必要があるのです」

元同級生たちとパーティを組み、友情を育みながらヴァイゲル家復興を成し遂げ、家臣になってもらう。

私の考えた最高のプランが……ワイバーンを大量に狩ることができたのでお金にはなりましたが、どうして私にはなかなか友達ができないのでしょうか？

「まだ諦める時期ではありませんわ！　私は若いので、まだ焦る必要はないはず！　それよりも、ワイバーンの次は飛竜です！　飛竜が倒せたら、次はいよいよ属性竜……その前にパーティを作る必要がありますが……」

こうなったら、たとえ一人でも成果を出して名前を売ることが肝要ですわね。

そのせいでおかしな人たちが寄ってくるかもしれませんが、私ならそんな人たちをはねのける力があるのですから。

そして、そんな私に相応しい仲間たちが、友達がきっと現れるはず。

リーシャさんたちのことは諦めて、今日も一人で頑張ることにいたしましょう。

＊＊＊

「ミック！　このバカ者が！」

「従伯父《おじ》上、俺様はルックナー侯爵家のために……」

「そう思うのならもっとマシな方策を考えろ！　ヴァイゲル家の人間に手を出すんじゃない！」

隠居状態だったとはいえ、なかなかルックナー侯爵家の実権を手放さなかった父が亡くなってから三年。

ようやく家の状況をすべて把握したと思ったら……。

父はルックナー侯爵家のためとはいえ、王都周辺にある貴族の領地を直轄地に編入して王都の拡張に備えるという政策を利用し、リリエンタール伯爵家の寄子《よりこ》だったヴァイゲル騎士爵家を改易に追い込んだ。

そのせいでリリエンタール伯爵家には恨まれ——その割にはヴァイゲル家のフォローはまったくしていないようだが——他の貴族たちからも『やりすぎだ！』と批判され、我がルックナー侯爵家はどれだけ信用を失ってしまったか。

家督を継いだワシはその後始末に翻弄《ほんろう》されつつ、隠居してからもなかなか実権を手放さず、謎の出費を続けた父の行動をようやく把握したと思ったら……。

一族の中でも無能で鼻つまみ者と評判であったミックを可愛がり、かなりの大金を提供していやがった！

さらにミックは、父の死で資金援助が途絶えて困ったのだろう。

ヴァイゲル家の娘を妻にして金ヅルとし、最終的にはルックナー侯爵家からの独立を果たそうとまでしていたのだ。

金食い虫なうえに獅子《しし》身中の虫など、たとえ親族でもいらん！

そうでなくてもワシには、実の弟という最大の政敵が存在するのだから。

「ミック！　お前にはワシが紹介する場所で働いてもらう。もしそこでも役立たずだと判明したら……」

本心から言えば今すぐにでも見捨てたいところだが、ヤケになってヴァイゲル家の娘になにかやろうとしたら、ルックナー侯爵家の評判が地に落ちてしまう。

仕方がないので面倒を見なければ……。

事実上の飼い殺しだが、平民に落ちて貧民街で暮らすよりマシだろう。

「わかったのか？　ミック……どうかしたのか？」

「……はい、わかりました……」

「うん？　ミックはどうかしたのか？」

ワシは、ミックの家臣であるエイフという若者に、どうしてミックは腑《ふ》抜《ぬ》けているのだと尋ねた。

「それが……」

エイフによると、ミックはヴァイゲル家の娘を襲おうと、彼女が募集した臨時パーティに参加。風魔法で大量の魔物やワイバーンを次々と虐殺する様子を目の当たりにして、完全に心が折れてしまったらしい。

「情けない話だ。父はどうして、ミックを可愛がったのか……」

ワシや弟とも折り合いが悪かった父のことだ。

能力や性格など関係なく、純粋に親族としてミックを可愛がり、定期的にお金を渡していたのかもしれないな。

「もう会うこともあるまい。エイフとやら、ミックの面倒を頼むぞ」

「畏まりました」

この年になっても父の後始末をするのは疲れる。

ヴァイゲル家の娘が予想以上に優れた魔法使いであることが判明したが、過去の因縁を考えたらルックナー侯爵家が縁を結ぶことなどあり得ない。

「それに……」

優れた魔法使いならバウマイスター男爵との繋《つな》がりがあるので、それで十分だろう。

変に欲をかくとろくなことにならないのは、亡くなった父を見ればあきらかなのだから。

＊＊＊

「ごきげんよう」

「カタリーナさん、今日の成果はいかがですか？」

「飛竜を狩ってきましたわ」

「とてもありがたいです。西部に領地を持つ貴族の多くが、飛竜の頭の剥製《はくせい》を欲しがっていますから」

「飛竜の頭部の剥製ですか……。屋敷に飾ると、さぞや見栄えがよろしいのでしょうね（復興したヴァイゲル家のお屋敷にも飾りたいところですわ。飛竜は自分で狩れますから、お安く手に入るでしょうし）」


十六歳となった私は、この一年間多くの魔物を狩り続け、西部でナンバーワン冒険者と称されるようになっていました。

残念ながら私の知名度と名声が上がれば上がるほど寄生目的の方々が集まってきてしまうため、相変わらずパーティは組めていませんが、これは仕方のないこと。

今のところは一人でも問題な……いえ、いい加減どうにかしませんと。

「カタリーナさん、どうかされましたか？」

「あっ、いえ。なんでもありませんわ！　（こうなったら、冒険者ではない方とお友達になることも考えて……）」

今日も飛竜を狩って冒険者ギルドに持ち込むと、すぐに売れてしまいました。

職員さんによると、このところ貴族の間で飛竜の頭部の剥製が大人気だそうで、作ってもすぐに売れてしまうのだとか。

「ですが、飛竜の頭部の剥製需要はもうすぐ落ち着くでしょう。最近の流行はサーベルタイガーの剥製ですから」

「サーベルタイガーですか？　初めて聞く魔物の名前ですわね」

「南部にある魔の森でしか獲れない魔物です。このところ南部で色々と騒動があったみたいですが、あのバウマイスター男爵が伯爵となって広大な領地を継承し、領内の魔の森で発見、討伐され、王都の冒険者ギルドにも卸されたとか。珍しい魔物の剥製は、大物貴族たちが見栄で欲しがりますからね」

「バウマイスター伯爵？　ああ、爵位が上がったのでしたね。成人して冒険者デビューを果たしたそうですが……」

私のところにも噂は流れてきていますわ。

大活躍で羨ましい限りです。

「彼が冒険者になったら、きっとまた大活躍するんでしょうねぇ。残念なのは自分の領地がある魔の森などで活動する点ですか。西部に来てくれないかなぁ」

「この私に、なにかご不満でも？」

「いえ！　決してそんなことは！」

私は一人では危険だからと属性竜討伐に挑戦できないのに、未成年の頃からバウマイスター伯爵はアンデッド古代竜、老地竜と連続して討伐できて羨ましい限りですわ。

「私も、属性竜くらい倒せますわ！」

それが叶わないのは、やはり私が女性だからでしょうか？

最低でも属性竜を倒さなければ貴族になれないのに、私は西部で飛竜までしか狩れない日々を送っているのです。

「（このままでは、ヴァイゲル家の復興もままなりませんわ！　ならば……）魔の森ですか。最近冒険者が入り始めたばかりの魔物の領域は荒らされておらず、先ほどのサーベルタイガーなどもいて、さぞや稼げるのでしょうね」

「採集物も珍しくて、高値で売れるものばかりだとか」

この方、先ほど不用意な発言をして私を怒らせているからか、素直に魔の森について教えてくださいましたわね。

「それでしたら、私は魔の森に活動拠点を移させてもらいましょうか」

「ええっ――――！　それは……」

中央で冒険者として活動するとルックナー侯爵家とリリエンタール伯爵家に妨害されるかもしれないので、やはりここは南部の魔の森一択でしょう。

「私は西部の生まれでもありませんし、冒険者ギルドホールミアランド支部と専属契約を結んだ覚えもありませんから」

「それはそうなんですけど……」

そんなに私に出ていかれたくないのなら、私に聞こえるように、バウマイスター伯爵を褒めなければよろしかったのに。

「(魔の森には女性である私ですら貴族にしてくれる、強くて珍しい魔物や採集物があるかもしれません)」

そしてなにより、私よりも一歳年下なのに竜を二匹も倒し、あっという間に伯爵にまで成り上がったバウマイスター伯爵と会うことができるかもしれないのですから。

「(バウマイスター伯爵との魔法の腕比べで勝利して有名になり、それを利用してヴァイゲル家を復興させることも……)善は急げですわ！　すぐにバウマイスター伯爵領へと向かいましょう」

「そっ、そんなぁ」

このまま西部で冒険者として活動しても、ヴァイゲル家復興の可能性は低いはず。

それならば、新天地である魔の森でチャンスを狙った方が可能性も高くなるというもの。

「(それに、新天地なら今度こそお友達が見つかるはず！)見ていなさい！　バウマイスター伯爵！この私、カタリーナ・リンダ・フォン・ヴァイゲルがあなたよりも優れた魔法使いであることを世間に示し、必ずヴァイゲル家を復興させてみせますから！」

私はギルド職員の制止を無視し、定宿にしていたホールミアランドの宿屋を引き払うと、魔の森を目指して『飛翔』で飛んでいきます。

「噂によれば、バウマイスター伯爵は『ドラゴンバスターズ』というパーティも組んでいるとか……。この私がこれだけ頑張ってもパーティを組めませんのに……きっと寄生目的の方々ですわ」

勝負の前に、冒険者の先輩として少し注意して差し上げませんと。

なぜなら私は、誇り高き貴族なのですから。

第2話　衝撃の出会い

「どうだ？　姉御」

「また魔力の流れがよくなりましたね。これなら、さらなるスピードアップが望めると思います」

「……なんか慣れないよなぁ……」

「カチヤ、なにが慣れないのですか？」

「ほら、あたいは以前の姉御とのつき合いの方がずっと長いからさ。見た目とか口調とかさぁ。教え方はなにも変わってないんだけど……」


朝、カチヤがリサから魔法を習っていた。

ただカチヤは魔法を放出することができないので、主に習っているのは魔力を効率よく体の各部位に流し、身体能力を上げるというものだ。

彼女の素早さと戦闘能力は、この魔法の出来栄え一つにかかっている。

俺と結婚してカチヤの魔力は増えたものの中級レベルに留《とど》まったので、身体能力を上げるための魔力消費の効率化は一生の課題といえる。

リサはベテラン魔法使いなので、カチヤの動きを見るだけで『身体能力強化』の良し悪《あ》しがわかるらしい。

残念ながら俺にはまだわからないので、カチヤは定期的にリサから魔法を習っていた。

今日も進歩が見られるという評価をリサから貰《もら》っていたが、カチヤはいまだ今のリサの服装と口調に慣れないらしい。

確かにリサとのつき合いの長いカチヤからすれば、少し前までの派手なボディコン風衣装とケバい化粧、そして粗暴な口調が本来の彼女だという認識があるのだから。

今のシンプルなドレスと、ノーメイクで年齢の割に幼く見える顔、丁寧な口調はなかなか慣れないものなのだろう。

「今の方がいいじゃないか」

いくら多くの奥さんがいる俺でも、以前のリサを受け入れられる度量はないと思う。

基本、非モテでビビリの俺は、以前のリサのような女性はもの凄《すご》く苦手だし。

「旦那の言うとおりなんだけど、人間の慣れって怖いと思うぜ。あたいはあの姿格好の姉御とずっとつき合ってたんだから」

随分と失礼な物言いだが、みんなカチヤの言い分に納得してしまう恐ろしさ。

そのぐらい以前のリサが怖かった証拠だ。

「ていうかさ。カチヤはよく昔のリサとつき合ってたよね。正直なところ怖くなかったの？」

庭で魔闘流の早朝稽古をしていたルイーゼが話に加わってくる。

「カチヤとリサって、いつ知り合ったんだっけ？」

「もう五年以上経《た》つかな。出会ったのは王都の冒険者予備校を卒業して、王都周辺で狩猟をして生活費を稼いでいた頃さ」

冒険者予備校を卒業しても未成年だと、魔物の領域には入れない。

だがなにもしないでいるわけにいかないので、成人した時に備えて動物を狩って経験を積んだり、生活費や新しい武器と防具の費用を稼ぐ。

未成年冒険者あるあるである。

「カチヤも王都の冒険者予備校の出だったんだよね。ボクたちもそうだったんだけど、所属してるだけでほとんど顔を出したことなかったよ」

エーリッヒ兄さんの結婚式に参加するため、王都に旅行気分でやってきた俺たちだけど、色々あってブライヒブルクの冒険者予備校から王都の冒険者予備校に留学したという形になっていた。

留学だから本来の所属はブライヒブルクの冒険者予備校なんだけど、なぜか王都の冒険者予備校の卒業者名簿にも名前を連ねられていた。

どうしてこんなことになっているのかといえば、在学中にアンデッド古代竜、グレードグランドを立て続けに倒した俺の名前をどちらの冒険者予備校が卒業者名簿に書くか、大きな争いになりそうだったからだ。

冒険者予備校間での、有名な卒業生の奪い合いというやつだ。

自分の予備校には優れた卒業生がいると世間にアピールすることで、入学者を増やす。

有名大学合格者の数を宣伝する現代日本の予備校と、変なところで似ているんだよなぁ。

「あたいは、旦那たちが王都にやってきた頃にはもう冒険者予備校を卒業してたから、もし予備校に顔を出しても、顔を合わせる機会はかなり少なかったと思うぜ」

「カチヤは卒業してからもしばらく、ヨハネス先生から魔法を習っていたではないですか」

冒険者予備校は生徒が卒業してからも、本人が希望すれば必要な技術や知識を身につける講習を受けることができる。

リサによると、カチヤは卒業後も魔法を習っていたようだ。

「あんまり役に立たなかったけどな」

「だからリサから魔法を習うようになったんだ。ヨハネスって人は確か……」

以前俺が王都の冒険者予備校で魔法を教えることになったのは、唯一正講師だったこの人が引退してしまったからという理由だったはず。

「ヨハネス先生は正統派の放出系魔法使いです。魔力量は中級ですが、すべての系統の魔法を使えたのです」

「確かに正統派だ。人に教えるのに向いてそう」

魔法使いは変に尖《とが》ったところがあるよりも、使える魔法が多い方が人に教えやすい、というのはあると思う。

「今はもう年のせいか、残念ながらすべての魔法を忘れてしまったそうですが……」

さすがの魔法使いも、老いには勝てないのか。

「姉御は本当に丸くなったよなぁ。あたいに自分から魔法を習うように誘ってきた時、『あんなジジイから魔法を習っても時間の無駄だぞ！』ってボロクソ言ってたじゃん」

「それは、カチヤに魔法を放出する才能がないのに、ずっとその練習を続けさせていたからです。魔法使いにも得意不得意はあるのですから」

「カチヤに魔法を放出する才能がないことに気がつき、魔力で身体能力を強化する戦い方を教えたのか。さすがだな」

「ヨハネスの爺《じい》さんにずっと教わっていたら、あたいも冒険者としてパッとしないまま終わっていたかもしれないし、その点は姉御に感謝だぜ」

「じゃあカチヤとリサって、王都の冒険者予備校で出会ったの？」

「いや、別の場所だ。昔の姉御はあんな感じだったから、最初の出会いはなかなかにインパクトが強かったんだけど……」

「へえ聞きたいな、その話」

「ボクも」

「あなた、今朝の朝食はお庭でいただきましょう」

偶然なのか、エリーゼもその話に興味があったのか。

気がついたら、エリーゼたちが庭にテーブルや椅子《いす》、料理を運び始めていた。

準備が終わって全員が席に座ると、カチヤはその話をせざるを得なくなっていた。

「エリーゼって、こういうとこ抜け目がないよなぁ……。あれは、あたいが十四歳の頃だったな。ちょうど旦那がアンデッド古代竜を倒した直後のことさ」

カチヤは、リサとの出会いについて語り始める。

＊＊＊

「むむむっ、今日も駄目じゃったか……。とにかく魔法は修練あるのみよ。カチヤ、自主練習も怠らぬように」

「ヨハネス先生、ありがとうございます」

「頑張るのだぞ。努力は必ず実を結ぶのだから」

今日も冒険者予備校の裏庭で、講師であるヨハネスの爺さんから魔法を習ったが、まったく使える気がしねぇ。

あたいには、下級レベルだが魔力がある。

だから懸命に魔法を習っているんだけど、この一年半まったく成果がなかった。

攻撃魔法を放出できれば、来年成人して魔物を狩れるようになった時、冒険者として大きなアドバンテージを得られる。

そう思って、冒険者予備校を卒業してからも、決して安くはない受講料を払って魔法を教わっているんだけど……。

「(今ふと思ったんだけど、ヨハネスの爺さんって教え方が……)」

「自分の魔法を見て覚えろ」

「見本を見せるぞ」

「気合いを入れろ」

「できなければ、とにかく練習するんだ」

そして最後に、「努力は必ず実を結ぶ」

基本的に今羅列した言葉と、これに類したことしか言ってないような気する。

だから最近思うんだよなぁ。

わざわざヨハネスの爺さんに高い受講料を払って、魔法を教わる意味があるのかって。

他の魔法使いの先生に教わった方がいいんじゃないかって。

だけど今、王都の冒険者予備校は魔法使いの講師が不足していて、ヨハネスの爺さんしかいないらしい。

たまに臨時講師が来るけど、その時限りのケースが多いから継続して教えてもらうのは難しい。

それに一回しか来ない臨時講師って、基本的に魔法を教えるというよりも、自分の功績の自慢大会だったり、生徒たちが喜ぶから呼んでいるのであって、魔法の習得にはあまり役に立たないからなぁ。

そんなわけで、今のところはヨハネスの爺さんに魔法を習うしかなかった。

自己流だともっと駄目だろうから。

「ふぅ……。日が暮れるまで、狩猟でもするかな」

早く成人して、魔物の領域で稼げるようになりたいものだ。

その時までには、なにかしらの攻撃魔法を放てるようになっていればいいけど。

「今日はこんなものかな」

今日はヨハネスの爺さんから魔法を教わる日だったので、王都近くのすでに獲物や採集物を取り尽くされている狩猟場でしか活動できなかった。

残念ながらその成果は、冒険者予備校に支払う受講料にも届かないことがわかる量だったが、今夜は冒険者予備校の元クラスメイトたちと夕食をとる約束をしていたから、少しでも稼ぎがあっただけラッキーと思わないとな。

明日からはちょっと遠出して、もっと稼げる狩猟場に移動するか。

「まずは、今日の成果を売ってからだな」

小さなウサギが一羽と、野草やキノコが少々といった成果を冒険者ギルド本部でお金に換えてから外に出ると、もう空は暗くなっていた。

今夜の夕食会があるお店に向かうと、もう全員が集まっていた。

「遅れてすまない」

「遅れてはいないし、カチヤ以外が早かったんだ。さあ、始めようか」

料理が安くて量が多いのが売りの古い食堂が、今日の夕食会の会場だ。

冒険者予備校を卒業してまだ半年しか経っていない冒険者たちの集まりだから、高級レストランで豪華なディナーというわけにはいかない。

「じゃあ、全員まだ生き残ってることに乾杯！」

「「「「乾杯！」」」」

未成年者ばかりなので、果汁を水で割ったもので乾杯して、まずは夕食を片付けることにする。

みんな、一日中狩猟と採集で駆け回っていたのでお腹がペコペコだ。

「ここの飯は安くて量が多くて、味も悪くないのがいい」

「本当、貧乏冒険者には大助かりだ」

「早く成人して、魔物の領域で稼ぎたいよなぁ」

あたいをはじめ全員が、先に食事をすべて平らげてから、情報交換を兼ねて話を始めた。

「魔物の領域といえば、パルケニア草原で大規模な軍事行動があるらしい」

「あそこは確か、『グレードグランド』という老属性竜がいただろう。過去に何度も王国軍が挑んで敗れ去ったと聞くし、大丈夫なのか？」

王都からそう離れてなくて、肥沃《ひよく》で広大な魔物の領域が解放されていないのは、グレードグランドという厄介な老属性竜がいるからだ。

冒険者予備校の講義でも教わっていたけど、そんな場所に王国は軍を進めるのか。

「急に自信が降って湧いた理由はなんなんだろうな？」

「バウマイスター準男爵だろう」

「今、王都で評判のか？」

「カチヤ、他に誰がいるんだよ。彼はアンデッド古代竜をたった一人で倒した男だ。老属性竜も倒せるだろうと、王国は思ったんだろうな」

「あたいたちには雲の上の話だけど、ダブルヘッダーで竜と戦わされて、バウマイスター準男爵も不幸だよな」

ワイバーンや飛竜でさえ倒せる冒険者は少数なのに、古代竜、属性竜と連続して戦わされるなんて、バウマイスター準男爵は不幸の星の下に生まれたのかもしれない。

「俺たちには関係のない話だけどな」

「でもさぁ、魔物の領域の解放って、そこに生息している魔物の討伐もセットって聞くじゃないか。俺たちにも出番があるかもよ」

「バ――カ、俺たちはまだ未成年だろうが」

確かに、あたいたちは未成年だから、魔物の領域には入れない。

グレードグランドが倒されたあと、パルケニア草原に生息する魔物の掃討作戦では冒険者も多数動員されるだろうから、もしあたいたちが成人していたら、いい稼ぎ話だったんだけどなぁ。

「王国のイケズ！」

「せめて、半年あとにしてほしかった」

「残念だぜ」

みんな、バウマイスター準男爵によるグレードグランド討伐と並行して行われる、パルケニア草原解放作戦に参加できなくてガッカリしている。

あたいもちょっと惜しいなと思っていると、突然大きな音が。

テーブルがひっくり返るような音と共に、連続して木製の食器が落ちる音と、スプーン、フォークが床に落ちた際の金属音が鳴り響く。

どうやら誰かが、テーブルを思いっきりひっくり返したようだ。

「喧嘩《けんか》か？」

「どこだ？」

あたいたちのみならず、店内にいるすべての人間が音がした方を見ると、そこには派手な格好をした女性が……。

「魔法使いか？」

「みたいだな。しっかし、派手な人だなぁ」

元クラスメイトで弓が得意なリックは、おしとやかな女性を奥さんにしたいと、常々口にしていた。

だからこそ、今店内でテーブルをひっくり返して大騒ぎを起こしている派手な魔法使いの女性にドン引きしているのだろう。

お転婆《てんば》なあたいでも、さすがにどうかと思う。

「(魔法使いかぁ)」

あたいは魔力があるのに、それを放出できなくて苦労している。

だから魔法使いの格好をしたくてもできずに悔しい思いをしているというのに、その憧れの格好で大騒ぎを起こしているその年上の女性に呆《あき》れてしまった。

筋違いな批判だとは理解しているけど、あたいも感情のある人間だからなぁ。

魔法は習っているけど杖《つえ》は練習用の安いもの……これだけでも、今のあたいの財力では厳しい出費だった。

でも魔法が放てないから狩猟では使えず、高価なローブなど言わずもがな。

スピード重視という名目の軽装と、お買い得品だったから購入したロングソードで狩猟をするあたいを、魔法使いだと思う人はいないだろう。

「なにがあったんだ?」

「さあ?」

気になったので騒ぎの状況を注視していると、派手な服装とメイクが目立つ女性魔法使い——しかしまぁ、よくあんな服装と化粧で人前に出られるよなぁ——と、中堅クラスと思われる二十代半ばほどの男性冒険者四人が、テーブルを挟んで対峙《たいじ》しているようだ。

あたいのみならず、全員が騒ぎの状況を観察し始めている。

「もう一度言ってみろ！」

「何度でも言うさ。男だからって理由だけで威張りくさり、分け前だけは一丁前に取っていく無能ども。今日で私はパーティを抜けるぜ」

「そんなことは許さん！」

男性の一人が、ひっくり返ったテーブルにさらに蹴《け》りを入れた。

どうやらあたいたちは、テーブルをひっくり返したのは派手な格好の女性魔法使いだと勘違いしていたようで、真犯人は男性冒険者の方だったのか。

それはそうだ。

パーティを抜けると宣言している女性魔法使いが、無意味にテーブルをひっくり返す理由なんてないからな。

「愚かだねぇ。使えない男に限って、追い込まれると暴力的な行動で女性を脅すんだから。私にそんな手が通じると思ったのか？」

「うるせえ！　勝手にパーティを抜けるなんて許さないぞ！」

「そうだ！　そうだ！」

「お前は、俺たちのパーティで働き続けるんだよ」

段々と事情がわかってきた。

たまにいるんだよなぁ。

腕のいい女性冒険者が自分のパーティから抜けようとすると脅す男性冒険者が。

そういう冒険者に限って実力がないのは言うまでもなく、実力のある女性冒険者に一対一では勝てないから複数で脅す。

卑劣としか言いようがないが、女性魔法使いの方もだいぶ気が強いようで、男性冒険者たちが怒鳴りつけても、まったく怯《ひる》むことなく言い返している。

むしろ挑発していて、魔法使いって凄いんだなぁと思ってしまった。

「あの女性魔法使いを、簡単に引き留められるとは思えないけど……」

なんてったって、魔法使いだからな。

魔力を持たない者と魔法使いとでは戦力差がありすぎて、そこそこ腕の立つ冒険者が複数いたとしても誤差の範囲だから、魔法使いに勝つのは極めて難しい。

ましてやパーティからの離脱を防ぐために、脅せばいいと思っている連中には。

「そうだ。テーブルをひっくり返して食器を壊したのはお前だ。ちゃんと店に弁償しておけよ」

「あの女性魔法使い、そこはちゃんとしてるんだ……」

元クラスメイトのバンウーがボソッと呟《つぶや》いたが、あたいも同意見だ。

見た目からして、そんな細かいことは気にしないタイプに見えるのに。

「この私が、お前たち如《ごと》きのセコい脅しに屈すると思うか？　ああっ、これまではそうやって女性冒険者を食い物にしてきたんだったな。随分と卑怯《ひきょう》っぷりが板についてるじゃないか」

「『ブリザードのリサ』！　貴様ぁ――――！」

「図星を突かれて怒ったのか？　そこはしらばっくれるくらいしろよ、五流ども」

「リサ、お前……」

「しかし、バカだねぇ。私がなんの目的もなく、お前たちのような役立たずの冒険者たちと組むと思ってたのか？　お前たちが何人もの女性冒険者を利用して、ろくに働かずにサボッてるから、懲らしめてくれって依頼があったんだよ」

「なんだと!?」

「お前、冒険者ギルドの犬だったのか？」

「警備隊に捕まらないのをいいことに、多くの女性冒険者たちに迷惑かけやがって！　ならこの私が、警備隊も手を出さない冒険者同士の喧嘩という名目でお前たちをボコボコにして、冒険者ギルドに引き渡しても問題ないだろう？」

ブリザードのリサという二つ名に、あたいは聞き覚えがあった。

冒険者予備校でも先生から聞いたことがあって、優れた氷魔法の使い手だという話だった。

「どっちも引かないようだけど、どうなるんだ？」

バンウーの発言が合図になったかのように、先に動いたのは不良冒険者たちの方だった。

「生意気な女め！　わからせてやる！」

「いくら優秀な魔法使いでも、俺たち三人の腕っぷしには勝てまい！」

「俺たちに跪《ひざまず》け！」

不良冒険者たちが先制して、ブリザードのリサに対し実力行使に出ようとした。

どうやら彼女が魔法を放つ前に、取り押さえてしまおうという作戦のようだ。

ところがブリザードのリサは、余裕綽々《よゆうしゃくしゃく》な態度と表情を崩さなかった。

「お前ら、それでどうやって私にわからせるんだ？」

「それはもちろん……なっ、なんだ！　これは？」

「足が氷漬けになってて動かねえ！」

「いつの間に！」

あたいたちも全然気がつかなかった。

不良冒険者たちが勢いよく襲いかかろうとしたのはいいけど、すでに足元は氷漬けにされていて、その場から一歩も動くことができなかったのだ。

「足元が凍ってるのに気がつかないなんて間抜けだねぇ。そんなんで、よくこれまで冒険者が務まったな。ああ、卑怯な手で優秀な女性冒険者たちから搾取してただけだったな」

「舐《な》めるな！」

「危ねえ！」

ブリザードのリサからバカにされて激怒したのか。

不良冒険者が至近距離から、手に隠し持っていた小型ナイフを彼女に投げつけた。

あたいは思わず叫んでしまったが、この不意打ちを阻止するなんてどんな一流冒険者にも絶対できないはず。

と思ったのに、どういうわけかブリザードのリサは無傷のままだった。

「あれ？　俺はこの女の顔を至近距離から狙ったんだぞ！」

「うら若き女性の顔めがけてナイフを投げつけようだなんて、とんだ悪党だな。それどころか、未遂でも立派な犯罪だぞ」

「未遂？　なっ、なんじゃこりゃあ―――！」

ブリザードのリサにナイフを投げつけようとした不良冒険者が絶叫した。

なぜなら彼女に投げつけようとした小型ナイフごと、彼の右手の先が凍っていたからだ。

「遅いし、お前の怪しい動きなんて、魔法使いでなくてもわかるぜ。男のくせに往生際が悪い奴だな。お――――い！　もういいぞ」

ブリザードのリサが合図をしたのと同時に、店内に次々と人が雪崩《なだ》れ込んできた。

「警備隊だ！」

どうやらブリザードのリサと警備隊が冒険者ギルドの仲介で手を組み、不良冒険者たちの捕縛をするつもりだったようだ。

「大人しくするんだな……って、これじゃあ、動けないよなぁ」

警備隊の隊長らしき人物は、足が氷漬けになっている不良冒険者たちを見て、なんとも言えない表情を浮かべていた。

「パウル、どうする？」

「どうするも、まずは氷を砕かないと捕縛もできないよな」

警備隊の人たちは、足元が凍った不良冒険者たちを捕縛しようと、氷を剣や斧《おの》の柄で砕き始めた。

その様子を見ていると、とても警備隊の仕事とは思えないよなぁ。

「なあ、魔法使いさんよ。凍らせることができたんだから、魔法で氷を溶かすことはできないのかい？」

「できなくもないが、今度は火魔法の調整を間違って黒焦げにしてもいいのかい？」

警備隊の一員である、銀色の長髪をなびかせた男性がブリザードのリサにも手伝ってくれと頼んだが、彼女はそれを拒否した。

「「「ひぃ――――！」」」

そしてブリザードのリサの回答を聞いた不良冒険者たちが、一斉に悲鳴をあげる。

「それは勘弁してくれ」

「じゃあ、ちゃんと仕事をするんだね。捕まえる証拠がないって、これまでこいつらを放置してたんだから。今回は私に暴力を振るおうとし、ナイフを投げつけて殺そうとしたんだ。証拠はバッチリだろう？」

足元の氷を除去された不良冒険者たちは、そのまま警備隊によって連行されていく。

その様子を眺めていたお店の客たちであったが、店員たちが騒ぎのあったテーブルを片付けると、まるで何事もなかったかのように食事とお酒に集中し始めた。

「あんなことがあったのに……」

「ここはリーズナブルな食堂で酒も出る。お行儀が悪い冒険者には慣れているんだろうぜ」

と、元クラスメイトたちに説明してみたものの、実際に目の当たりにすると驚きしかないな。

「あんな冒険者の恥さらしなんてどうでもいいけど、もうすぐ多くの冒険者がパルケニア草原に集まって荒稼ぎするだろう？　俺たちは未成年だから参加できないけど、王都周辺の優良な狩猟場から冒険者が消える！　このチャンスを生かそうぜ！」

「バンウー、それはいい手だな」

「カチヤもそう思うだろう？」

多くの優れた冒険者たちがパルケニア草原に集まるからこそ、普段優良とされる狩猟場から冒険者がいなくなる。

そこを、あたいたち未成年冒険者が狙って荒稼ぎする作戦か。

「いい手じゃないか。もっと仲間を集めようぜ」

「そうだな。カチヤは顔が広いから頼むよ」

せっかく優良な狩猟場が空いているんだから、元クラスメイトたちを沢山集めて、獲物をごっそりいただく。

報酬は頭割りになってしまうけど、それでも普段以上に稼げるはずだ。

「パルケニア草原には入れないけど悪い話じゃない。頑張ろうぜ」

「冒険者予備校を卒業したてのガキ共にしては、かなり頭が回るじゃないか」

「「「「っ！」」」」

あたいたちが相談を続けていると、声をかけてきた人物が。

しかもその人物は、先ほど不良冒険者たちを凍らせて捕縛したブリザードのリサだった。

「(まさか、まだこの店に残ってたなんて……)」

ブリザードのリサがこの店を利用していたのは、不良冒険者を捕らえるという仕事の一環だと思ってた。

彼女ほど稼げる魔法使いが、安さと量が売りのお店を利用するなんてあり得ず、とっくに退店しているとばかり。

「なるほど。今回のグレードグランド討伐と、それと並行して行われるパルケニア草原の魔物駆逐作戦には多くの冒険者が参加する。当然、普段彼らが活動している狩猟場は空くわけだ。そこで狩猟をすれば、普段以上に稼げるだろうな」

「「「「「……」」」」」

あたいたちは、ブリザードのリサを前に言葉を発することができなかった。

冒険者としては大先輩であり、魔法使いとしても有名人で、先ほどその実力をまざまざと見せつけられたからだ。

もし、あたいたちのような新人冒険者が彼女の機嫌を損ねてしまったら……。

そんなことを考えたら、不用意なことは言えないじゃないか。

当然、他のみんなも同じだ。

「ただなぁ。それでもパルケニア草原に大量にいる魔物たちを狩るのに比べたら、全然稼げないだろうぜ」

「それはそうなんですけど、あたいたちは未成年で、魔物の領域には入れないから……」

魔物の領域に入るのは成人してから。

この決まりは絶対で、これを破る人なんて滅多に聞いたことがなかった。

あたいたちも、ルールを破る気は微塵《みじん》もない。

「そりゃあ、合法的に魔物の領域に入れれば、俺たちも魔物を狩りますって」

「でも、僕たちは未成年だから」

バンウーとリックも、続けてブリザードのリサに反論する。

もしあたいたちもパルケニア草原で魔物が狩れるなら、喜んで参加するだろうから。

「リサさんは無条件でパルケニア草原に入れるからいいですけど……」

「なんなら、噂《うわさ》のバウマイスター準男爵と一緒にグレードグランドにも挑めそう」

「ふん、バ――――カ。そんな危ない仕事なんて引き受けねえよ。この仕事は、長く続けた方が得だからな」

ブリザードのリサなら、バウマイスター準男爵と組んでグレードグランドくらい余裕で倒せそうだけど。

だってバウマイスター準男爵は、一人でアンデッド古代竜を倒してしまったんだから。

「バウマイスター準男爵の他にも、王宮筆頭魔導師のアームストロングとか、ブライヒレーダー辺境伯お抱えのブランタークとかがいるからな。素行の悪い私はお呼びじゃないさ。別にそれが悪いって話でもないからな。私は、パルケニア草原で数を稼ぐ作戦でいく予定だ」

当然だけど、ブリザードのリサは成人しているのでパルケニア草原に入れる。

魔法使いだから、魔物を多数倒して荒稼ぎするんだろうなぁ。

魔法の袋も持っているだろうし。

「参加したいか？」

「そりゃあしたいですけど、あたいたちは未成年だから……」

新しい武器や装備のお金を貯《た》めたいから、魔物が狩れればお金になるしなぁ。

確かにあたいは魔法を放てないけど、こう見えて力はある方だし、スピードなら誰にも負けない。

魔物相手でも、成果を出せる自信がある。

あたいのみならず、元クラスメイトたちも気持ちは同じはずだ。

「なら参加すればいいだろう」

「ですから、あたいたちは未成年だから……」

「未成年者は魔物の領域に入れないってルールだが、ちゃんと例外があるんだぜ」

「そうなんですか？」

未成年者でも、魔物の領域に入れる。

その例外を上手《うま》く利用できれば、あたいたちはパルケニア草原で魔物を狩れるかもしれないってことか。

「その例外ってのを教えてください」

「なあに簡単なことさ。貴族なら、未成年でも魔物の領域に入れるんだよ」

「貴族なら？」

「いざという時、貴族は戦争に行かないといけない。未成年の当主や一族だからってそれが免除されるわけじゃない。そして魔物の領域で活動することも戦争と同等の行為とされていて、未成年でも貴族なら入れるってわけさ」

未成年でも、貴族なら魔物の領域に入れるのか。

「へえ、そんな例外があったのか」

「でもなぁ、俺たちは貴族じゃないしなぁ。カチヤもそう思うだろう？」

「ああ……」

実はみんなには隠しているんだが、あたいは貴族の娘なんだ。

あたいの実家はオイレンベルク騎士爵家という、農家なのか貴族なのか、判別がつきにくい微妙な貴族だった。

なにしろ長女であるあたいが政略結婚の駒にされず、こうやって自由に冒険者をやっているんだから。

「ブリザードのリサさん、他の例外ってないですか?」

「ここに、貴族なんていませんもの」

「そうかぁ?」

「……」

「(まさか、ブリザードのリサって、あたいが貴族の娘だって知ってるのか?)」

あたいはそれを隠すためにカチヤという名前以外名乗らず、わざわざ南部から王都の冒険者予備校に通ってたんだから。

「……ブリザードのリサさん、あたいの実家を知ってるのか?」

「この仕事も長いんでね。知りうる機会があったってことさ」

「ええっ――――! カチヤって貴族令嬢なのか?」

バンウーが驚くのも無理はないが、さすがに失礼だよなと思わなくもない。

「そういう反応をされるのが嫌だったんだよ。うちの実家、全然貴族らしくないからさ」

「それでも貴族だ。私も手伝うから、カチヤを旗頭にインスタント諸侯軍を作って、パルケニア草原に殴り込みだ!」

「「「「おおっ――――!」」」」

あたいはまだ了承していないのに、バンウーとリックはブリザードのリサの誘いに乗り気で、彼女と諸侯軍を集める算段を始めた。

それにしても、ブリザードのリサなら一人で荒稼ぎできるはずなのに、どうしてまだ未成年のあたいたちと組むんだ？

「（謎は多いけど、反対できるような雰囲気じゃないよなぁ……）」

冒険者予備校の講師たちもパルケニア草原行きは確定だろうから、その間ヨハネスの爺さんに魔法を教わることができないかもしれない。

それなら、パルケニア草原でひと稼ぎするのも悪くないか。


「親父と兄貴になんの断りもなく、勝手に諸侯軍なんて編成して大丈夫なんですか？」

「どうせわかりっこないから問題ないさ。カチヤも本心ではそう思ってんだろう？」

「ええ……まぁ……」

冒険者予備校の元クラスメイトたちと食堂で仕事の相談をしていた時に出会ってしまったブリザードのリサ。

どういうわけか彼女に目をつけられたあたいは、未成年の元クラスメイトたちで構成された、あたいの実家であるオイレンベルク騎士爵家の名を冠した諸侯軍のトップにされてしまった。

オイレンベルク騎士爵家当主たる親父と、その跡取りである兄貴は、爵位を襲爵《しゅうしゃく》する時以外は領地からほとんど出ず、オイレンベルク騎士爵領自体もかなり辺鄙《へんぴ》な場所にあって、王都の様子などそう簡単に知ることはできない。

間違いなく、あたいが勝手に諸侯軍を編成しても気がつかないと思う。

それにしても、あたいを利用して勝手に諸侯軍を編成するなんて、リサさんってとんでもない人なんだと今実感していた。

「だから私が手続きを進めているんだが、カチヤの実家って凄いよな。寄親《よりおや》であるブライヒレーダー辺境伯家がこのことにまだ気がついてないいんだから」

「ええっ――――!? そうなんですか？」

オイレンベルク騎士爵家の寄親が、南部の雄であるブライヒレーダー辺境伯家であることは知っているけど、まさかそこまであたいの実家に存在感がないとは思わなかった。

「グレードグランドを討伐してパルケニア草原を解放し、広大な穀倉地帯を開発することが王国の目標だから、下手に貴族を参加させて褒美として領地を求められると面倒だ。だから今回の出兵は王国軍と冒険者有志が基本となっている。褒美が勲章と金銭で済むからな。だが、まったく貴族が軍を出していないわけでもないのさ」

「どんな貴族が諸侯軍を出しているんです？」

「領地よりも、金銭が欲しい貴族さ。借金で首が回らない貴族が結構いるからな。大体そんな奴がなにもないパルケニア草原に領地なんて貰っても、開発する金がない。人数集めには利用しやすいじゃないか」

「はあ……（この人、貴族にも無茶苦茶言うよな……）」

凄腕《すごうで》の魔法使いって大貴族でも平気でバカにするって聞いたけど、その実例が今、目の前に……。

オイレンベルク騎士爵家は貴族らしくないので出費が少なく、初代より無借金なのが唯一の自慢だった。

でも普通の貴族は、必要な出費が多かったり、見栄を張らないといけないこともあるから時には借金をせねばならず大変なんだろうなと、一応擁護しておこうと思う。

ただ無駄に浪費しているだけの残念な貴族もいるらしいけど。

「褒美として領地を分けるのが嫌だから、表向きは貴族の参加を断っているんだが、王国軍も人手が欲しいのは事実だ。そこでどうするか……」

「どうするんです？」

「事前に密約を交わす。今回の出兵で活躍したら、褒美は金銭でいいです。領地はいらないですってな」

「なるほど」

「オイレンベルク騎士爵家諸侯軍も、その密約を交わさないといけない。で、その窓口がソビン伯爵というわけだ。だから彼の屋敷に用事があるってわけさ」

だからあたいは普段絶対に近づかない、大貴族たちの邸宅が立ち並ぶ地区を歩いているのか。

「……。リサさん、ここ、ですか？」

「ああ、ちょっと知り合いに渡りをつけてもらったソビン伯爵家の屋敷だ。持ち回りで軍務卿を務める軍系貴族の大物さ。カチヤを総大将とするオイレンベルク騎士爵家諸侯軍を編成するって申請を出したら、急に呼び出された」

「それって大丈夫ですか？」

「別に取って食われるわけじゃないから安心しろって。カチヤはトップなんだから、ドンと構えてろ」

「は、はぁ……（どんな用事なのかわかって安心したけど、大貴族に会うって思うと、緊張して胃の中の朝食が出てきそう……）」

「今日は私が代わりに喋《しゃべ》るから、カチヤは堂々としてろよ」

「わかりました」

リサさんが、うちの実家とは比べ物にならない豪華な屋敷の正門の前で立ち止まって呼び鈴を鳴らすと、中から執事服を着た初老の男性が出てきた。

背筋がビシッとしていて、いかにも執事って感じだ。

あたいの実家には、絶対にいないタイプだな。

「リサ様とカチヤ様ですね。我が主《あるじ》がお待ちしております」

「リサさん、待たせちゃったかな？」

「落ち着けカチヤ。まだ時間前だ。わざとそう言って私たちが待ち合わせに遅れたかのように錯覚させ、自分たちが有利に立ちたいんだろうな。貴族ってのは、面倒でしょうがない」

「リサさぁ――――ん！」

そんな悪口を言ったら、あたいまで大貴族に目をつけられてしまうから。

「リサ様は相変わらずでございますね。どうぞ」

執事さんの案内で屋敷に入ると、さすがは軍系貴族の重鎮。

所々に剣や甲冑《かっちゅう》、狩猟で仕留めたと思われる、動物や魔物の剥製《はくせい》が置かれていた。

「こちらでございます」

執事さんに促されて奥の応接室に入るとそこには初老の男性がいて、剣の手入れをしていた。

彼がソビン伯爵か。

さすがは軍系貴族の重鎮。武器を手入れする様が絵になってるぜ。

「私ももうすぐパルケニア草原に出陣するのでね。時間がないから単刀直入に言う。カチヤ君はパルケニア草原に領地が欲しいのかね？　もしくは君の家族が欲しているのかね？」

「いえ、領地はいらないです」

ぶっちゃけ領地なんて貰っても、オイレンベルク騎士爵家は人手不足で手が回らない。

そのうえはるか遠方の飛び地が新しい領地になったら、オイレンベルク騎士爵家はすぐに破産してしまうな。

「穀倉地帯として有望なパルケニア草原に領地を欲する貴族は少なくない。カチヤ君の実家のオイレンベルク騎士爵家も同じなのかと思ったのだよ」

「領地を貰ったとしても、今のオイレンベルク騎士爵家では開発すらおぼつかず、放置されてしまいますから」

最初の取り決めとは違ってあたいが喋っているけど、リサさんがなにも言ってこないってことは、特に間違ったことは言っていないようだ。

だいたい、富農と大差ないうちの実家が、はるか遠く離れた王都近くのパルケニア草原に領地を得たところで、手に余ることになってしまう。

「オイレンベルク騎士爵家は、今の領地を維持するのが精一杯です」

「つまり、報奨金が目当てなのかな？」

「少なくとも邪魔にはならないでしょう」

土地よりも、金貨の方が使いやすいからなぁ。

「オイレンベルク騎士爵家の当主はヘルムート王国の御《おん》ためと、代理として長女カチヤ様を派遣されました。ですが当家は、パルケニア草原に野心などございません」

ここで、これまで静かにしていたリサさんがソビン伯爵に補足をした。

あたいだとボロが出てしまう部分を補うためだけど、その服装に反比例するが如く、彼女は貴族との交渉に慣れているような話しぶりだ。

「ならば問題ない。エドガー軍務卿が今回の件で妙に張り切っていてね。解放されたパルケニア草原をすべて王国の直轄地としたいらしく、諸侯軍を出すことを制限している。だがあまりにやりすぎて、人手が足りないというのが現実なのだ」

「あのぅ、冒険者有志は？」

気になったのでつい質問してみた。

あたいたちも最初は、大半の冒険者がパルケニア草原に出陣して普段行っている狩猟場が空くから、そこで荒稼ぎする策を考えたくらいなんだから。

つまりそれだけ多くの冒険者が集まっているのなら、人手が不足するってことはないはず。

「パルケニア草原のボスであるグレードグランドはいい。最近王都で評判のバウマイスター準男爵と、アームストロング導師、他にも優秀な魔法使いが戦いを挑むそうだから、そう簡単に負けることはないだろう。問題は、グレードグランドが倒されたあとのことだ。パルケニア草原にいる膨大な数の魔物たち、これを可能な限り倒さなければならないから、人数は多ければ多い方がいいに決まっている」

「ですよねぇ」

もしパルケニア草原の魔物が、王都やその周辺に逃げ込んで被害をもたらしたら大変なことになってしまうからな。

「もちろんその被害をゼロにはできないが、全滅させる覚悟で挑まねばならないことは事実。オイレンベルク騎士爵家が褒美として新しい領地を欲しないのであれば、君を旗頭とした『冒険者予備校を卒業した未成年者と女性冒険者有志』によるパルケニア草原への参加を認めようではないか」

「女性冒険者？」

あたい、今その話を初めて聞いたな。

「リサ君から聞いていないか。実は、冒険者有志側にも困った問題が発生していてね。女性冒険者の参加が極端に少ないのさ」

「どうしてですか？」

冒険者は実力本位の仕事で、男性女性なんて関係ないはず。

パルケニア草原の魔物を駆逐する仕事は荒稼ぎできるチャンスなんだから、女性冒険者も参加すればいいのに……。

「どうやら人間という生き物は、先入観に囚《とら》われやすいようでね。今回のパルケニア草原における魔物駆逐作戦を戦争と思ってしまい、戦場に女性が出ることは良くないと考えた冒険者が多かったみたいだ。冒険者だからそんなこと気にしなくてもいいのに、人間とは本当に不思議なものだ」

「わかるような気がします」

女性が冒険者をやっていると、たまに『冒険者のような仕事は男性に任せて、女性は家庭に入るべきだ！』みたいなことを言う人がいるからな。

まだ未成年で、狩猟しかしていないあたいでもそうなんだ。

魔物を狩っている冒険者なんて、もっと色々と言われているはず。

「ソビン伯爵、エドガー軍務卿はその辺をどう思っているんだい？」

リサさんは、最初は丁寧な口調だったけど、まどろっこしいと思ったのか、すぐに元の口調に戻った。

「なんとかしようとしたが、別の問題が浮上してとん挫した」

ソビン伯爵も、リサさんのタメ口を気にしていないように見える。効率重視なのと、最初だけは形式を重んじておいたって感じかな。

「ああ……。そういうことか……」

「リサさん、女性冒険者が大勢参加することにどんな問題があるんです？」

「男性と女性が一緒にいると発生する問題だよ。今回は人数が多いからな」

……あたいにはまだ経験がないからわからないけど、そういう問題ね。

「女性メンバーを連れていく冒険者パーティは気をつけるし、女性従軍神官の扱いについては王国軍も慣れているのでね。だが王国軍も忙しいから、大勢の女性冒険者の管理なんてしていられないだろう。エドガー軍務卿も女性冒険者の参加を断るしかなかったようだ」

偉い人って、色々と考えなくちゃいけなくて大変なんだなぁ。

「そこでこの私が女性冒険者の部隊をまとめ、取り仕切ることになったわけだ。女性冒険者と、未成年の冒険者。個別に管理すると手間がかかるから、オイレンベルク騎士爵家諸侯軍や、他の諸侯軍も纏《まと》めてしまう。カチヤ君、ご理解いただけたかな？」

「大体は……」

つまり、オイレンベルク騎士爵家諸侯軍はお飾りってことか。

他にも同じような扱いの諸侯軍やら、女性冒険者有志をまとめて、ソビン伯爵が指揮すると。

「諸侯軍なんて編成すると、色々と事務的な仕事があって大変だが、それはソビン伯爵家の方で担当するから問題ない。そして我らの軍勢は、王国軍主力、王宮魔導師たち、男性冒険者有志、一部諸侯軍が担当する東側ではなく、その正反対の西側から侵入する予定だ」

「随分と遠回りするんですね」

主力は王都から直接パルケニア草原に雪崩れ込めるけど、あたいたちは一旦《いったん》パルケニア草原を迂《う》回《かい》して、西側まで移動しないといけないから大変だ。

「色々と事情があってね。まず、今の私は軍務卿じゃないから、エドガー軍務卿が指揮する主力に顔を出すわけにはいかないのさ。だからこそ、この別動隊の指揮をすることができるという自由度を持っているのだけど。もう一つ、男性が主力の軍勢と女性が主力の軍勢、一緒に行動させたら色々と問題が発生するので離す必要があったのと、主力には王国軍が交じっているからね。大勢の女性を見たら拒否反応を示す保守的な人間が多いのさ。最後に、グレードグランドが倒されるとパルケニア草原の魔物は四方八方に逃げ出すだろう。実は、東西南北すべてに軍勢を配置する予定だから、我々は西部の担当になっただけ、とも言える」

「王国軍も、腕に自信がある男性冒険者様たちも、総力戦なのにのん気なものだねぇ」

「それでもエドガー軍務卿は、私に大戦力を指揮する許可を出したんだ。王国軍にいる他のプライドだけ一人前の駄目貴族とは違うさ」

「随分と庇《かば》うんだね」

「私が今軍務卿だったら、彼と同じことをしていたはずだからさ。そんなわけで、リサ君とカチヤ君は人集めの方を頼むよ。リサ君、女性冒険者の方は大丈夫かな？」

「もう大勢の女性冒険者に声をかけているから、大半が参加すると思うぜ」

「それは重畳《ちょうじょう》。では、なるべく早く態勢を整えて王都を出発しようじゃないか。なにしろ我々は、一番遠回りしないといけないんだから」

結局あたいはただの飾りだったみたいで、それから三日後、未成年冒険者、女性冒険者、とにかく金銭の褒美が欲しい諸侯軍の連合軍が、ソビン伯爵指揮の下、王都を出発した。


「……なんか、落ち着かないよなぁ……」

「僕もだ。女性の方が圧倒的に多いからかな？」

当主である親父の許可すら取らず、勝手に編成されたオイレンベルク騎士爵家諸侯軍に参加した体《てい》になっている未成年冒険者の中には、当然男子も存在する。

だけど女性冒険者の方が圧倒的に多数だから、バンウーとリックのみならず居心地が悪そうだ。

「我慢してくれ。未成年冒険者たちは、オイレンベルク騎士爵家諸侯軍を率いるあたいが許可したから、パルケニア草原に出陣できることになっているんだから」

王家の志に心を打たれたオイレンベルク騎士爵家が王都で諸侯軍を広く募り、やる気と実力があれば未成年冒険者でも参加が許される……という体だ。

「カチヤ、他の諸侯軍に未成年者っているのか？」

「いるらしい」

ソビン伯爵から聞いたんだけど、あのバウマイスター準男爵も諸侯軍を出したらしい。

その中には、彼の友人である未成年冒険者どころか、まだ通学中の冒険者見習いも参加しているそうだ。

「まだ卒業していない未成年者をかぁ。大丈夫なのか？」

「バウマイスター準男爵家は出来たてホヤホヤで、家臣なんて一人もいねぇ。家臣にさえなれば、たとえ赤ん坊だって戦争に出られる。それだけ貴族の力ってのは強いのさ」

あたいたちの代わりに大半の仕事はソビン伯爵家の家臣たちがやってくれるので、暇そうに歩いていたリサさんがバンウーに説明してくれた。

「家臣ねぇ……。カチヤ、俺もオイレンベルク騎士爵家の家臣にしてくれよ」

「別にいいけど、うちの家臣になると、ずっと農作業をやらされるぜ」

「本当か？　それ」

「あたいもそれが嫌だから、領地を出て王都の冒険者予備校に通ったんだよ」

しかも領地の場所がリーグ大山脈の麓《ふもと》で、その斜面を利用した畑でマロイモという芋を作らされるんだ。

「貴族の家臣なのに農作業？　貴族っぽい仕事は？」

「ないな」

だってオイレンベルク騎士爵家は、他の貴族とほとんどつき合いがないんだから。

「たとえ貴族だろうが、長年外の目を気にしなくなったら、全然貴族っぽくなくなるぜ」

貴族が見栄を張るのは、他の貴族の手前、という理由が大きい。

もしそれをする必要がなくなってしまったら、うちの実家のような貴族になるわけだ。

「ずっと農作業って……。それなら実家に帰った方が……。農家の五男の俺に居場所なんかなかった」

「第二の人生を送るにしてももうちょっと……」

あたいの想像どおり、バンウーとリックはオイレンベルク騎士爵家の家臣になることを断ったか。

実際のところ、そんなオイレンベルク騎士爵家でもそう簡単に家臣なんて増やせないから、安請け合いなんてできないんだけど。

「移動距離が長いから、脱落しないようにしてくれよ。パルケニア草原の西側侵攻口に辿《たど》り着けない者は解雇せざるを得ないんだから」

ソビン伯爵の家臣からの注意を受け、あたいたちは脱落しないよう、気を引き締めた。


パルケニア草原の東側外縁部から反時計回りに北側経由で迂回すること十日、ソビン伯爵が指揮するあたいたち連合軍は西側外縁部に辿り着くことに成功した。

「あっ、もう陣地ができてる」

「ソビン伯爵家が、近隣の貴族たちに依頼して陣地の構築を頼んでいたんだよ」

さすがは大貴族。

手際がいいなぁ。

「長々と歩いてようやく目的地に辿り着いたっていうのに、息つく間もなく寝床の設営かよ……って思ってたから、これは助かるよな」

バンウーが安堵《あんど》のため息をついた。

野営をする時、テントを張る作業は意外と手間だからなぁ。

それでも炊事は必要かなと思ったら、陣地を作った地元貴族たちが動員した女性たちが食事を作って待ってくれていた。

「飯も準備してあるのか？　ありがたいぜ」

歩きづめで空腹の身に、陣地から美味《おい》しそうな匂いが漂ってくる。

あたいたちは無事に夕食にありつき、その後は疲れもあって、朝まで夢も見ずぐっすりと眠ってしまうのであった。

「では早速、作戦を説明する」

翌朝、朝食を終えるとあたいとリサさんはソビン伯爵に呼び出された。

司令部がある大型テントでは、大きなテーブルの上にパルケニア草原の地図が広げられ、ソビン伯爵が作戦の説明を始める。

「君たち冒険者は、いつもはパーティ、個人単位で動いているだろうが、今回は我々の指揮に従ってもらう。魔物の数が多いことが予想されるのでね。個人個人の成果主義に拘《こだわ》りすぎると死傷者が増えてしまう可能性が高いからだ」

「私が集めてきた女性冒険者たちだ。文句は言わせねえ。それによほどのバカでなければ理解してるだろう。自分たちが、どれだけソビン伯爵家の支援を受けているのかを」

「寝る場所と食事が確保されているのはありがたいですよね」

「カチヤ君がそこを理解してくれているのはありがたいよ」

あたいたち未成年の冒険者でも、遠方の狩猟場に行けば野営をする必要がある。

ちゃんと食事がとれなかったり眠れなかったりすると成果を出せないし、最悪病気になったり死んでしまうこともある。

だからまともな冒険者ほど、ソビン伯爵のありがたさを理解しているはずだ。

「王国軍への支援、補給状態は万全だと思うが、冒険者有志というのは、言葉どおり自ら望んで参加した者たちだ。冒険者ギルドもある程度は支援していると思うが、どうしても王国軍の後方支援能力には劣る。冒険者ギルドは軍隊ではないからな」

それに冒険者は、個人で成果を出すことが重要だ。

冒険者有志たちも、自分こそが一番成果を出すのだと、半ば競争になっていると思う。

だから女性冒険者を排除したパーティも多いはずだ。

「間違いなく、今回の作戦で一番死傷者を出すのは冒険者有志、それも東側から攻め込む、王国軍と行動を共にする連中だろう」

「一応、一番陣容が厚い従軍神官部隊も同行しているんだけどな」

「リサ君もわかっているのだろう？　彼らは王国軍を優先するし、冒険者たちがより成果を求めて深入りした場合、野戦救護所に運び込む前に亡くなってしまうケースが多いことを。だから我々は常に集団で動く。個人の抜け駆けは絶対に許さないし、報酬もある程度は平等に頭割りになってしまう。だが、死ぬ可能性は男性冒険者たちよりも減るはずだ」

「まあいいさ。今回は経験の少ない未成年冒険者たちもいるからね。死なないように経験を積ませつつ、新しい武器や防具を買えるだけの報酬を渡してやらないとな」

「ということなので、まずは軍というか集団を編成して、パルケニア草原で魔物を狩ってみるとしよう」

作戦会議は終わり、あたいたちはパルケニア草原へと侵入を果たした。

初めての魔物との戦いだけど、まずは一匹倒せるように頑張らないとな。

あたいは、冒険者として生きていくつもりなんだから。


「構え！　撃て！」

ソビン伯爵が指揮する連合軍――大半が未成年冒険者と女性冒険者だけど――は、ソビン伯爵家の家臣たちの指揮で隊列を作り、それを崩さないようにしながらパルケニア草原に侵入した。

すると、あたいたちの存在に気がついた、角のある体の大きな魔物ホーンシープの群れが集団で襲いかかってきた。

「でけぇ！」

「数が多いし、動きも速いな」

普段狩っている動物よりも体が大きいのに、それよりも速い動きでこちらに突進してくるホーンシープに驚き、動揺する未成年冒険者たちだったが……。

「背中を向けると頭から突っ込まれて背中に穴が開くか、背骨が折れて死ぬぞ！　私たちがいるんだ。落ち着いて武器を構えるんだ」

必ず一定間隔でベテラン女性冒険者が配置されており、まずは彼女たちが未成年冒険者たちを落ち着かせ、後方で弓を構えている冒険者たちが一斉に矢を放った。

「次！　放て！」

多くの矢が無駄になることはわかっても、次々と大量に放たれた成果が出て、多くのホーンシープがハリネズミのようになって倒れ伏した。

矢が刺さってもまだ動けるホーンシープが突進を続けるが、大半が矢によるダメージのせいで動きが遅くなっている。

「槍《やり》を構え！」

「「「「「「「「おおっ！」」」」」」」」

「突け！」

最前衛の冒険者たちが槍を構え、接近してくるホーンシープの群れに槍を突き立てた。

急所に槍を突き入れられたホーンシープが倒れ伏すが、当然上手くトドメを刺せない冒険者もいる。

だが、すぐにホーンシープの横合いから剣や斧を持った冒険者が斬りかかった。

あたいもそれに参加している。

「おりゃぁ――――！」

「メエ――――！」

「やったぜ！」

放出魔法は使えないけど速度には自信のあるあたいは、ロングソードで横合いから斬りかかり、初めてホーンシープを仕留めることに成功した。

しばらく戦い続け、あたいがもう一頭のホーンシープを倒すことに成功した直後、三方から攻め立てられたホーンシープの群れは全滅に近い損害を受け、生き残った数頭がその場から逃げ出した。

「あっ！　待て！」

とは言ってみたものの、誰も追いつけずにホーンシープを逃がしてしまったと思った瞬間、後方から目にも止まらぬ速さで氷の槍が飛んできた。

あたいがそれを目視できたのは、田舎生まれのせいか視力がとても良かったからだ。

「メエ――――！」

氷の槍はホーンシープを串刺しにしてしまい、まずは第一波の殲滅《せんめつ》に成功する。

「急ぎ次に備えるんだ！」

ソビン伯爵の命令で、あらかじめ命じられていた未成年冒険者が、先ほど大量に放った矢の回収を始めた。

再利用できるものは、弓を使う冒険者たちのもとへ。

修理が必要なものは、ソビン伯爵家が用意した魔法の袋へ。

廃棄するしかないものも再利用できる部分があるので、漏れなく回収していく。

矢を引き抜いたホーンシープの死骸は、まずは魔法の袋に回収された。

あとでまとめて冒険者ギルドに持ち込んで清算し、それらは基本頭割りとなる。

ベテランや特殊技術を持つ人は分け前が多くなり、一番報酬が貰えるのはやはり魔法使いであるリサさんだ。

今の氷魔法を見たら、彼女の報酬が一番多いことに文句を言う奴はいないだろうな。

「痛いっ！　痛いよぉ――――！」

「後方に運べ！」

当然全員無傷というわけにはいかず、負傷者は担架に乗せられて後方に運ばれた。

ソビン伯爵が治癒魔法を使える神官と魔法使いを手配してくれたので、治癒魔法で怪我《けが》を治してもらい、少し休んでから復帰させる。

「軍人って、すげえんだな」

あたいは、ソビン伯爵の軍人としての手腕に感心してしまった。

確かにこれだけ効率よく用意周到に戦えば、死傷者を極力減らせるはずだ。

「次の群れが来たぞぉ――――！」

「矢を構えるんだ！」

その後何度もホーンシープの群れが来襲したが、無事に一頭残らず倒すことに成功した。

初日は訓練も兼ねてということなので早めに切り上げ、あたいたちはパルケニア草原から出て陣地に戻った。

「バンウー、怪我をしたって聞いたけど大丈夫か？」

「軽い打ち身だ。といっても治癒魔法で治してくれたから、すぐに戦いに復帰したぞ」

「リックは大丈夫そうだな」

「僕は、後方から矢を放ち続けるのが仕事だから」

幸い死者は一人も出なかったようで、みんな明るい雰囲気で食事をとっていた。

「食事の準備をしなくていいのがいいよな」

普段なら、狩猟で疲れた体を引きずりながら料理を作らないといけない。

これが結構面倒なんだ。

「俺たちも軍の一員って感じだけど、初めての魔物狩りにしては上手くやれたし、フォローはしっかりしてくれてるから安心して戦えたよ」

「僕は弓を放ってたけど、矢もすぐに補充されたしね。矢がない弓なんて魔物を叩《たた》く棒にもならないから、とてもありがたかったよ」

「しかし、カチヤは初日から大活躍だな」

「そうかな？」

「初めて魔物と戦ったのに、一人で二頭も倒せたんだ。大したものだぜ」

「僕たちも頑張らないとなって思うよ」

「それに関しては私も同意見だな」

「リサさん？」

知り合いの未成年冒険者たちと食事をとっていると、そこにリサさんが姿を見せた。

……その手には酒瓶が握られていたけど。

「さすがは魔力持ちだな」

「リサさんはわかるんですね」

「わかるさ。だが、魔力はあるのに魔法を使うことができないで困っている。違うか？」

「そのとおりです」

あたいは、だから卒業後も冒険者予備校でヨハネス先生から魔法を習っているけど、まったく成果が出ないことを話した。

「そりゃあそうだろうな。しかしヨハネスのジジイは、人に魔法を教えるのに向いてないよな」

「そうですか？　ヨハネス先生はすべての系統の魔法を使えるから、どんな魔法使いも教えられるって……」

あたいがなかなか魔法を使えないのは、あたいの方に問題があるからで……。

「魔法の講師が全系統の魔法を使えるからって、必ずしも教えるのに向いているわけじゃないぞ。魔法使いには向き不向きがあるから、それに気がついて的確な指導ができることが大切なんだよ。だいたい、ヨハネスのジジイは聖魔法と闇魔法が使えないから、全系統ではなく、四大系統魔法が使えるってのが正解だ」

それでも、火、水、土、風魔法が使えるのは凄いと思うけど。

「的確な指導ですか？」

「カチヤ、お前は放出魔法の才能が一切ないからな」

「え――――っ！　そうなんですか？」

「今日、カチヤが戦っているところを見て気がついた。どうやらヨハネスのジジイは気がついていないようだがな」

「リサさんって凄いんですね」

「魔力量のみで魔法使いの実力を推し量るのは難しいが、私は上級、ヨハネスのジジイは中級だからな」

リサさんは、ヨハネス先生よりも優れた魔法使いなのか。

確かに、今日の氷魔法は凄かった。

逃げようとしたホーンシープはすべて氷の槍で串刺しにしてしまうし、突進してくるホーンシープの群れが多かった時は氷の壁でその動きを封じて味方の軍勢を援護し、氷の矢や槍で数を減らしてしまうのだから。

「カチヤ、お前は今日無意識に魔力で身体機能を強化して戦っていたんだ。これを意識してできるようになればお前も魔法使いさ。攻撃魔法を放てないから、『魔法剣士』みたいなカテゴリーになるのかな」

「そうだったんだ……」

だからあたいはこれまで、どんなに魔法を放つ練習をしてもまったく成果が出なかったのか……。

「じゃあ、いくらヨハネス先生が努力しろと言っても無意味だったのか……」

「努力の方向性が迷子になっているからな。ヨハネスのジジイは器用に四大系統の魔法を放てるんだよ。私も冒険者予備校に通っている時に見たことがある。ただ器用貧乏なところもあるから、氷魔法では私の足元にも及ばない」

ブリザードのリサだものなぁ。

あたいの予想だと、氷の矢や槍などは前哨戦にすぎず、一番の切り札は広範囲を氷漬けにする『ブリザード』魔法なんだろう。

だって二つ名がブリザードだから。

「(なにより、あたいの魔法特性をあっという間に見抜くなんて、リサさんは凄い魔法使いなんだ)」

最初は恐ろしく粗暴なところを見せつけられ、ちょっとドン引きしてしまったけど、その派手な服装やメイクからは想像できないほど優秀な魔法使いで、だからソビン伯爵とも知己の関係にあるのだろう。

大貴族は、いざという時に大きな仕事を任せられる優れた魔法使いを確保しているって聞くものな。

もちろんオイレンベルク騎士爵家に、そんな魔法使いはいないけど……。

「(あたいたち未成年冒険者や、女性冒険者の面倒もよく見てくれるし……)」

人は見かけによらないというか、食堂での騒ぎを思い出すと見た目どおりな気もするけど、リサさんはパルケニア草原出兵の本軍に参加できなかった未成年冒険者と女性冒険者を集めてソビン伯爵の連合軍に参加させてくれたのだから。

「(このままヨハネス先生に魔法を習ったところで、あたいが魔法を使える可能性はかなり低い。リサさんの言うように、魔力で身体能力を強化して戦う戦法を極めた方が、冒険者として大成できるような気がしてきた)」

一度そう決めたからには、あたいはもう迷わねえ!

「リサさん! あたいに魔力で身体能力を強化する戦い方を教えてくれ!」

「私自身は、『身体能力強化』の魔法がそれほど得意ではないんだが、それでいいのか?」

「頼みます!」

「空いている時間に指導はしてやるよ。王都に戻ったら、ヨハネスのジジイとの折り合いもあるだろうからな」

「ありがとうございます！」

あたいの願いが通じ、無事『ブリザードのリサ』から魔法を教わることになった。

パルケニア草原で戦っている間に、無意識にではなく、しっかりと魔力をコントロールして身体能力を強化できるようになろうと思う。

リサさんは、優秀な魔法使いだからな。

だけどその後、その選択をちょっと後悔することになるんだけど……。


「いいじゃねえかよ。少しくらいつき合えや」

「嫌よ！　あんたみたいなおっさんとなんて！」

「んだと！　小娘のくせに生意気な！　ぶちのめすぞ！」

またトラブルが発生した。

グレードグランド討伐作戦が始まるまで、訓練がてら集団でパルケニア草原に棲《す》むホーンシープの群れを狩るあたいたちだったが、後発組でいくつかの諸侯軍が合流した中に、素行の悪い連中が多数存在していた。

借金で首が回らない貴族が褒美目当てに諸侯軍を出したはいいが、まともな人間——その貴族の領内で生産活動に従事している人たち——は連れてこられない。なぜから生産力が下がると税収も下がるからだ。かといって領外の人間を雇い入れたら、経費がかかって黒字にならない。

そこで、箸にも棒にもかからない連中を連れてきたようで、そいつらが女性冒険者を強引に口説こうとしたり、お酌をしろと命じたりとやりたい放題だ。

その前に、どうしてこれから魔物を狩るのに酒なんて飲んでいるんだ？

しかも、ちょっかいをかけられた女性冒険者が拒絶すると、生意気だと言って逆ギレする。

女性冒険者を続けると、こういう手合いのあしらい方を覚えないといけないから大変だ。

「なあムースン準男爵様よ。あの規律違反を犯しているおっさんをなんとかしろよ」

「……」

あたいは一応、オイレンベルク騎士爵家諸侯軍を率いていることになっているから、こういうトラブルが発生した時、素行不良者の雇い主にクレームを入れるのが役割だ。

お飾りのあたいが言うのもなんだけど、借金で首が回らないからって褒美目当てに諸侯軍を出し、経費をかけたくないからといってこんなおっさんを連れてくる貴族だから、まともな対応は期待できない。

ムースン準男爵はあたいが苦情を述べても、目を逸《そ》らして黙り込んでいるだけだった。

「当主代理の分際で、うちのお館《やかた》様に文句があるのか？」

それどころか、あたいがムースン準男爵に意見すること自体が生意気だと思ったみたいで、その家臣があたいを怒鳴りつけた。

「あんたたちのところの兵士だけど、これからパルケニア草原で戦わないといけないのに酒を飲んでるし、女性冒険者にちょっかいをかけてきて迷惑しているから、ムースン準男爵様になんとかしてくれって頼んでるんだ」

「朝から酒を飲んでなにが悪いのだ？　ムースン準男爵家の勇猛で精鋭たる兵士たちは飲酒程度で

弱くなったりしない！」

「（話が通じねぇ……）」

どう見てもただのダメな酔っ払いオヤジにしか見えないのに、あのおっさんが精鋭？

どう考えても、ただ自分たちの非を認めたくないだけにしか見えなかった。

というか、あたいはムースン準男爵に話をしているんだけど、どうして家臣のあんたが口を出すんだよ。

「だいたい、朝に酒を飲むな、なんて決まりはなかろう」

「……」

痛いところを突かれた。

ソビン伯爵が連合軍に出した飲酒禁止令なんだけど、実は違反しても罰則がない。

どうしてそういうことになったのかというと、いくら軍系貴族の大物であるソビン伯爵でも、他の貴族が指揮する諸侯軍の兵士の行動に口出しする権利がないからだ。

「百歩譲って酒を飲んでも問題ないとしても、女性冒険者にいらないちょっかいをかけないでくれ！」

「うちの兵士に文句があるのか！」

うちも零細貴族だからわかるけど、準男爵家程度の家臣に優秀な人間なんて滅多にいない。

オイレンベルク騎士爵家の家臣はのん気な農民みたいな人たちばかりだけど、田舎貴族の家臣には、相手が女性や子供など弱い立場の人間なら、怒鳴りつければ言うことを聞くと考える、残念な奴が多かった。

「ごちゃごちゃ抜かすと、後悔する羽目になるぞ、小娘！」

「……」

こんなおっさん、今のあたいでも戦って負けるとは思わないけど、あたいは親父に無許可でオイレンベルク騎士爵家諸侯軍を作ってしまった身だ。

下手に争うと両家の紛争になってしまうから、どうしたものかと考えていると、そこにリサさんが姿を見せた。

「カチヤ、どうしたんだ？　そろそろ出発だぞ」

「あっ！　そうだった！」

これから魔物と戦わないといけないのに、朝から酒を飲んで女性冒険者にちょっかいかける迷惑なおっさんがいたものだから、つい忘れてた。

「なんだ？　女魔法使い。俺はこの生意気な小娘に用事があるんだ。引っ込んでろ！」

ムースン準男爵家の家臣は、邪魔をされたと思ったんだろう。

あたいたちに声をかけたリサさんに対しても、その場から立ち去るようにと暴言を吐いた。

「もうすぐ出発の時間なんだがな」

「だからなんだ？」

「てめぇらの仕事は、パルケニア草原で魔物を狩ることだ。酒を飲むことでも、女性冒険者にちょっかいをかけることでも、ましてや暴言を吐いて私の弟子を脅すことでもねえんだよ！　せっかくソビン伯爵がチャンスをくれたんだ。無能は無能なりに真面目に働け！」

「なんだとぉ――――！」

うわぁ……。

貴族の家臣相手でも、リサさんは最初に出会った時と同じように容赦がないよなぁ。

確か魔法使いは、それも優れた魔法使いは、大貴族にも平気で喧嘩を売るものだって最近リサさんのおかげで理解したけど、まだ慣れないなぁ……。

「貴様ぁ――――！　この俺を誰だと思っているんだ？」

「さあな。私はこう見えて、かなりの腕前を持つ魔法使いでね。大貴族からの仕事の依頼には困っていないから、借金まみれで金がない雑魚《ざこ》貴族の、それもたかが家臣なんて知らねえよ」

「ムースン準男爵家をバカにするのか!?」

リサさんの挑発的な言動で、おっさんはさらに激昂《げきこう》する。

「知らないものを知らないと言っただけで、バカになんてしてないだろうが。すぐに出発するってのに、お前がくだらない妨害をするから早くしろって言ってんだこの野郎！　いい加減にしないと凍らせるぞ！」

「やれるものならやってみろ！　ムースン準男爵家の重臣である俺に危害を加えたらどうなるかわかっているんだろうな？」

なるほどそういう手に出たか。

おっさんの腕っ節じゃあ、逆立ちしてもリサさんに勝てないから、貴族の重臣である自分に危害を加えたらどんな罰を受けることになるかと、脅かしてきたのだ。

「お前、まさか私がそんな脅しに屈すると思ってるのか？　凍らせると言ったら凍らせるぞ」

「っ！」

だけどリサさんにそんな脅しが通用するはずもなく、いよいよ彼女の氷魔法が炸裂《さくれつ》するかと思われたその時、二人の間に割って入った人物がいた。

「ソビン伯爵か……。今取り込み中だ」

「しかしだね、リサ君。そろそろ出発の時間なのだが」

「ちっ！　わかったよ」

リサさんは、ソビン伯爵の説得は受け入れるんだ。

そして重臣のおっさんは……。

「はい、それはもう重々承知しております。お館様、すぐに諸侯軍を出発させましょう」

「そうだな」

さすがに重臣のおっさんも、ソビン伯爵に逆らうほどバカではなかったようだ。

騒動の間、終始空気だったムースン準男爵に声をかけ、出発の準備をするべくその場から立ち去った。

「……オズワルドの奴、重臣が好き勝手やってもなにも言えないなんて……」

「ソビン伯爵、ムースン準男爵と知り合いかい？」

怒りが落ち着いたリサさんが、ソビン伯爵に尋ねる。

「遠戚で寄子《よりこ》ってやつさ。父親が急死して、急遽《きゅうきょ》嫡男のオズワルドが継いだのはいいが、生来気が弱くて、あの重臣が好き勝手やっているようだ」

「重臣がオイレンベルク騎士爵家の長女に暴言を吐いても、注意すらしないからな。あんなんで大丈夫なのか？」

リサさんが、またソビン伯爵に尋ねた。

リサさんって、相手がソビン伯爵でも謙《へりくだ》るようなことはしないよなぁ。

やっぱり凄腕の魔法使いってすげえ。

「……大丈夫なわけがない。元々ムースン準男爵家は借金だらけだというのに困ったものだ。そういえば明日、バウマイスター準男爵、王宮筆頭魔導師のアームストロング導師、ブライヒレーダー辺境伯家の切り札ブランタークの三名が刺客となり、グレードグランドの首を狙うために出発するそうだ。この梟首《きょうしゅ》作戦が成功したら、多くの魔物が散り散りになってパルケニア草原から逃げ出そうとするはず。そいつらを可能な限り殲滅するのは骨だろうから、今日もしっかりと集団戦闘の実戦訓練を積まないといけない。特にムースン準男爵家諸侯軍は駄目そうだからね」

あの諸侯軍が役に立つか怪しいところだけど、集めたのはソビン伯爵だからなぁ。

あたい如きが、意見なんて言えるわけがない。

「我々は、エドガー軍務卿のように精鋭ばかり集められるわけではないのでね。今ある手駒でなんとかしないといけない。あんな連中でも盾になると思って使わないと……」

「出発だ！」

新たに合流したいくつかの諸侯軍を加え、あたいたちは今日もパルケニア草原に侵入し、集団で魔物を倒す実戦訓練を始める。

死者が出なければいいけど、ムースン準男爵家諸侯軍とかは怪しいよなぁ。

ソビン伯爵指揮の下で陣形を組み、あたいたちの気配を察したホーンシープの群れとの戦いが始まる。

まずは大量の矢が放たれ、生き残って突進してくるホーンシープの群れを槍衾《やりぶすま》で阻止しながら攻撃。

最後に横合いから、あたいたちが剣や斧などで斬りかかる。

昨日と同じことをしているのでみんな慣れてきたようだけど、案の定、ムースン準男爵家諸侯軍の兵士たちが動揺して使い物にならなくなった。

それだけならまだいいけど……。

「魔物……僕には無理だよぉ――――！」

「お館様！　待ってください！　へへっ、すぐにお館様を連れ戻しますので、それまではみなさんだけで頑張ってください」

と、ムースン準男爵と重臣のおっさんが実戦の恐怖に耐えられず逃げ出してしまい、役立たずの諸侯軍の兵士たちもさすがに呆れていた。

そりゃあそうだ。

どこの世界に、自分が指揮する諸侯軍を放置して逃げる貴族と重臣がいるってんだ。

「おい！　待て！」

あたいが背中を向けて逃げ出す二人を大声で呼ぶが、戦いの喧騒《けんそう》に紛れて聞こえなかったようだ。

「あいつらぁ――――！　自分たちがなにをしたのか理解しているのか？」

親戚であるムースン準男爵家諸侯軍の参加許可を出したソビン伯爵が、珍しく激昂している。

貴族が自分の軍勢を置いて逃げ出すなんて前代未聞だし、王国政府にムースン準男爵家諸侯軍の参加許可を取ったソビン伯爵の顔に泥を塗る行為だからだ。

「まあ、あたいでも激昂するだろうな」

未成年冒険者を参加させる方便として編成した、オイレンベルク騎士爵家諸侯軍からも逃亡者なんて一人も出ていないってのに……。

いつも冷静なソビン伯爵だけど、親戚の大借金を返す手伝いをするために今回諸侯軍の参加許可を出したというのに、魔物怖さに逃げてしまうなんて思わなかったんだろう。

貴族はいざ戦争となったら、戦死を恐れず前線に立たないといけないのに、自分たちが一番に逃げ出しているのだから世話ないよな。

さっきのあの傲慢《ごうまん》な態度はなんなんだよ。

「リサさん、あれどうするんです？」

「さあな、今は目の前の魔物の駆逐が先だ。しかし、諸侯軍の方は駄目だな。死なせないようにするのが面倒くせえ」

リサさんは、貴族の諸侯軍がまったく役に立たないどころか、逆に諸侯軍が原因で連合軍が崩壊しかねないので、諸侯軍に攻撃しようとするホーンシープに向けて魔法を放ち倒し続けていた。

「つたく！　ソビン伯爵、今回は高くつくぞ！」

「わかっているさ。頼むよ」

ソビン伯爵の命令で、リサさんは魔法の手数を増やしてなおもホーンシープを倒し続ける。

「カチヤ、最初は自分の理想とする速度、動き、パワーをしっかりとイメージして、それを実現するのに必要な魔力を必要な体の部位に送り込むイメージでやってみろ」

「わかりました！」

多数のホーンシープに魔法を放ちながら、同時にあたいに指示を出すのはさすがだと思う。

「お前は才能があるからすぐにできるようになるだろうが、最初のうちは大変かもな」

「大変？」

「とにかく実際に体を動かすのが一番の練習だ。早速やってみろ」

「はい！」

ムースン準男爵家諸侯軍はトップとナンバー2が逃げ出し、残りも安い金で集めてきた食い詰め者たちばかりなので上手く指揮できず、ソビン伯爵がかなり苦労している。

こいつらが崩壊すると連合軍も崩壊してしまうから、ソビン伯爵も見捨てるわけにいかず大変そうだ。

他の諸侯軍は、いないよりはマシ程度かな？

個々の戦闘力も微妙なので、すぐに負傷して後方に運ばれてしまう。

もっとも、あたいは徐々にそんなことを気にしていられなくなった。

「あたい、やれるぞ！」

リサさんの指示に従って、自分の理想の戦い方をイメージしながら、次々とホーンシープを倒していく。

しばらくはとても順調だったんだけど、どういうわけか二時間も戦うと体が重たくなってきた。

「どうしてだ？　こんなこと、今までなかったのに……」

「最初はこんなものか……。お―――い！　カチヤは魔力切れで後送だ！」

「リサ様、了解しました。さあ、カチヤ様」

「すまねえ」

「いえ、大活躍だったではないですか」

結局二日目のあたいは、二時間ほど戦っただけで疲労困憊《こんぱい》し、後方担当の兵士に背負われて後送されてしまった。

リサさんは容赦なくホーンシープに『氷槍《ひょうそう》』を放ちながらも、あたいの体が動かなくなってしまったことと、その原因を瞬時に察知し、味方にあたいを後送するよう命令を出すんだから凄い。

「あたい、明日はちゃんと戦えるのかな？」

結局その日もみんなは夕方までホーンシープを狩り続け、無事陣地に帰還した。

そして明日は、いよいよグレードグランド討伐作戦が始まる。

魔物たちがどのような動きを見せるのか予想も難しく、不覚を取らないようにしっかりしないと。


夜、リサさんが、あたいが短時間で戦えなくなった理由を教えてくれた。

「つまりだ。カチヤの理想とするスピードとパワーで消費するであろう魔力量と、実際に使っている魔力量との間に大きな隔たりがあるわけだ。無駄に魔力を使いすぎるから、すぐに魔力切れになってしまうのさ」

「そういうことだったのか！」

あたいは魔力のムダ遣いにより、短時間で魔力切れになってしまったのだそうだ。

「どうすれば魔力をムダ遣いせず、長時間戦えるんですか？」

「ヨハネスのジジイと同じ言い方になるから気にくわないが、このまま続けるしかない」

「今日と同じように戦い続けろってことですか？　今はたとえ短時間しか戦えなくても」

「そうだ。人間の体ってのは便利にできていて、徐々に短時間で魔力切れにならないよう、魔力の消費量を抑えてムダをなくそうとする。体でその加減を覚えるんだよ」

「そのためには、これからも疲労困憊になるまで戦い続けるしかないと？」

「嫌ならやめてもいいんだぜ」

「頑張ります！」

今日はすぐに戦えなくなってしまったけど、意識して体の各所に魔力を送り出したことで、これまでとは比べ物にならないスピードとパワーを得られたんだ。

これをやめる理由なんてない。

魔法を放出できないあたいは、『身体能力強化』を極めるしかないんだから。

「ところで、トップとナンバー2がいなくなったムースン準男爵家諸侯軍はどうなるんです？」

「ソビン伯爵が自分のところに組み込んだ。あんなガラクタ共を、ご苦労なこった」

相変わらずの口の悪さだけど、もしオイレンベルク騎士爵家諸侯軍に加えてくれと頼まれたら困るから、ソビン伯爵に引き取ってもらってよかった。

「とはいえ、大丈夫なんですか？　ソビン伯爵」

あの連中、弱いし素行も悪いからなぁ。

役に立たないのは仕方がないにしても、足を引っ張られなきゃいいけど。

「それでも引き取らないと駄目なのさ」

「ソビン伯爵？」

夕食をとりながら話をしているあたいとリサさんに声をかけてきたのは、問題児ばかりのムースン準男爵家諸侯軍を引き取ったソビン伯爵だった。

「あんな連中、ここで解散させてみろ。必ず近くに領地がある貴族に迷惑がかかる」

ムースン準男爵家が極力お金をかけずに集めたどうしようもない連中にこの場で解散を告げた場合、金も食料もないため近くにある貴族の領地で悪さをする可能性が高いってことか。

あの連中よりも、魔物の領域から出てこないだけ魔物の方がマシな気がする。

「で、もしそうなった場合、当然ムースン準男爵家が責められるわけだが、オズワルドはあんな男だ」

貴族なのに魔物が怖いって理由で、諸侯軍を見捨てて逃げるような奴だ。

「責任なんて取れるわけないですよね」

「そうなると、結果的にムースン準男爵家諸侯軍の参加を認めた私の責任になる。それならたとえ足手まといでも、引き取って管理した方がマシじゃないか」

「……寄親って大変なんですね……」

逃げた寄子と、役に立たない諸侯軍をクビにできないんだから。

あたいなら、絶対に見捨ててると思う。

「たまに、貴族なんてやめたくなるのは事実だね」

なんとなくイメージで、大貴族って贅沢《ぜいたく》に暮らしてそうだな、うちの実家とは大違いなんだろうなって思ってたけど、ソビン伯爵を見ていたら、うちの実家もそう悪くないかもしれないって思えてきた。

あたいは戻る気ないけど。

「東側のエドガー軍務卿が仕切っている本軍は、王国軍が主力で冒険者も凄腕が揃《そろ》っているし、補給も楽だ。結局うちが一番大変かもしれない」

これだけの人数がいると補給も大変そうだし、近隣に領地がある貴族との折衝も大変そうだ。

「北と南に展開している軍勢ってどうなんですか？」

東西南北、全方位からパルケニア草原を囲む作戦だって聞いたけど、北と南の軍勢については詳細を聞いてないいんだよなぁ。

気になって仕方がないので、思いきってソビン伯爵に聞いてみた。

「北は少数精鋭だ。王国でも屈指の魔法使いたちが多数配置されているが、普通の冒険者は関わっては駄目なんだ」

「関わっちゃ駄目って……」

「普通の冒険者が北軍にいたら、魔物ごと魔法で吹き飛ばされかねないからな」

「……怖っ！」

「『爆炎のキンブリー』とかは、周りも見ないで手当たり次第吹き飛ばすからな」

うん。

あたいたち未成年冒険者たちは、北軍の連中には関わらない方がいいな。

リサさんも似た感じだけど、優れた魔法使いって癖がある人が多いのかな？

「南はどうなんです？」

「南軍は、王国軍でもアームストロング伯爵に近い貴族たちと、彼らと懇意の冒険者有志も参加しているが、女性や私のような人間とは合わないと思う。もの凄く暑苦しいから」

「私はそういうのは苦手だな」

「あたいも」

なんとなく想像できるけど、肉体系というか、まず体を動かせ的な、汗臭い男たちが集まっているんだろうなって。

同じ軍人でも、軍政家の色が濃いソビン伯爵とも合わないんだろうなぁ。

「想像はしていたが、西軍が一番の貧乏クジを引かされるのは確実だろう。そんなわけで、頼りにしている」

ソビン伯爵がリサさんのみならず、あたいまで頼りに？

なんか社交辞令っぽいけど……。

「まあいいさ。私は、グレードグランドを狙うバウマイスター準男爵たちを擁する東側本軍とは相性が悪そうだからな。それにソビン伯爵は私のお得意様だ。なにしろ私は、多くの貴族に嫌われているからな」

「そうなんですか？」

「私は、クソ野郎にはクソだって言ってやらないと気が済まないんでね！」

確かに初めて会った時のことを思い出すと、リサさんって言いたいことを言わずにはいられない人だって気が……。

「幸い私は、クソ貴族のカテゴリーに入っていないようなのでね。私とその係累、知り合いの貴族は、リサ君に仕事を頼むことが多い。リサ君は仕事も正確で早いから」

「貴族全員と仲良しなんてあり得ないってのもあるからな。それでも誰かと繋《つな》がってりゃあ、魔法使いが仕事にあぶれることはないさ」

「リサ君はこう見えて、売れっ子の魔法使いだからな」

そういえば初めて会った時も、冒険者ギルドの依頼で女性冒険者を食い物にしていた不良冒険者たちを懲らしめていたものな。

リサさんは、女性や未成年冒険者など、自分よりも弱い立場の人たちには優しいんだと思う。

普段の言動のせいで、そう見られないことも多いけど……。

「ただ一つ問題がある。ムースン準男爵家諸侯軍はソビン伯爵が指揮すれば多少マシになるだろうが、明日、東側の梟首部隊がグレードグランドを倒したあとだ。昨日今日よりも大変なことになるだろうぜ」

「リサさん、パルケニア草原の一番強いボスが倒れたら、残った魔物は雑魚なんだから、倒すのはそう難しくないと思うけど」

ボスを失ったんだから、烏合《うごう》の衆《しゅう》と化すはずだと思う。

「カチヤ、そんな簡単な話にはならねえよ」

「そうだな。ボスが倒された魔物の領域に住む魔物が一気に不安定化するのだから。ボスが倒されたことで彼らは常に大きな不安に駆られるようになる。そうなると……」

ソビン伯爵によると、ボスが倒れた魔物たちは、不安に駆られつつもしばらくその場に残る個体と、別の魔物の領域を目指して移動を始めるものとに分かれるらしい。

「残った魔物は土地開発の邪魔だけど、我々が手を出すまでは害がないのでマシだろう。だけど後者は……」

いち早く別の魔物の領域に移動したいため、なりふり構わずバラバラに暴走して人間の領域に紛れ込み、大きな被害をもたらすケースも多いらしい。

「昨日今日と、ホーンシープたちは群れを作って我々を攻撃してきた。元々ホーンシープは群れを作ることで知られているが、もしボスが倒されると大きく混乱して、個別に行動する個体も出てくるだろう。この辺は昔の書籍の知識からだが、目を血走らせながら他の魔物の領域を目指すわけだ。当然魔物が地図を見たり、その辺の人間に道を聞いたりはしないから、他の魔物の領域に到達するか、冒険者に狩られるまで大暴れをして人間に危害を加える。つまり我々は、極力魔物をパルケニア草原から出すわけにはいかない」

群れなら集団戦で対処しやすかった魔物でも、我を失って個々に五月雨《さみだれ》式でパルケニア草原から出ようとするとなると、あたいたちの負担は増えるってわけか。

「集団戦法も効果的ではあるのでそのまま続けるが、問題は魔物たち――大半がホーンシープだが――が個々に暴走しながらパルケニア草原を出ようとするのを可能な限り防がなければならない点だ。そして、夜戦も覚悟しないと駄目だろう」

「夜ですか？」

「ああ、パルケニア草原から別の魔物の領域に逃げたい魔物に時間は関係ない」

昨日今日はグレードグランドが健在だったから、魔物がパルケニア草原から出ることはない。だから夜は陣地に戻って眠れたけど、当然グレードグランドが倒されてしまえば、統制が効かなくなった魔物が夜にパルケニア草原から出ようとしてもおかしくはないのか。

「リサ君、カチヤ君、頼む」

「魔物の多くが、派手にやらかしている東側に向かうことを祈ろうじゃないか」

これまでの二日間は練習みたいなもので、明日、グレードグランドが倒されてからが本番ってことか。

これは明日から大変そうだな。


「グワァ――――！」

「なっ、なんだ？　この周囲に響きわたる悲鳴は？」

「グレードグランドの断末魔の声だろう。カチヤ、いよいよ始まるぞ」

翌日、ソビン伯爵が指揮する連合軍は、攻め寄せるホーンシープの群れを順調に始末していったが、突如、鼓膜が破れるのではないかという悲鳴が響きわたった。

リサさんによると、これはパルケニア草原のボス、グレードグランドが倒された際の断末魔の声だそうだ。

「「「「「「「やったぁ――――！」」」」」」」

「このアンポンタンが！　私たちはむしろこれからが大変なんだよ！　気を抜くな！　死ぬぞ！」

グレードグランドが倒されたと知ってみんなが歓声をあげたが、リサさんがそれに釘《くぎ》を刺した。

「ですがリサさん、今のところホーンシープの群れとはちゃんと戦えてますし、心配しすぎじゃないですか？」

未成年冒険者の一人がリサさんに意見するけど、彼女はそいつに対し、バカにしたような表情を向けた。

「なあ、お前。魔物であるホーンシープが、わざわざ群れで私たちに襲いかかってくる理由がわかるか？」

「群れで襲いかかってくる理由？　わからないです」

リサさんにあらためてそう問われると……。

別にホーンシープって肉食じゃないし、縄張りを人間に侵されたと思ったから？

でもパルケニア草原の広さを考えたらなぁ……。

「まだ未熟でバカなお前にもわかるように教えてやる！　それはな。ボスであるグレードグランドを守るためだ！　グレードグランドは毎日ホーンシープを捕食するってのに、奴らはグレードグランドに害をなす可能性がある侵入者を襲って排除しようとする。そのくらい、領域のボスってのは強い存在なんだ！　そんなホーンシープたちがボスをなくしたらどうなると思う？」

「わかりません……」

「自分たちが従う新しいボスが欲しくなるじゃないか。となると、パルケニア草原を出て新しい魔物の領域に移動したくなるのが本能だろう？　移動するまでの時間に差があるとしてもだ……。私が言っていることの意味がわかるか？」

「はい、もしかして……」

リサさんにバカにされていた未成年冒険者がなにかに気がついたようだけど、その前にみんなが騒然となっていた。

「ホーンシープたちが！」

「コラッ！　逃げるな！」

「こっちは執拗《しつよう》に襲いかかってきて……クソォ――――！」

これまでは、群れであたいたちに襲いかかっていたホーンシープたちがバラバラになり、連合軍をすり抜けてパルケニア草原から逃げ出そうとしたり、逆にさらに凶暴になって襲いかかってくる個体もいた。

「リサ君！　逃がすな！」

「わかってるよ」

リサさんは素早く『飛翔《ひしょう》』で飛び上がると、連合軍を無視してパルケニア草原から逃げ出そうとしているホーンシープを『氷槍』で仕留めていく。

次々と『氷槍』で貫かれて地面に縫い付けられ、血を流しながら死んでいくホーンシープ。

可哀想《かわいそう》だけど、パルケニア草原から出て、近くの貴族の領地で暴れられでもしたら堪《たま》ったものじゃない。

当然ソビン伯爵も同じように思っているはずで、だからすぐに対処したリサさんは、彼から信用されて当然だと思う。

あたいに同じことはできそうにない。

「カチヤ！　パルケニア草原から一頭も出すな！」

「はいっ！」

リサさんに怒鳴られたのを合図に、あたいも弾《はじ》けたようにその場から走り出し、連合軍をすり抜けて逃げようとするホーンシープを斬り倒していく。

「エイラ！　マーガレット！　頼むぞ！」

「はいよ」

「逃げるホーンシープに追いついて倒せる冒険者は少ないよなぁ」

リサさんはベテラン女性冒険者たちにも声をかけ、パルケニア草原から逃げようとするホーンシープを倒していく。

ベテランが抜けた部隊は大変だろうけど、襲ってくるホーンシープの数は減ったんだからなんとかしてくれ。

「逃げるな！」

手あたり次第、逃げようとするホーンシープを倒していくが一つ問題があった。

あたいが持つロングソードはかなり刃を薄くして軽量化はしているものの、これを持ちながら全力でホーンシープを追いかけるのは辛《つら》い。

「それでも、やらなきゃならねえ！」

ホーンシープを、パルケニア草原から一頭として出すわけにはいかない！

当然広大なパルケニア草原すべてをカバーできるわけではないけど、自分たちが担当する場所でホーンシープを逃がすわけにはいかないんだ。

「……はぁ……はぁ……」

だけど昨日の時点で、二時間しか身体能力を魔力で強化して戦えない状態だったんだから、三時間もすると体が鉛のように重くなって、その場から動けなくなってしまった。

リサさんによると、これ以上魔力を使うとあたいは気を失ってしまうそうだ。

「休んで魔力を回復させせないと駄目か……」

「カチヤ！　受け取れ！」

「えっ？　えっ？　おっと」

あたいは、リサさんが投げた小瓶をかろうじてキャッチする。

小瓶の中には、なにか液体のようなものが入っていた。

「飲めば魔力が回復する！　早く飲め！」

「えっ――――！　そんな貴重な魔法薬を？」

まだ下級魔法使いレベルでしかないあたいが……どう考えてももったいないとしか思えない。

「そんなこと言ってる場合じゃねえんだよ！　早く飲め！」

「でも……」

魔力を回復させる魔法薬なんて、滅多に世間に出回らない。

いくらするのか見当もつかないので、貧乏貴族の娘であるあたいは半ば本能で飲むのを躊躇《ちゅうちょ》してしまう。

「どうせあとで、ソビン伯爵に薬代を請求するから気にするな！」

「わかりました！」

あたいは慌てて、魔力を回復させる魔法薬を一気に飲み干す。

「不味《まず》っ！」

「味については諦めるんだな。カチヤ！　動け！　戦え！」

「はいっ！」

これがリサさんの言う、実戦形式の魔法の訓練というやつか。

段々と魔力のムダ遣いが減ったらしく、次は全力で三時間半ほど。

その次は、四時間ほど戦えるようになった。


「……払わざるを得ないが、すさまじい金額だな……」

リサさんから魔力を回復させる魔法薬の値段を聞いたソビン伯爵が、その金額に絶句している。

あたいは申し訳ない気持ちでいっぱいだったけど、あの魔法薬がいくらなのか知ろうとは思わなかった。

「篝火《かがりび》を！」

日が暮れて夜になったが、残念ながらあたいたちに休息の時はなかった。

グレードグランドが健在な頃なら、あたいたちがパルケニア草原から出てしまえばホーンシープも追いかけてこないので夜はちゃんと休むことができた。

だが今は、夜にホーンシープがパルケニア草原から脱出しようと行動している可能性があり、一日中監視態勢を維持する必要があった。

ソビン伯爵の命令で兵士たちが篝火の用意をすると、なんとそこに凶暴化したホーンシープが数頭飛び込んできた。

その時、ホーンシープに蹴《け》り飛ばされてしまう人たちも数名出たが、死人が出なかったのは幸いだ。

「動物って、火で逃げるんじゃないのか？」

実家のオイレンベルク騎士爵領でも農作物を狙う害獣の駆除はしていて、夜番の領民たちが火を焚《た》くと、害獣たちが寄ってこないのを見ていたからだ。

「魔物と動物は似ている部分も多いが、まだわかっていないところも多いからな。とにかくお客さんが訪ねてきたんだ。わからせてやれ！」

リサさんが叫ぶと、あたいとベテラン女性冒険者たちはホーンシープを次々と狩っていく。

「……さすがにカチヤも限界か。私もだが、人間は睡眠をとらないわけにいかないからな。ソビン伯爵、どうする？」

リサさんがソビン伯爵に、これからどうするのかを尋ねた。

「軍勢を三交代制に再編しないと駄目だな。一日中監視する必要があるが、群れで襲ってこなくなったのは幸いだった。リサ君とカチヤ君は夜番になるが我慢してくれ」

「しゃあねえな。夜に足手まといなんていらねえからな」

「リサさん？」

「軍人でも冒険者でも、夜に活動するのが一番難しいんだ。素人なんて交ぜたら、そいつのせいで死にかねない。とはいえ、昼間にムースン準男爵家諸侯軍のような連中ばかり配置するわけにもいかない」

「それってつまり？」

「私とカチヤの負担が増す」

「ええっ――――！」

あたいって魔物との戦いは今回が初めてなのに、もう主戦力としてあてにされてるってどういうことだ？

「カチヤは燃費の問題さえ解決すれば強い！　魔力切れになっても魔法薬で回復させれば半日ぐらいは連続して戦えるし、なにより他の連中が使えなすぎる。どうせ高額の魔法薬の代金は、ソビン伯爵持ちだからな」

「……目を疑うほど高額だが仕方がない。カチヤ君は主戦力だから」

確かにあたいがトップを務める、オイレンベルク騎士爵家諸侯軍に所属していることになっている未成年冒険者たちの方がまだ使えると評価されるぐらい、頭数だけは立派な他の諸侯軍は使えなかった。

ムースン準男爵家諸侯軍は問題外としても、他の諸侯軍も足を引っ張らないだけで評価されるぐらいだからなぁ。

あたいはしばらく、燃費の悪さを高額の魔法薬で補いながら、夜に戦うしかないのか。

「ソビン伯爵、もっと安い魔力回復手段ってないんですか？　そうだ！　魔晶石に込めた魔力で回復させるとか」

本来魔法使いは、そういう方法で魔力を回復させるって聞いた。

込める魔力はリサさんのものを使えば、コストをだいぶ下げられるはずだ。

「無理だな。カチヤお前、ヨハネスのジジイに習わなかったのか？　他の魔法使いの魔力を使える奴は滅多にいないんだよ。だから事前に自分の魔力を魔晶石に溜《た》めておいて、いざという時にそれを使うわけだ。でも、今のお前には無理だろう？」

「はい……」

元々あたいの魔力は下級レベルしかなく、余った魔力を後日に備えて魔晶石に溜めておくなんて不可能なのだから。

さらに他人の魔力を使うなんて特殊技能、どう考えても今の未熟なあたいが使えるわけがない。

「高かろうが、生き残れば勝ちなんだ。バンバン魔法薬を使って戦え！　私ももしかしたら頼らざるを得なくなるかもしれないからな」

「もう、今回の出兵でソビン伯爵家が大赤字になるのは諦めるよ」

さすがは大貴族。

リサさんが持っている高価な魔法薬の経費を負担すると宣言したけど、大赤字決定というのがちょっと可哀想だ。

もし西軍が魔物に敗れ去ると、大物軍系貴族であるソビン伯爵家は沽券《こけん》に関わるだろうけど、あたいの実家のオイレンベルク騎士爵家はなんの痛手も負わないからなぁ。

「カチヤ！　いけ」

「はいっ！」

その後のあたいは、数時間に一度、魔法薬で魔力を回復させながら、空が明るくなるまで戦い続けた。

ホーンシープは群れで襲ってこなくなったし、襲撃してくる数はかなり減ったけど、暗闇の中からいつ襲ってくるのかわからない状態で待機し続けることがどれだけ辛いか。

時間が経つにつれて短い間隔で睡魔が襲ってくるようになり、そんな時に限ってホーンシープが襲いかかってきやがる。

対応が遅れてヒヤッとした瞬間もあり、あたいは交代の時間になって陣地に戻り、テントの中で毛布にくるまった瞬間、意識を失うように眠ってしまった。


「カチヤ、時間だぞ」

そして次の瞬間には、リサさんに叩き起こされていた。

「あれ？　もう夜？」

「昼の間、ずっと寝ていたな。食事をとってから、ホーンシープたちの襲撃に備えるぞ」

「わかりました」

夢は見たのかもしれないけど、それすら覚えていないからどちらでもいいか。

急ぎ支度をして陣地の中を歩くと、怪我をしている冒険者と兵士が増えていた。

「襲いかかってくるホーンシープの数は減ったし、群れでの襲撃はなくなったが、なにしろ軍勢を三分割しているからな。夜に素人は回せないから、昼担当の連中が次々と怪我をしやがる。教会の従軍神官たちやソビン伯爵が雇った治癒魔法使いが治療をしているが、今以上のペースで怪我人が増えると、ちょっと対応できなくなるかもしれないな」

「……大丈夫なんですかね？」

「私にもわからないな。とにかく今ある戦力でなんとかするしかない。東本軍は従軍神官の数も多く、噂の聖女もいるから、ここほどカツカツじゃないいんだろうぜ。羨《うらや》ましい限りだ」

「聖女？」

「なんだ知らないのか？　教会のお偉いさんであるホーエンハイム枢機卿の孫娘が、凄腕の治癒魔法使いなんだよ。こっちに回してくれないかね」

「リサ君、無茶を言わないでくれ。これから出撃かね？」

大型テントの中にある幹部専用の食堂に入ると、そこでソビン伯爵が食事をとっていた。

オイレンベルク騎士爵家諸侯軍を指揮していることになっているあたいと、魔法使いであるリサさんは幹部扱いなのでこちらで食事をとるのだけど、出てくるメニューに差があるわけではない。

ソビン伯爵もみんなと同じ食事をとっていて、これは自分だけが豪華な食事をとると、補給に大きな負担がかかるからだと教えてくれた。

「ああ、そうだ。夜の指揮は重臣に任せているが、優秀な男だから問題は発生しないと思う」

「逃げなきゃ誰だっていいさ」

「さすがに、ムースン準男爵の他に逃げ出した貴族はいないさ。あまり役には立っていないが……。

ふう、エドガー軍務卿が羨ましい」

リサさんの皮肉に、ソビン伯爵は苦笑いしながら返答した。

東本軍の主力は王国軍なので、訳アリ諸侯軍を率いる貴族よりも優秀な軍人貴族が沢山いる。

ベテラン女性冒険者の中には優れた人たちも多いけど、せいぜいパーティを指揮したことがあるくらいだから、軍勢の指揮には向かない。

結果として、ソビン伯爵とその家臣たちの負担が大きかった。

「今夜も頼むよ」

「しかし、いつまで続くのかね？」

「短くても一週間はこの調子だろうな」

ソビン伯爵の予想は当たり、それから一週間、あたいたちはホーンシープを中心とした魔物を倒し続けた。

徐々に『グラスカウ』、『ブラックゴート』、『シグホース』などの魔物もパルケニア草原から脱出を試みるようになり、その阻止に忙しい。

「なあ、リック。他の軍も俺たちと同じぐらい忙しいのかな？」

「だと思いたい。魔物が西側ばかり目指していたら嫌だもの。夜に僕の矢が命中するのか怪しいところだけど……」

わずか一週間といえど、ずっと緊迫した戦闘が続いている状態だ。

未熟だからという理由で昼に回されていたバンウーとリックも、今ではあたいたちと一緒に夜の担当となった。

「残念なことに出始めた死者は諸侯軍の兵士たちに集中しているし、そのせいで逃げる奴もいるからな。戦力補強で夜組のベテラン女性冒険者を昼に回さなければいけなくなったんだよ。ったく、諸侯軍は本当に使えねえな。戦争がない時代でよかったぜ」

接近してきたブラックゴートを氷の槍で串刺しにしながら、自分に負担をかける諸侯軍に文句を言うリサさん。

女性冒険者たちは、今回女性だからという理由で他の軍に加えてもらえなかったけど、彼女が集めてきた人たちなので実力がある人が多い。

未成年冒険者たちも、この一週間で見違えるほど戦えるようになった。

その中でも優秀なバンウーとリックは、夜組に回されてきたほどだ。

結局一番役に立たないのは、駄目な貴族が人数合わせで集めてきた諸侯軍だったってわけだ。

「俺ら、諸侯軍の連中と昼間に一緒に戦ってましたけど、確かにかなり足手まといでしたね」

「それでもいないと僕たちに攻撃が集中するんで、ソビン伯爵は彼らを用いることをやめませんけど……」

「ソビン伯爵は、諸侯軍の連中を『使い捨ての壁』と割り切ったんだろうぜ。さすがは優秀な軍人だ」

リサさんの発言に、一瞬ゾッとするあたいたち。

正直なところ、あたいもなんとなくそんな予感がしてたけど、だからといってソビン伯爵を批判する気にはなれなかった。

ここまで戦ってきてわかったけど、ソビン伯爵が担当している西側の戦力は最低だ。

それをソビン伯爵の指揮能力と優秀な家臣たち、凄腕の魔法使いであるリサさんと、彼女が集めたベテラン女性冒険者たちでなんとかしているのだから。

そもそも、未成年のあたいが戦力としてあてにされている時点で駄目だよな。

それにそうでもしないと、ちゃんと戦っているあたいたちの負担が大きくなってしまうばかりか、無駄な犠牲者が増えかねないのだから。

「リサさん、さすがにもうそろそろ終わりですよね？」

「だと思うんだが……」

いつ暗闇の中から魔物が襲撃してくるかわからない生活が一週間続いていたので、さすがのリサさんでも、いやソビン伯爵やその家臣たちさえも限界のはずだ。

実際昨日に比べると、襲ってくる魔物の数も、パルケニア草原の外に逃げ出そうとする魔物の数も減っていた。

「明日、撤収になる気がする。これ以降も、パルケニア草原に棲《す》む魔物の駆逐は続くけどな」

パルケニア草原から逃げ出さず、その場に残っている魔物は土地を開発する時に邪魔になるから、これからも継続的に王国軍や冒険者が駆除するはずだと、リサさんが説明してくれた。

「パルケニア草原から一匹も残らず魔物がいなくなるのは、どんなに短くてもあと数年……下手をすると、数十年かかることもある」

普通に考えて、広大なパルケニア草原に生息する魔物を一匹残らず倒すには、大きな手間がかかるはずだ。

「まぁ私たちが考えることでもないさ。将来、残ったパルケニア草原の魔物を倒してくれという依頼がくるようなら話は別だが、それも報酬次第ってところだからな」

もうすぐ、このえらく疲れる仕事が終わる。

苦労は多かったけど報酬は多いから、これで新しい武器と装備品を手に入れたい。

そんなことを考えていた時だった。

「なんだ？　あいつは？」

「大きいぞ！　あんな大きなホーンシープ、見たことがない！」

「しかも、金色に輝いているじゃないか！」

そいつは他の魔物とは違って、離れたところからでもその姿を確認できた。

なぜならそいつは、金色に輝いていたからだ。

奇襲を受ける心配はなさそうなので、一番近くにいた冒険者たちが余裕を持って武器を構え……ようとした瞬間、そいつは動いた。

そして次の瞬間には、三人の未成年冒険者たちがそいつにはね飛ばされていた。

想定していなかった大ダメージを受けた三人ははね飛ばされたあと、地面に叩きつけられてしまう。

よほどの衝撃だったのか、彼らは悲鳴すらあげず、ピクリとも動かない。

「カチヤ！」

「あっ、はい！」

リサさんに名前を呼ばれるのと同時に、あたいは動き出した。

この一週間で、すぐに動かなければ死ぬこともあるのだと体が覚えたからだ。

「っ！　避《よ》けやがった！」

金色のホーンシープは、これまでの個体と違って二回りほど大きいのに、リサさんが放った氷の槍を簡単に避けてしまう。

「素早いなんてもんじゃねえ！　っ！」

リサさんの魔法が回避されたのを初めて見てしまったせいか、体の動きが一瞬止まったところを金色のホーンシープに狙われた。

これまでの実戦経験のおかげだろうか、半ば無意識に剣を横に構えて金色のホーンシープの突進を斜めに受け止め、無事に受け流すことに成功した……のだけど……。

「ああっ！　あたいの剣が！」

今のあたいからしたら決して安くない剣なのに、罅《ひび》が入ってしまった。

「こいつ、どれだけ角と頭が硬いんだよ！」

「あ――あ、その剣はもう駄目だな。代わりにこれを使いな」

そう言ってリサさんが魔法の袋から取り出したのは、刃が薄い二本のショートソードだった。

「二本？」

「お前はスピード重視の魔法剣士なのに、いくら軽量化しているとはいえ一本のロングソードを使って動き回っていたらバランスが悪くて動きを阻害する。カチヤは双剣使いになれ！」

「そんないきなり！」

魔法が使えないあたいは、これまで軽量化したロングソードで戦っていたのに、リサさんからいきなり双剣使いになれと言われてしまった。

「大丈夫かな？」

「それは私にもわからないが、どのみち新しい武器が必要だろう？　そして、カチヤがやることはたった一つだ。金色のホーンシープの動きを止めろ。どうしてかわかるな？」

「リサさんの魔法を当てるためですね」

「わかっているのならいい。やれ！」

金色のホーンシープのスピードとパワーは凄《すさ》まじく、さらに数人の冒険者たちがはね飛ばされて負傷してしまった。

こいつを倒せるのはリサさんの魔法だけだけど、奴は魔法を回避してしまう。

あたいの素人考えで、広域魔法で仕留めればと一瞬思ったのだけど、金色のホーンシープは知恵もあるらしく、ずっと人が密集している場所で暴れ回っていた。

そんな場所で広域魔法が使えないのは言うまでもない。

どうにか仕留めようとした冒険者や兵士たちが、金色のホーンシープによって次々とはね飛ばされ、負傷していく。

これ以上負傷者を出さないため、あたいは金色のホーンシープの前に躍り出て挑発を始めた。

「ほうら、こっちだ！　間抜け野郎！」

あたいが悪口を言ったのがわかったのか、金色のホーンシープはあたいに襲いかかってくるが、魔力でスピードを上げて回避する。

実戦形式の修練が役に立ってよかった。

「カチヤ！　そいつの攻撃を回避できるのなんて当たり前だろうが！　逆にできなかったらぶん殴ってるぞ！　とにかく動きを止めろ！」

「ええっ――――！　無茶言わないでくださいよぉ――――！」

リサさんの教えで、あたいは魔力で身体能力を上げて戦うことができるようになったけど、一番得意なのはスピードを上げることだ。

あんなにデカくて力もありそうな金色のホーンシープの動きを止めることなんてできるわけがない。

「かなり効率は悪くなるが、魔力で力を大幅に上げろ。一秒でいい、金色のホーンシープの動きを止めろ！　一秒あれば、そいつを氷の槍で串刺しにできる！」

「大丈夫かな？」

金色のホーンシープの突進を食らってしまった人たちは、よくて骨折、運悪く意識が戻らずに後送されてしまった人もいるし……。

「とにかくそいつをどうにかしないと、犠牲者が出続けるばかりだ。カチヤ！　魔力切れでぶっ倒れてもいいからやれ！　それとも私が、金色のホーンシープの周囲数十メートルにブリザードを吹かせ、全員氷漬けにしてから標的だけを粉々に砕いても問題ないか？」

「「「「「「「ええっ――――！」」」」」」」

リサさんがとんでもないことを言い出し、それを聞いた全員が悲鳴混じりの驚きの声をあげた。

そして、あたいを縋《すが》るような目で見つめてくる。

「カチヤ、魔力切れで気絶してもちゃんと後送してやるから」

「カチヤ、僕とバンウーが責任持って確実に後送するよ」

氷漬けにされたくないバンウーとリックが、あたいに懇願してきた。

あたいもその方法しかないと内心では理解していたし、リサさんがああなったらもう誰にも止められないのは、これまで行動を共にしてきた結果わかっていたさ。

「来いよ！　金色のホーンシープ！」

あたいは二本のショートソードを十字にクロスさせ、金色のホーンシープを受け止める態勢に入った。

奴は、小さなあたいなんて簡単にはね飛ばせると思ったんだろうな。

誰が見てもわかるほど舐めくさった表情を浮かべながら、あたいに向けて突進してきた。

「(キタッ!)」

金色のホーンシープの突進を受け止め、一秒とはいえその動きを止めるには、適切なタイミングで大量の魔力を体中に流すことが必要だ。

流す魔力の量が少なければ、スピード強化重視のあたいなんて簡単にはね飛ばされてしまう。

「(タイミングを間違うな! これまでの修練成果をここで発揮するんだ!)」

クロスさせたショートソードと金色のホーンシープが接触した瞬間、あたいは一気に魔力を全身に流し、力を爆発的に増大させる。

普段はスピードアップに大半を使ってしまうため、やはり魔力をいつもよりもムダ遣いしてしまうが、一秒だけでも金色のホーンシープの動きを止められればいいんだ。

その結果、魔力が完全に尽きて意識を失ってしまっても問題ない。

「くっ!」

まるで馬車にでもぶつかられたかのような衝撃と共に、あたいは恐ろしい勢いで後方に押し出されていく。

いくら両足で踏ん張ってもなかなか金色のホーンシープの突進を止められず、このままはね飛ばされてしまうかと思われたその時、ようやくあたいの力はフルパワーとなって、徐々にあたいを押し出すスピードはゆっくりになっていった。

だが元々あたいの魔力量は少なく、さらに力だけを集中的に上げたせいで、あたいの魔力は尽きる寸前だ。

「最後のひと踏ん張りだぁ――――！」

力を振り絞って最後の魔力を燃やし尽くすと、ようやく金色のホーンシープの突進が止まった。

そして……。

「カチヤ、よくやった」

「間に合った……」

あたいは完全に魔力を使い果たして意識が朦朧《もうろう》としていたが、暗闇に落ちる前に確認したんだ。

金色のホーンシープの背中に長い数本の氷でできた槍が突き刺さり、貫通して地面にまで達していたのを。

これで今日は、安心して眠ることができるぜ。


「……ここは……」

目を覚ましたのは、ここ十日ほど毎日寝起きしているテントの中だった。

どれだけ寝ていたのか確認しようと外に出るとすでに日が傾いており、随分と長く寝ていたようだ。

「魔力は無事に回復しているから、今夜も頑張らないとなぁ」

「カチヤ、私たちは明日の朝には撤収だぞ」

「えっ――！　そうなんですか？」

後ろからリサさんに声をかけられたことも、魔物の駆逐が昨日で終わってしまったことも驚きだった。

あたいが寝ていた間に、いったいなにがあったんだ？

「私とカチヤで倒した金色のホーンシープだが、あいつを倒したあと、多数のホーンシープが襲いかかってきて、みんな大変だったのさ。どうやらあいつは、かなりの規模の群れを率いていた個体らしい」

そんな群れのボスを殺してしまったから、あたいたちは残りのホーンシープたちに目の敵《かたき》にされたのか。

「ところが、そいつらをあしらって以降は一匹も魔物が現れなくなった。念のため昼、夕方とソビン伯爵が軍を編成して待ち構えていたが、結局魔物は一匹も姿を見せなくてね。明日、ここを撤収することになった」

魔物を駆逐している時は一日でも早く終わらないかなと思っていたけど、終わる時はあっけないものだ。

「今夜も即応できるよう、少数の軍勢に夜番をさせるらしいが、今夜もなにもなかったら明日で撤収さ。夕食の時にソビン伯爵から説明があるだろう」

そして夜。

あたいたちはソビン伯爵から招待を受け、彼やその家臣たちと夕食を共にした。

そのメニューが、兵士たちとなにも変わらないのは一緒だけど。

ソビン伯爵は、こんな時でも節約を心掛けるんだな。

「エドガー軍務卿から伝令が届いた。東、北、南でも魔物の姿をほとんど確認できなくなり、至近でパルケニア草原から脱出を図ろうとした魔物はほぼ殲滅できたと推測できる。グレードグランドを倒したバウマイスター準男爵、アームストロング導師、ブランタークがパルケニア草原中央部に留《とど》まり、恐ろしい数の魔物を駆逐したそうだ。どうやら我々がこの程度の苦戦で済んだのは、バウマイスター準男爵たちのおかげらしい」

いくら優れた魔法使いでも、たった三人でいまだ魔物が多数ひしめくパルケニア草原の中心部で一週間も？

「凄いなんてもんじゃない」

「よくそんな仕事引き受けるよな。あのブランタークが断れないなんて、どれだけ貴族たちから圧力かけられたんだ？」

「リサさんは、ブランターク・リングスタットを知っているんですか？」

「昔、ちょっと指導を受けたことがあってな。魔力量は私の方が多いが、油断ならねぇおっさんさ」

あたいでも知っている有名な魔法使いを『おっさん』って……。

リサさんは怖い物知らずだよなぁ。

「そんなわけで、あとは土地を開発する際にその都度、その地に残っている魔物を駆除していくことになるが、それはまた別の話だ。陣地の片付けは近隣の貴族たちに任せて、我々は凱旋《がいせん》だな」

「凱旋ですか」

「凱旋だろう？　私たちは勝利したんだからな」

そう言うと、リサさんは魔法の袋から金色のホーンシープの死骸を取り出した。

食事中なんだけど……すぐに仕舞ったからいいのか？

「コイツは高く売れるはずだ。売却代金は私とカチヤに多めに、二人平等に渡される予定だ」

「リサさん、いいんですか？」

あたいはほんの短い時間、金色のホーンシープの動きを止めただけで、トドメを刺したのはリサさんだから、分け前が同じってのはちょっと貰いすぎな気が……。

「カチヤがコイツの動きを止めなければ、私の魔法を当てることは困難だった。これから冒険者としてやっていくのだったら、新人だからといって変に謙遜する必要はない。自分の仕事に見合った報酬を受け取ればいいんだ」

「はい！　リサさん、ありがとうございます！」

「カチヤ、その『リサさん』ってのはなんとかならないのか？　なんか妙に余所余所《よそよそ》しい感じがするんだよ」

「そうですか？　リサさんは冒険者としても、魔法使いとしても大先輩だから……」

「大先輩って年じゃねえよ！　私とお前は姉妹ぐらいの年齢差だろうが！」

「（えっ？　姉妹？）」

リサさんの年齢は聞きにくいというか、なんとなく聞いてはいけないような空気を感じてしまうからまだ知らないんだけど、見た目から予想すると、親子ほど年は離れていないけど、姉妹ほど近くないような？

どちらにしても『リサさん』呼びは駄目らしいので、なにか上手い呼び方を……。

「そうだ！　姉御！」

「……まあ、それでいいか」

「共に命を懸けて戦った二人の子弟愛は素晴らしい」

「ソビン伯爵、感心したのなら報酬は弾んでくれよ」

「もちろん、ソビン伯爵家が世間からバカにされない報酬は必ず払うさ。しかし……」

ソビン伯爵は、黒パンを千切りながらため息をつく。

「今回の出兵、やはりどう計算しても赤字だよなぁ……。エドガー軍務卿のところはもっと赤字だろうが」

「ええっ！　そうなんですか？」

「他で取り戻すんだろうが、こういう討伐にはお金がかかるのさ」

オイレンベルク騎士爵家って、農家なのか貴族なのかよくわからない生活をしていたけど、貴族同士のつき合いもないし、他の出費も少ないから家計は赤字ではなかったはず。

あたいは大貴族でなくてよかったと、心からそう思ったのだった。


もうすぐ褒章の儀式なので、王都の王国軍本部にある待合室で呼び出しを待っていたところ、思い出したくもないあの二つの顔が視界に入ってしまった。

「……おい！　ソビン伯爵！　これは一体どういうことなんだよ？」

「姉御、落ち着けって」

「これが落ち着いていられるか！　おい！　逃げ出した腰抜けども！　なんでお前たちがここにいるんだよ？」

魔物が怖くて逃げ出したはずのムースン準男爵とその重臣が、何食わぬ顔で待合室にいたのだ。

「平民の魔法使いが無礼な！　そんなこと、お前如きにわざわざ答えるまでもない！」

重臣のおっさんの言動は相変わらずで、もし可能ならあたいもぶん殴ってやりたいところだ。

当然そんなことはできないんだけど。

そして姉御は、二人の顔を見ただけで爆発寸前なのが丸わかりだ。

「悪いけど私は頭が悪いんでね。一からちゃんと説明してもらわないと理解できないのさ」

「なら教えてやろう。心して聞けよ、平民の魔法使い。うちのお館様は生まれながらの貴族にして、天に選ばれた存在なのだ。そんなお館様が平民と同じく汗水流してあくせく戦う必要などない。ムースン準男爵家諸侯軍は大いに活躍したと聞いている。これを編成したお館様が称《たた》えられ、褒美を貰うのは当然ではないか」

「……はあぁ？」

「(姉御の機嫌がぁ――――！　ソビン伯爵、これはどういうことなんです？)」

あたいは慌てて、小声でソビン伯爵に尋ねた。

「(私も腸《はらわた》が煮えくり返っているんだが、残念なことにムースン準男爵が戦場から逃亡したことはなかったことにされた)」

「(なかったことに？)」

「(ヘルムート王国貴族に、戦場から逃げ出す者など一人もいないというのが、貴族を管理する内務卿であるヘンスラー伯爵の見解なのだ……)」

「(つまり、ムースン準男爵は戦場から逃亡していないことにするから、褒美と勲章を渡す必要があるってことですか？)」

「(ヘルムート王国にとって長年の悲願だった、グレードグランド討伐とパルケニア草原の解放が成ったというのに、そこに余計な水を差したくないんだろう。貴族が戦場から逃げたなんて話が世間に知られたら、貴族全体の評価が落ちてしまうのだから。そうでなくても、このところ民たちの中に貴族をバカにする者たちが増えている。そのような不祥事はなかったことにしたいのが、王国政府の本音だろう)」

せっかくの慶事を、そんなくだらない不祥事で汚したくなかったってわけか。

だからムースン準男爵と重臣は許されたのだけど、肝心の本人たちは処罰されると思ったのに無罪放免になったからだろう。反省するどころかますます増長してしまったと。

「(いいんですか? ソビン伯爵)」

「(いいわけないが、私にもどうすることもできない。だが、ムースン準男爵家には今後二度と手を貸すものか!)」

借金で首が回らないから諸侯軍の編成を許可したのに、散々足を引っ張られた挙句、貴族としてあるまじき戦場からの逃亡までしてしまったんだ。

残されたムースン準男爵家諸侯軍の管理でも、ソビン伯爵は苦労している。

ソビン伯爵としては、絶対にムースン準男爵を許せないのだろう。

ただささすがに、たとえ今回処罰されなくても、ムースン準男爵家は貴族社会で死んだも同然の状態になるはず。

二度と役職には就けず、誰もお金も貸してくれないし、婚姻相手もいないだろう。

寄親でもあるソビン伯爵からも見捨てられることが決まっているので、この褒章の儀で最後ということか。

「（ただなぁ……）」

姉御は、この場にこの二人がいること自体が許せないから、どんな理屈を並べても無意味なんだろうなぁ……。

いまだ険しい表情を崩さず、二人を睨《にら》みつけている。

「なんだ！　その顔は？　平民風情がうちのお館様に文句でもあるのか？　不敬にもほどがあるぞ！」

重臣のおっさんは、自分こそが勝者とばかりに調子に乗っていて、姉御に対しても強気な姿勢を崩さなかった。

ここは王国軍本部。

貴族も多く、もし姉御が魔法で実力行使に及べば、処罰されるのは姉御の方だとわかっているから、余計に強気な態度を崩さないのだと思う。

「いい加減にしたまえ。たとえ今回処罰されなかったとしても、ムースン準男爵家が置かれた状況に変わりはない。余計な敵は増やさぬ方がいいぞ」

「へへへっ、ソビン伯爵様。お館様は貴族として、無礼な平民にちゃんと注意するようにと私に命じただけですよ」

あまりに酷《ひど》いと思ったんだろう。

ソビン伯爵が重臣のおっさんを注意するが、まったく聞く耳を持たなかった。

「オズワルドが？　先ほどからオズワルドはなにも口を利いていないが、いつそんなことを言ったのだ？　オズワルド、どうなんだ？」

「……あの……その……」

家臣が暴言を吐いているのに、それを止めないムースン準男爵にソビン伯爵が問い質《ただ》すが、彼は今日もオドオドしているばかりだ。

これでは、重臣のおっさんに注意なんてできないんだろう。

「(駄目だな)」

たまに、親族や家臣の言いなりになる貴族がいるって聞いたことがあるけど、ムースン準男爵もそうなんだろう。

気が弱いのか、面倒臭がりなのか。

若くして急遽家督を継いだので大変なのはわかるけど、こうもなにもせずにオドオドしている様子を見ていると、段々とこいつにもムカついてきた。

「(あたいは、こういう男が大嫌いなんだ！)」

相手は貴族なので、それを公言はしないけど。

姉御の怒りはわかるけど、確かにこの二人をどうこうするのは問題だ。

褒章の儀が終わったら飼い殺し確定だから、無視するしかねえ。

「(早く呼び出されないかな？)」

褒章の儀が終われば、あたいも姉御も二度とこのムカつく二人の顔を見ずに済むのだから。

しかし、あたいもソビン伯爵もとんでもない状況に気がついてしまった。

「(ソビン伯爵、姉御が爆発寸前なんだけど……)」

「(まずい！　リサ君、落ち着きたまえ)」

姉御の表情がますます険しくなり、ソビン伯爵の顔色は真っ青だ。

あたいは最近のつき合いだけど、ソビン伯爵は姉御とのつき合いが長いと聞いたことがある。

前にブチ切れて、色々とやらかしたことがあるんだろう。

それでも姉御とつき合うソビン伯爵が人格者なのか、そのデメリットを上回る実力が姉御にあるからなのか……。

両方だな、きっと。

「姉御ぉ、ちょっと用事が……」

こうなったらなにか用事があると見せかけて、姉御を一旦待合室の外に出し、物理的に二人と引き離さないと。

「もうすぐ褒章の儀だ！　あとにしろ！」

「……(姉御ぉ――――！)」

いまだ姉御の視線は、二人から外されていなかった。

表情はさらに険しくなり、このままだといつ暴発してもおかしくない。

「(頼むから、早く呼び出してくれ――――！)」

こうなったら、姉御がキレる前に褒章の儀が始まるのを祈るしかない。

それと、重臣のおっさんがこれ以上余計なことを言って、姉御をキレさせないことだ。

あたいとソビン伯爵は、間違いなく同じことを考えながら呼び出しを待っていた。

予定だとあと数分のはずだけど、まるであと数時間あるかのように感じてしまう。

「だいたい平民であるだけでなく、女のくせに生意気なのだ！　この女魔法使いの夫の顔を見てみたいものだ」

こっちがビクビクしながら待っているのに、やっぱり重臣のおっさんは空気が読めねえ！

姉御が常に強気で生意気なのは、旦那さんが悪いと……あれ？

姉御って、結婚しているんだっけ？

それを知りたくてソビン伯爵を見ると、彼は首を横に振っていた。

つまり姉御は……。

「（火に油を注いでいるんじゃねえよ！　姉御、耐えてくれ！）」

そもそも実力のある女性冒険者には独身の人が多いから、その話題は禁物なんだよ！

あたいが神にも祈る気持ちで姉御を見ると、もういつ爆発してもおかしくないといった感じに見える。

いや、どうにかギリギリのところで踏みとどまっている感じだ。

姉御も、ここでキレるのは問題だと思っているんだろう。

「……おい、ムースン準男爵様よぉ」

姉御はキレなかったが、なぜかこれまで存在感が皆無だったムースン準男爵に声をかけた。

彼にはなにを聞いてもろくな返事がないはずで、それなら彼の発言でブチ切れることはないだろうと思ったのかな？

冷却材代わりになると。

「家臣の手綱をちゃんと握ったらどうだ。どっちが貴族だかわからないじゃないか」

「……ドーソンはよくやってくれています。それよりも、あなたこそもっと女性らしくするべきです。それでは旦那さんの肩身が狭いのではないですか」

『ブチン！』

何度この時のことを思い出しても、ブチンというなにかが切れた音を聞いたのを、あたいははっきりと覚えている。

お飾りのムースン準男爵はこれまではずっと静かだったのに、やっと口を利いたと思ったら、微妙なお年頃で独身の姉御に対し、『もう少し女性らしくしないと、旦那さんが恥をかきますよ』と言わんばかりのことを無神経に言ってしまったのだから。

「(ついに……。カチヤ君の努力は無駄に終わった……)」

「(はあ……)」

こうなってしまったら、もうどうにもならない。

急ぎ巻き込まれないよう、あたいとソビン伯爵は静かに待合室を出た。

そしてその直後。

「ああん？　他人のことにあれこれ口出す暇があったら、少しは貴族らしく仕事しやがれ！　バカ重臣の言いなりのお前が、私に注意するなんて一万年早いんだよ！」

「貴様！　オズワルド様になんてことを！」

「テメェが一番ムカつくんだよ！　お前らが戦功で叙勲と褒美だと？　そんな資格はねえからそこで凍ってやがれ！」

「「冷たぃ――――！」」

待合室の外から、ムースン準男爵と重臣のおっさんの悲鳴が聞こえた直後、ようやく褒章の儀を始めると兵士が伝えに来たのだけど、あの悲鳴から察するに、二人がそれに参加できないことは確実だろう。

「もう、なるようにしかならないな。さて、リサ君と一緒に褒章の儀に参加しようか」

「はい」

結局褒章の儀には、ムースン準男爵と重臣のおっさんは参加しなかった。

なぜなら二人は待合室で、顔だけ出た状態で全身を氷漬けにされていたからだ。

誰が犯人なのかは言うまでもないと思うけど。

「もう足の感覚が……冷たい」

「氷から出してくれぇ──────！」

「あ──はっはっ！　人を小バカにし続けるからこんなことになるんだ！　ムースン準男爵、お前は優秀な貴族なんだろう？　家臣や諸侯軍を動かして、その氷を溶かしてみやがれ」

「冷たいよぉ──────！」

「そんなこともできないのかよ。使えねえな。こんなのが貴族だなんて大丈夫なのかね？」

貴族とその重臣を、それも王国軍本部で氷漬けにしてしまった姉御だけど、なんら罰せられることもなく無罪放免となった。

姉御を怒らせた最大の原因が、ムースン準男爵と重臣のおっさんの敵前逃亡にある以上、下手に姉御を罰するとそれが世間に漏れる危険があったからだ。

「姉御をキレさせると危険だ……」

「アレがなければ、貴族の息子に嫁いで貴族にもなれるのに……」

あたいとソビン伯爵は、待合室で氷漬けになっている二人を見ながら盛大にため息をついた。

二人とも褒章の儀には参加できなかったが、一応勲章と褒美は貰えたらしい。

だがその褒美の額は、ムースン準男爵家の膨大な借金には到底及ばず、敵前逃亡のせいでその評判は奈落の底まで落ちており、以後は領地に引き籠《こも》って暮らすようになってしまった。

こうして、親父と兄貴には内緒で編成されたオイレンベルク騎士爵家諸侯軍は、多くの未成年冒険者たちに臨時収入をもたらし、彼らの新しい武器や防具の購入を大いに手助けしたのだった。


「大分慣れたんじゃないのか？　双剣の扱い方が」

「姉御、片手でロングソードを扱うよりもバランスがいいぜ」

「私は剣術に詳しくないが、それくらいはわかるさ」

黄金のホーンシープを倒したあと、あたいは姉御の勧めで双剣を扱うようになった。

魔力で身体能力を上げ、双剣で魔物を斬り裂いていく。

この戦い方により、あたいは冒険者として有名になることができた。

そのことには大いに感謝しているのだけど……。

できたら、二十歳になる前に結婚をしたいよなぁ……。

いまだ独身の姉御には言いにくいんだけど。

「……あの時、王国軍本部でそんなことがあったんだ……。俺たちは王城で褒美を受けたってのもあるし、エドガー侯爵はそんな事件があったなんて教えてくれなかったしなぁ」

「王国軍本部での事件だから、厳重な箝口令《かんこうれい》が敷かれたんだよ。あたいも喋るなって念を押されたし」

「まあ確かに、外部の人間に言えるわけがないものな。オイレンベルク騎士爵家諸侯軍のこともだけど。ところで、その時に貰った勲章ってどうしたんだ？」

「まさか親父や兄貴に渡すわけにもいかず、今もあたいが持っているけど」

「でも、いつかバレそうな気がする」

「もう何年も前のことだし、大丈夫だと思うけど……」


***

一部の方々は非常に大変だったようだが、所詮《しょせん》は他人である俺からしたら大変面白い話だった。

みんなでカチヤの話を聞きながらの朝食が終わり、さて今日も仕事だと思って領内に『瞬間移動』で出かけようとしたら、魔導携帯通信機に着信が入った。

相手を確認してみると、なんとエドガー軍務卿の後任であるアームストロング伯爵、つまり導師のお兄さんからだ。

『なあ、ちょっとまずいことになってるぞ』

「まずいって、なにがまずいんですか？」

『バウマイスター辺境伯がバウマイスター準男爵だった頃、グレードグランド討伐と、パルケニア草原の解放作戦に参加しただろう？』

「ええ、とても大変だったのを覚えていますよ」

ついさっき、カチヤがその時の話をしたからだろうか？

まさか同じ時期の話が飛び込んでくるとは思わなかった。

それとどうして大変だったのかは、主にあなたの弟さんが暴走したからですけど。

『実は、ブライヒレーダー辺境伯家に仕える王都駐在の家臣が、王国軍本部で必要な資料を探していた時、たまたま当時ブライヒレーダー辺境伯家の寄子だったオイレンベルク騎士爵家が諸侯軍を編成し、戦功をあげて勲章と褒美を貰ったという記録を見つけてしまったんだ』

「（今になって見つかるんかい！）今のオイレンベルク騎士爵家はバウマイスター辺境伯家の寄子だし、俺はそんなこと全然気にしませんよ」

だって、下手に気にしたら俺の仕事が増えちゃうんだから。

『その当時、オイレンベルク騎士爵家はブライヒレーダー辺境伯家の寄子だったじゃないか。だからこの件に関する処理はちゃんとやらないといけない。と、ブライヒレーダー辺境伯が家臣たちから突き上げを食らったらしい。あいつも不幸だよな』

「面倒臭い人たちだなぁ」

もう何年も前の話だし、そもそも当時のブライヒレーダー辺境伯家は、オイレンベルク騎士爵家のことなんて眼中になかったじゃないか。

『ブライヒレーダー辺境伯も、すでに終わったことだし、今のオイレンベルク騎士爵家はバウマイスター辺境伯家の寄子なんだから、見て見ぬ振りをしようとしたんだと思うぜ。それが許せない家臣たちに詰め寄られて、この件をどうにかしなければいけなくなったんだろうけど』

いるんだよなぁ。

無駄な仕事を増やしちゃう人って。

前世の会社にもいた。

そしてその必要のない仕事を嬉々《きき》としてこなすことで、自分の存在意義を確認するという。

「そもそも、その件に関する処理で必要なことってあるんですか？」

寄子が、魔物の駆逐で活躍して褒美と勲章を貰いました。

これに寄親が出る幕なんてあるのかな？

『それがよぉ。資料によると、オイレンベルク騎士爵家が貰ったことになっている勲章がかなり上位のやつなんだよ。これ、上手く申請すれば陞爵《しょうしゃく》可能なんだぜ』

「カチヤって、そんなにいい勲章を貰ってたんだ……」

俺は思わず、カチヤに見入ってしまった。

「姉御と倒した黄金のホーンシープの角と毛皮が結構な値段で売れて、最終的にソビン伯爵家が大赤字にならないで済んだのと、王国軍本部での大騒動を黙っている代わりに、いい勲章を貰えるようにしたってソビン伯爵が言ってたな。ええと……」

カチヤが自分の部屋に行って、死蔵していた勲章を持ってきたのだけど、確かに豪華な装飾でよさげな勲章に見える。

俺は勲章に詳しくないので、カチヤが貰った勲章の名前は知らないけど。

『ブライヒレーダー辺境伯家としては、寄親の義務としてオイレンベルク騎士爵家の陞爵申請をしないことには、沽券に関わるって言い出したんだよ』

「はあ……」

『もしオイレンベルク騎士爵家の陞爵の手続きが行われなかった場合、ブライヒレーダー辺境伯家が寄子の戦功への嫉妬から、陞爵を妨害する意図があった、なんて噂を立てられてしまうかもしれない。そんな寄親に従う寄子なんていないものな』

ブライヒレーダー辺境伯家にそんな意図はなかったにしても、そのように思った誰かに噂を立てられてしまえば、ブライヒレーダー辺境伯家の評判が落ちてしまうので、それは避けたいのだろう。

だからブライヒレーダー辺境伯家は、オイレンベルク騎士爵家の陞爵を全力でバックアップしないといけない、と思っているわけか。

「じゃあ、陞爵してもらえばいいと思いますよ」

領地が増えるわけじゃないけど、貰えるものなら貰っておけばいい。

「唯一の問題は、オイレンベルク卿とファイトさんにとっては青天の霹靂《へきれき》ということかな」

まさか自分たちの与《あずか》り知らないところで、家を出ていた娘が勝手に諸侯軍を編成して活躍していたなんて、誰も思わないだろうから。

しかも、カチヤが貰った勲章のランクが上がった理由の一つが、リサが王国軍本部で他の貴族を氷漬けにした不祥事を隠すためという。

『事情聞いてると、色々と頭が痛くなってくるな。だが、ブライヒレーダー辺境伯の顔というか、ブライヒレーダー辺境伯家家臣たちの顔を立てないといけないから、オイレンベルク騎士爵家は準男爵家に陞爵させるぞ。別に悪いことではないからな。もっとも、本人たちはなにも知らないようだけど』

「この際なにも知らなくても問題ないので、こういうのは早く終わらせてしまいましょう」

『そうだな。悪いが、オイレンベルク卿を王国軍本部まで連れてきてくれないか？』

「わかりました」

しかし凄い話だな。

娘が勝手に編成した諸侯軍の功績で、数年後、準男爵に陞爵してしまうなんて。

他の貴族がその話を聞いたら羨ましいと思うかもしれないけど、残念ながらオイレンベルク卿はそんなことにまったく興味がない人だ。

俺はちょっと彼が可哀想に思えてしまった。

＊＊＊

「ジギ・フランク・フォン・オイレンベルク。貴殿に第六位準男爵位を授けることとする」

「あっ、ありがたき、しっ、しあわせ。わっ、わがけんは、へいかのため、おっ、おうこくのため、たっ、たみのためにふるわれる」

「ふむ。そなたはバウマイスター辺境伯の義父。バウマイスター辺境伯家の一門として、これからの活躍に期待するぞ」

「ははっ――――！」


あたいが自分で蒔《ま》いた種だからこそ、親父がちょっと可哀想だった。

アームストロング伯爵との通話のあと、旦那と『瞬間移動』でオイレンベルク騎士爵領に向かい、畑で農作業をしていた親父を強引に王都に連れていき、王城の謁見《えっけん》の間で陛下と謁見させてしまったのだから。

そもそも親父は、どうして自分が準男爵に陞爵するのか、まだよくわかっていないんだよなぁ。

説明しようと思ったら旦那が、『オイレンベルク卿に詳しい事情を説明すると、ショックのあまり行動不能になってしまうから、先に陞爵させてしまおう』なんて言い出すし、アームストロング伯爵も『それがいい。なにも知らない方がかえって体が動くからな』なんて言うものだから。

陞爵の申請手続きはブライヒレーダー辺境伯家が担当して面目も保てたようだし、とにかく無事に終わってよかった。

陛下の言う、バウマイスター辺境伯家一門として云々《うんぬん》に関しては、間違いなく社交辞令だと思うし、あとは領地に帰して普段の生活に戻ってもらおう。

さすがにちょっと申し訳ないと思うので、少し仕送りの額を増やそうかな。

姉御も悪いと思ったのか。

ゾヌターク共和国で見繕った新しい農機具、肥料、種子、苗などをオイレンベルク騎士爵領に送った。

親父と兄貴の場合、むしろそういう贈り物の方が喜びそうだしな。

せっかく王都に来たので、あたいと姉御はちょっと寄り道をさせてもらうことにした。定期的にお参りしているお墓があって、ちょうど今日がそこで眠っている人物の命日だったからだ。

姉御と二人でその人物のお墓の前に辿り着くと、先にお参りしている人がいた。

ソビン伯爵……ただし、あの時連合軍を率いていた人物ではなく、その弟だ。

姉御とあたいたちに好意的だったソビン伯爵は、王国でも優秀な軍人にして軍政家としてその将来を嘱望されていたけど、パルケニア草原解放から一ヵ月後、不幸なことに馬車の事故で亡くなってしまった。

彼には子供がいなかったそうで、急遽弟が跡を継いだんだけど、次のソビン伯爵は、能力はあっても素行に問題がある姉御を用いなくなった。

ただそれでなにか不都合があったわけでもなく、姉御は独自に別の貴族の仕事を受けていたし、あたいも冒険者として自由に活動することができたのだから、悪いことではなかったと思う。

なにより旦那と知り合うことができたのは、ソビン伯爵家との縁が切れたからなんだから。

「そうか……。あの大騒ぎの最後の一幕が……。やっとすべて終わったのか。私も兄に従って従軍していたし、王国軍本部での大騒ぎも目撃していた。だからこそ、余計に感慨深いものを感じるよ。それにまさか君たちが、バウマイスター辺境伯の妻になるとは思わなかった。やはり兄は私よりもはるかに先見の明があって、優秀な貴族だったんだなぁ」

ソビン伯爵は、姉御とあたいを傍《そば》に置く決断ができなかった自分を、亡くなった兄よりも劣った貴族だと思っているようだ。

墓前で空を見上げているのは、自分の選択の誤りを天国の兄に謝りながら報告しているからかもしれない。

「しかもリサ殿は随分と変わられた。最初は誰なのかわからなかったよ」

姉御の変化に関しては、ソビン伯爵だけでなく、大半の人がわからなかったと思う。

最初は、あたいだって驚いたほどだから。

「それでも、兄のお墓にお参りに来てくれたことに感謝する。今になってあらためて思い出してみると、パルケニア草原での戦いは大変だったが、兄は本当に大したことをやり遂げたと思う。残念ながら私の才覚では……」

軍務卿を世襲できる五家の軍系貴族の中では、エドガー侯爵家とアームストロング伯爵家が一歩抜きん出ている。

ソビン伯爵はその最大要因となった旦那との接触には失敗したけど、姉御と一緒にパルケニア草原解放作戦からハブられた女性冒険者、あたいたち未成年冒険者を集め、二人に負けない戦功をあげることに成功した。

ところが、これからという時に不慮の事故で亡くなってしまって……。

「ソビン伯爵家が力を取り戻すには、最低でもあと三代はかかるだろう。それでもやるしかない。兄はもういないのだから。兄の墓参りに来てくれてあらためて感謝する」

最後にそう言い残すと、ソビン伯爵はあたいたちの前から立ち去った。

「カチヤ、旦那様の元に戻りましょう」

「親父、少しは落ち着いたかな？　オイレンベルク騎士爵領……じゃなかった、準男爵領に戻ったら、兄貴にも詳しい事情を説明しないと」

「カチヤのお兄さんも、卒倒しそうですけど」

「もう少し覇気があればなんて思ったからこそ、トンネル騒動の時に暴走してしまったけど、最近は親父と兄貴はこのままでいいと思うようになったんだ」

まさか数年経ってからこんなことになるとは、あたいと姉御が旦那と結婚したことも合わせて、何事にも用意周到だったソビン伯爵でも予想できなかっただろう。

弟さんは大変そうだけど、あたいと姉御はもうバウマイスター辺境伯家の人間だから手を貸すわけにいかない。

人生ってのはなにがあるのか、本当にわからないよなぁ。

第3話　最後の一週間

「冒険者予備校の特待生試験に合格したの！　凄《すご》いわね！　ヴェル君、おめでとう」

「ありがとうございます、アマーリエ義姉《ねえ》さん。魔法が使えると、特待生試験には合格しやすいんですよ」

「魔法が使える人は少ないものね。でも試験なんて受けていたのね」

「ブライヒブルクには所用でちょこちょこ行くので、先週ついでに特待生試験を受けたんですよ。で、今日が合格発表だったんで、獲物を売りに行くついでに合否を聞いてきたんです」

「本当におめでとう、ヴェル君」

「合格をお祝いしてくれるのは、母上とエーリッヒ兄さんとアマーリエ義姉さんくらいなので嬉《うれ》しいですよ」


私には義弟がいます。

夫の弟なので血は繋《つな》がっていませんが、ヴェル君は私がバウマイスター騎士爵家に嫁いで以来、色々と気を使ってくれるとてもいい子で、バウマイスター家中で彼と一番仲がいいのは、間違いなく私でしょう。

ですが、そんな私たちを傍《はた》から見ている分には、二人が仲がいいとは露《つゆ》ほども思わないはずです。

普段の会話もそれほど多くはなく、今日は久々に長く話している方なのですから。

自然とそうなっているとはいえ、仲がよさそうに思われないよう努めているところもあり、それにはそれなりの事情があるのです。

まず、私が十二歳になったヴェル君と必要以上に仲良くしていると夫の機嫌がよろしかろうはずもなく。

それにここは閉鎖的な田舎の領地ですので、もし二人が親密そうに話しているところを領民たちに見られたら、あらぬ噂《うわさ》が広がる危険もあります。

『兄嫁と義弟が不倫をしている』と。

そんなわけで私とヴェル君は、仲がよくても長々と顔を合わせたり話したりしない関係を続けていました。

食事の席でもほとんど会話はなく、そもそもヴェル君は魔法の鍛錬で野営をすることも多いので、屋敷で食事をとらない日も多かったのです。

それともう一つ、ヴェル君には類《たぐ》い希《まれ》なる魔法の才能があるのと、彼が八男、末の弟であることも問題でした。

バウマイスター騎士爵領ほどの田舎領地では長男が跡を継ぐことがなによりも大切で、いくら魔法が使えても八男が跡を継ぐなどあり得ません。

なぜならそんなことをしたら、代々続いてきた秩序を破壊することに他ならないから。

だからお義父《とう》様もお義母《かあ》様もあえてヴェル君を放任することで、領民たちに変な期待をさせないようにしていたのです。

ヴェル君は将来領地を出ていき、このバウマイスター騎士爵領を継ぐのは、私の夫である嫡男クルトであると。

ヴェル君も、兄を差し置いてバウマイスター騎士爵家の当主になる気などさらさらないようで、だから密《ひそ》かにブライヒブルクにある冒険者予備校の特待生試験を受けたのでしょう。

それにヴェル君ほどの魔法使いなら、無理にこの領地に留《とど》まらなくても、冒険者として活躍した方が豊かに暮らせるでしょうから。

決して私にはできない生き方ですけど……。

「ヴェル君は、もうすぐバウマイスター騎士爵領を出ていってしまうのね」

「ええ、ブライヒブルクは、魔法で飛んで通うには面倒な距離にありますからね」

徒歩なら往復で三ヵ月はかかるリーグ大山脈越えですが、ヴェル君の飛行魔法なら日帰りも可能です。

とはいえ、ヴェル君がわざわざバウマイスター騎士爵領からブライヒブルクの冒険者予備校に通うメリットなんてありません。

逆に夫から、次期当主の座と領地を狙っているのではないかと疑われるのが関の山でしょう。

だからヴェル君も、他の兄弟たちと同じく、この領地を出ていく、それは寂しくはありますけど、仕方がないことなのです。

「来週からヴェル君は、ブライヒブルクで冒険者予備校に通うのかぁ。ちょっと羨《うらや》ましいわ」

「そうですか？　冒険者って大変ですよ」

「大変なのはわかるし、冒険者予備校に通っている女の子たちからしたら、私なんて貴族の跡取りに嫁げたんだからいいじゃないって思われるでしょうけど、だからこそ、自由に生きられることに憧れてしまうのかも」

「貴族の妻と、冒険者。両方は選べませんからねぇ」

「そうなのよ。あっ、そうだ。ヴェル君はこれまでバウマイスター家の食卓を豊かにすることに貢献してくれたから、そのお礼を兼ねて送別パーティーを開きましょう」

これまでヴェル君はお誕生日会すら開いてもらえなかったので、せめて最後くらいはと思ったのです。

「どうかなぁ？　クルト兄さんがいい顔をしない気がします」

ヴェル君くらいの年齢なら、パーティーを開くと言えば喜ぶ子が大半なのに、彼は冷静に自分が置かれた立場をよく理解しているというか……。

でもそれは悲しいことで、せめて最後くらいはヴェル君を快くバウマイスター騎士爵領から送り出したいものです。

「ヴェル君、安心して。必ず私が送別パーティーを開いてみせるから」

「ははは……ありがとうございます」

長年こんな環境に置かれていたせいか、ヴェル君は自分の送別パーティーが開かれるとは思っていないようだけど、私はお義父様と夫を説得して、送別パーティーを開こうと決意するのでした。

「ヴェンデリンの送別パーティー？　そんなものを開く必要はない。大体、今の我が家の置かれた状況をよく考えてみろ。誰もかれもが忙しくて、そんなものの準備をしている暇などないのだ。ヴェンデリンもそれは理解しているだろうし、エーリッヒたちがこの領地を出た時にもそんなものは開かなかった。不平等なことはよくない」

夜、夫のクルトにヴェル君の送別パーティーを開こうと提案したら、即座に断られてしまいました。

正直、そんな予感はしていたのですが。

「それよりも、ヴェンデリンがいなくなると食事が貧相になるな。この問題をどうしたものか……」

それどころか、ヴェル君がいなくなったあとの食事の心配を始める始末。

私の夫ながら、少し呆《あき》れてしまいました。

「(ヴェル君はここまで読んで、あまり期待していない風な態度を見せていたのね……)」

二十歳以上も年下の弟なのですから、せめて最後くらいは兄らしいことをすればいいのに……。

いえ、内心夫は、ヴェル君をバウマイスター騎士爵家の家督を狙う敵だと思っているので、どだい無理な話だったのね。

「送別パーティーを開くとなれば、家臣やその家族、領民の代表たちも呼ばねばならない。それを許容することはできないな」

お義父様と夫はこれまで、極力ヴェル君と家臣、領民たちを接触させないようにしてきました。

その最大の理由は、彼らが魔法を使えるヴェル君の家督継承をお義父様に求めたら困るから。

もっともヴェル君はそれにも気がついていて、彼の方も家臣や領民と最低限の接触しかしていなかったけど。

唯一彼が熱心だったのは、領民たちが家畜の餌として栽培している大豆と、自分が狩った獲物を交換することだったのを思い出しました。

交換レートが大分よかったようで、領民たちがこぞって自分が栽培した大豆とヴェル君が狩った獲物を交換しようとするものだから、夫が慌てて『大豆が欲しいのなら、母上かアマーリエに言え！』とそれを止めたくらいでした。

夫の通達を聞いた領民たちはガッカリしていたけど、ヴェル君が領民と物々交換をしたくらいでそんな騒動になってしまうのだから、夫がヴェル君を過剰に警戒するのも仕方がないのかも。

「ヴェンデリンがあまり我々と関わらないのは、エーリッヒの入れ知恵だろう。どうしてそうする必要があるのか理解しているのに、無理に送別パーティーなんて開く必要などない」

「……」

夫の言うことにも一理あり、無理に送別パーティーを開いて、寝た子を起こすような真似は慎むべきという考えも間違ってはいないと思います。

でも夫には、『ようやく目障りなヴェンデリンが出ていくというのに、最後で波風立てたくない』という本心があるのもわかるのです。

「アマーリエ、この前のマルレーネの無礼な発言を覚えていないのか？　もしヴェンデリンの送別パーティーを開いた場合、あいつとその夫であるヘルマンがどう出るか想像できない」

マルレーネさんは、代々バウマイスター騎士爵家の従士長を務める分家の長女にして、実質的な分家当主でもあります。

私が嫁ぐ前、バウマイスター騎士爵家は寄親《よりおや》であるブライヒレーダー辺境伯家の要請で魔の森に諸侯軍を送り出し、甚大な被害を受けたとか。

その際に、マルレーネさんの祖父である従士長と父親、叔父、兄、従兄弟《いとこ》たちをすべて失い、分家に男性がほとんどいなくなる事態に陥ったそうです。

従士長を務める分家が機能しなくなったことに慌てたお義父様は、急遽《きゅうきょ》次男であるヘルマンさんを分家に婿入りさせたのですが、当然分家側の人たちは面白くなく、それどころかお義父様が分家を乗っ取るため、わざと分家の男性を全滅させたのだと疑われ、両者の関係は決していいとは言えません。

特にヘルマンさんの奥さんであるマルレーネさんは、お義父様と夫嫌いの急先鋒《きゅうせんぽう》です。もしヴェル君の送別パーティーを開いたら、その席でなにを言い出すか、夫は不安で堪《たま》らないのでしょう。

「クラウスだって呼ばなければならない。あいつも危険だ」

本村落の名主にして、その明晰《めいせき》な頭脳でバウマイスター騎士爵家の徴税業務を一手に引き受けるクラウスさん。

お義父様とは決して良好な関係とは言えず、夫も見下されている感じがするとかで彼を嫌っていて、こちらももしヴェル君の送別パーティーに呼ぶとなにを言い出すのか不安なのでしょう。

「(まるでカタツムリみたい……)」

夫は正式にバウマイスター騎士爵家の家督と領地を継ぐまで、殻に閉じ籠《こも》って余計なことをしたくないのでしょう。

そして私は、そんな夫を情けなく思いつつも、それは私と子供たちの生活のためなのだとも理解していて。

だから私は、人生の行く先を自由に決めているヴェル君がとても眩《まぶ》しく、羨ましいと思うのでしょう。

「というわけだ。諦めてくれ」

残念ですが、私は夫の言うことに逆らえません。

せめて最後くらい、ヴェル君の新たなる門出をお祝いしたかったのですが残念です。

世間では嫁と姑《しゅうとめ》の仲は悪いことが多いそうですが、私とお義母様は数少ない例外かもしれません。

バウマイスター家に嫁いでから始めた縄編みですが、だいぶ慣れてきました。

夫の元を辞したあと、私は日課である縄編みをしながらお義母様と話をしていました。

共にリーグ大山脈を徒歩で越えて嫁いだこともあり、仲間意識のようなものができていて、お互い言いたいことが言える関係になったのですから。

そこで私がヴェル君の送別パーティー開催を夫に断られた話をすると……。

「そうねぇ。大々的な送別パーティーは難しいでしょうから、家族だけで小さな祝宴を開くというのはどうでしょう」

と、建設的な提案をしてくれました。

これなら確かに、ヘルマンさん一家やクラウスさんを呼ぶ必要はありません。

「クルトは……ヴェンデリンが獲《と》ってくるホロホロ鳥を一番多く食べるくせに労《ねぎら》いの一言もありません。この家の跡取りを名乗るならせめて最後くらい、快く送り出してあげればいいものを……」

「あの人は、心配なのだと思います」

心のどこかで、もしかしたらヴェル君に家督を奪われるかもしれないと思っている。

その前はエーリッヒさんだった。

でも危機感の強さは、ヴェル君に対しての方が圧倒的に上でしょうね。

「あの子は残念だけど、兄弟の中で一番気が小さくて弱い。跡取りでよかった」

お義母様は、もし夫が長男でなかったとしたら、外に出してもエーリッヒさんたちのように上手《うま》く順応できないと思っている。

だからこそ、このバウマイスター騎士爵家の長男に生まれてきて安心しているのでしょう。

「家族だけで内輪のパーティーを開くよう、旦那様に言おうと思います。ヴェンデリンは我が家の食事をよくしてくれた功労者ですからね」

「よかったぁ……」

「クルトにもう少し度量があればいいのですが……。ヴェンデリンがこの領地を出て安心したら、もう少し気を大きく持ってくれることでしょう。それを祈ります」

「はい……」

弟が出ていくことに安堵《あんど》する兄。

他人から見たら了見の狭い人なのでしょうが、それでも私の夫ですし、ああ見えて私には優しいところも持っています。

正直なところ複雑な心境ですが、今はヴェル君を送り出すことだけ考えましょう。

「というわけで、お前がこの領地を出る前日、家族だけで送別パーティーを開く予定だ。だが……」

「だが、なんです？　父上」

「残念ながらその食材を集める余裕がまったくない。今、俺とクルトは新しい畑の開墾に掛かりっきりだからだ。そこでこの一週間、アマーリエと一緒に食材の採集を頼むぞ」

「アマーリエ義姉さんとですか？」

「そうだ。手伝う者がいた方が食材も集めやすかろう」

「それはそうです。わかりました」

お義母様がお義父様に話してくれたおかげで、家族だけで送別パーティーを開くことが決まりました。

ですが、今のバウマイスター騎士爵家にパーティーで使う食材を集める余裕はなく、お義父様はヴェル君に食材の採集を命じます。

送別パーティーの主役に、パーティーで使う食材の採集を命じる。

一見非常識に思えますが、それを聞いた夫の顔にはなんら疑問の色は見えず、お義父様はそこまで読んで、ヴェル君に食材の採集を命じたのでしょう。

「(お義父様は、夫が安心してヴェル君の送別パーティーを開けるよう、あえてヴェル君に食材集めを命じたのね)」

ヴェル君の送別パーティーを開けば、それに託《かこつ》けて集めた食材が手に入り、ヴェル君がいなくなってもしばらくは食事の質が確保できると。

「アマーリエ、すまないが頼むぞ」

「一週間、ずっと外なので大変でしょうが」

「頑張って、沢山食材を集めてきますね」

「せっかくの送別パーティーで貧相な飯は食いたくないからな。頼むぞ、アマーリエ」

夫は、ヴェル君の送別パーティーなのに、ヴェル君自身が食材を集めることになったのが嬉しいのか、私が手伝いをすることになっても、特に気にする様子もありません。

「我が家の占有林なら、難なく食材を集められるはずだ。頼むぞ、ヴェンデリン、アマーリエ」

「任せてください」

「しっかりとヴェル君のお手伝いをします」

こうして私とヴェル君は、二人で一週間、バウマイスター騎士爵家の占有林でパーティーに使う食材の採集をすることになったのでした。

＊＊＊

「とはいえ、一日あれば余裕で食材は集められますけどね」

「……」

早速ヴェル君と二人で占有林に入りましたが、彼は私が視認する前に魔法を飛ばして次々と獲物を狩っていき、それを小さな魔法の袋に仕舞っていきます。

目にも留まらぬ速さで、プロの猟師でもなかなか獲れないホロホロ鳥も魔法で飛びながら次々と獲っていき、送別パーティーで使う食材はわずか数時間で集まりました。

私もお手伝いで、バウマイスター騎士爵家の人間以外誰も入らない占有林に生えている多くの山菜、野草、キノコ、木の実などを採集していきます。

「ヴェル君、こっちも沢山採れたわ」

「二人とも順調でよかった。それならもうお昼にしませんか？　お腹減ったぁ」

「私もお腹が空《す》いてきたわ」

多くの成果に夢中になっていたせいか、私もヴェル君もお腹がペコペコだったのに今気がつきました。

たまに私とお義母様は、夫や特別に狩猟許可を得ている猟師たちと共にこの占有林で採集をしますが、ここまでの成果が出たことはありません。

さらに、時おり猟師たちが動物の接近を許して、ヒヤヒヤさせられることもありました。

ですが、ヴェル君は魔法を使って遠方の獲物を『探知』し、私の視界に入る前に狩ってしまうので、今日は安心して採集に集中できました。

「(もうすぐ、ヴェル君はこの領地を出ていってしまうのね……)」

夫が円滑に家督と領地を継ぐためとはいえ、弟たちを領地から追い出してしまう。

よくないこととは思いつつも、私にそれを止める手はありません。

「(それに、ヴェル君ほどの魔法使いなら、この領地を出た方が幸せに暮らせるでしょうから)」

現に今も、彼の送別パーティーに備えて一週間も食材集めなんてする必要がないのは明白で、彼がいなくなる前に食材を多めに手に入れておきたいというのが本音なのですから。

「アマーリエ義姉さん、どうかしました？」

「なんでもないわ、お弁当を用意したから食べましょう」

「アマーリエ義姉さんのお弁当、楽しみだなぁ」

ヴェル君が毎日食材を提供してくれるおかげで、以前のような黒パンと水だけなんてお弁当ではなくなったけど、ヴェル君がいなくなったらどうなるのか？

ですが、私たちはそれを受け入れるしかありません。

「パンに鴨肉《かもにく》のローストとスクランブルエッグがサンドされている。美味《おい》しい！」

鴨肉も鴨の卵もヴェル君が取ってきたものなので、少し奮発してご馳走《ちそう》を作りました。

夫がちょっと不満そうでしたが、これまでヴェル君にはお世話になってきたから、このくらいのことはして当然でしょう。

「あっ、そうだ！　スープがあるんだった」

そう言うとヴェル君は、腰に下げた魔法の袋から、お鍋となにやら見慣れない道具を取り出します。

「狩った鳥のガラを煮込んで、濃厚な鳥スープを作っておいたんです。あとは、この魔導コンロで温めるだけですよ」

「これが魔導コンロ……。初めて見たわ！」

魔道具はとても高価で、私の実家でも火付けの魔道具があるだけ。

ましてや、バウマイスター騎士爵領に魔道具なんて一つもなかったはず。

少なくとも、私は見たことがありません。

「あると便利ですけど、魔力がないと動かないのが欠点ですね」

もしこの魔導コンロをバウマイスター家の人間が手に入れても、魔力が手に入らないからすぐに使えなくなってしまう。

「魔道具を手に入れても、必ず生活が便利になるわけではないのね」

「魔法使いがいなくても、魔力が手に入る環境なら便利なんですけど……」

残念ながら、他の貴族とほとんどつき合いがないバウマイスター騎士爵領ではそう上手くはいかないでしょう。

「さあ、どうぞ」

ヴェル君が温め終わった鳥スープをお椀《わん》によそい、私に手渡してくれました。

熱々の鳥スープから美味しそうな匂い混じりの湯気が立ち、私の鼻腔《びこう》を刺激します。

「いただきます。美味しい！」

新鮮な鳥のガラを、アクを小まめに取り除きながら丁寧に長時間煮込んであるのでしょう、鳥の濃厚な美味しさが味わえます。

「沢山の鳥のガラを使っているのね」

「ざっと、二十羽分は」

「そんなに！　でも、だから旨味《うまみ》が濃厚で美味しいのね」

「この鳥のスープ、お肌にもいいらしいですよ」

「（おかわりしようかしら？）ヴェル君って、妙なことに詳しいのね」

ヴェル君は同じお義母様から生まれたはずの夫に全然似てなくて、どちらかといえばエーリッヒさんに似てる気がします。

もし魔法が使えなくても、彼と同じく王都で役人になっていたかも。

「この鳥ガラスープの作り方は、ブライヒブルクの図書館で見つけた本に書かれていました」

「ブライヒブルクほどの大都市にある図書館なら、そんな知識にも巡り合えるんですね」

私はもう一生、バウマイスター騎士爵領からは出られないでしょうから、この領地から出られるヴェル君がちょっと羨ましい。

「デザートもありますよ」

「デザートという言葉を久しぶりに聞いたわ」

バウマイスター騎士爵領では節約第一の生活を送っているので、デザートなんてたまに採集した木の実や果物を食べるくらい。

たまに焼くクッキーはあまり甘くないのに、子供たちはとても楽しみにしていました。

実家のマインバッハ家ではもう少し甘い物を食べられたけど、バウマイスター家では滅多に食べられないご馳走でした。

「すぐに作りますよ」

ヴェル君は魔法の袋から取り出したテートという大きな木の実を、目にも留まらぬ速さでカット。

風を刃物の形にして食材をカットできるなんて便利ね。

私も使えるようになったらいいのに。

カットし終えたテートをお皿にのせると、これに魔法の袋から取り出したハチミツをかけます。

「ハチミツ!?」

ハチミツは分家が養蜂をしていて、ブライヒレーダー辺境伯領からやってくる商隊に向けてハチミツ酒として売却される、重要な特産品です。

だからたとえバウマイスター騎士爵家の人間でも、滅多に口にできませんでした。

そんな貴重なものを、ヴェル君は魔法でカットした果物にドバドバとかけているのです。

「もちろん、分家の巣箱から採ったものじゃないですよ。この前、未開地でたまたま野生のハチの巣を見つけたんです」

ヴェル君は広大な未開地を自由に移動できるから、ハチの巣を見つけることもあるのね。

「(バウマイスター騎士爵領では甘い物が貴重だから、この機会を逃さないようにしないと)冷たくて、甘ぁ――――い」

口に入れてから気がついたけど、カットされた果物は魔法でよく冷やしてあって、さらにハチミツの濃厚な甘さが口の中に広がるから、とても贅沢《ぜいたく》な気分になれる。

「こんなに甘い物、嫁ぐ前に食べたきりよ」

実家のマインバッハ騎士爵家もあまり裕福ではない田舎貴族だけど、たまに兄たちが森でハチの巣を獲ってきて、そこから採れるハチミツを食べさせてもらったのはいい思い出です。

バウマイスター騎士爵家では、ハチミツは貴重な現金収入になるハチミツ酒の材料にしてしまうから、養蜂を担当している分家の人たちですら、なかなか口にできません。

特に夫が分家の人たちに、『巣箱から採集したハチミツを勝手に食べるな！』と厳しく言ったものだから、この前マルレーネさんが激怒してしまったのを思い出しました。

『ケツの穴の小さな男ね！　そんなに私たちにハチミツを舐《な》められるのが嫌なら、ずっと近くにいて見張ってたら？』と言ってしまったものだから、夫は誰にそんな口を利いているのだと激昂《げきこう》し、でも下手に彼女に危害を加えようとしたら、夫のヘルマンさんが出てくるだろうから、結局うやむやのうちに終わってしまいました。

ヘルマンさんは夫の実の弟だけど、体が大きくて力もあるから、夫では歯が立たないでしょうし。

そんな大騒ぎになってしまうくらい、バウマイスター騎士爵家ではハチミツは貴重なものなのです。

「こんなに美味しいものをありがとう、ヴェル君」

「午後からも狩猟、採集を頑張りましょう。あと、せっかく手に入れた食材の保存方法を考えないとなぁ」

「ヴェル君、それって……」

「父上が、俺の送別パーティーで使う食材採集の手伝いにアマーリエ義姉さんを寄越したってことは、パーティーで使う食材だけじゃなくて、これからしばらくバウマイスター家で消費する食材も集めろってことですよ。そうしておけばクルト兄さんも、貴重な働き手であるアマーリエ義姉さんが俺と行動しても納得できる。そんなところでしょう？」

「ええ……（ヴェル君は、お義父様の考えを完全に読んでいるのね）」

でもヴェル君はお義父様には余計なことを言わず、ただわかりましたと返事したのみ。

そしてどうすれば夫の機嫌が悪くならないのか、常に考えて振る舞っているのです。

「（ヴェル君って、本当に十二歳の子供なのかしら？　お義父様は、本当はヴェル君に残ってほしいでしょうね……)」

でもそれをしたら、魔法が使えるヴェル君を次期領主にしたい領民たちと、夫を次期領主にしたい領民たちとで争うようになってしまいます。

もしそうなった場合、間違いなくヴェル君が夫を退けて次期当主になるでしょうけど、夫を支持する領民たちがバウマイスター家に対する反抗勢力となってしまうから、最悪領地から追い出さなければならなくなるはず。

そして当然、夫と私たちも……。

「(ヴェル君はこの領地に未練なんてないのに、他人が勝手に次期領主として期待してしまう。大変だったのでしょうね)」

私もヴェル君に残ってほしかったけど、それはお互いのためになりません。

だから私は、ヴェル君と過ごすこの一週間をうんと大切にしようと決意したのでした。


夕食に彩りが欲しいからと慌てて山菜を採りに行きます。

ただ占有林の奥には猪《いのしし》が出ることも多いので、女性一人での採集は難しい。

ヴェル君は子供の頃から一人で入っているけど、彼は魔法使いだから……。

男手が確保できないと、料理に山菜が入らないこともあったって、以前お義母様が話していたのを思い出しました。

ヴェル君が食材を提供するようになってから、滅多にそういうことはなくなったけど。

「この辺には、沢山山菜が生えてますね。これだけあれば……」

「だけど山菜は保存が難しいから、その都度採集になってしまうわね……」

「採集した山菜を保存しておいて、必要な分だけ使うようにすれば、毎日山菜を採集する必要はなくなりますよ」

「でも塩は貴重品だから、塩漬けで大量に使うのは難しいわ」

「山菜は、アク抜きして乾燥させればいいんですよ。この方法だと塩は必要ありませんから。まずは山菜を集めましょう」

私とヴェル君で、沢山生えていたワラビとゼンマイを採集します。

こうしていると、子供の頃に兄弟と一緒に、領内で山菜を採集した時のことを思い出すわ。

採集自体はヴェル君が思ってた以上に手慣れていて、あっという間に沢山の山菜が集まりました。

「まずはこれを、大鍋とタップリの水で茹《ゆ》でます」

「ヴェル君、それは？」

「俺が自作した木炭です。山菜と一緒にお湯に入れて湯がくと、山菜のえぐ味が消えるんです」

「砕いた木炭を、布の袋に入れてからお湯に入れるの？」

「ええ。こうすると木炭で山菜が汚れないし、それでもちゃんとアクは抜けますから」

ヴェル君は大鍋になみなみと溜《た》めた水に、砕いて布袋に入れた木炭を入れてから魔導コンロで沸かし始めました。

お湯が沸騰すると、採集したばかりの山菜を入れて茹で始めた……と思ったら、すぐに火を止めてしまいます。

「茹で時間が短くないかしら？」

「あまり長く煮ると、山菜がグズクズになってしまうんですよ。茹でた山菜はこのままにして、アクを抜いていきます」

なみなみとお湯が入った大鍋なんて普通は持ち運ぶのも大変だけど、ヴェル君は魔法の袋に仕舞うので問題ないのね。

「山菜をもっと集めましょう。アク抜きの作業は家に帰ってからでもできますから」

それから数時間、私とヴェル君はただひたすら山菜を採り続けました。

「アマーリエ義姉さん、オヤツですよ」

「……冷たくて美味しい！」

途中、ヴェル君が魔法で攪拌《かくはん》したフルーツジュースを作ってくれたからか、普段よりも沢山の山菜を採集しているのに全然疲れませんでした。

「フルーツジュースは疲労に効果があるのね」

「甘味は疲れを取りますから」

おかげで、オヤツの時間以降も沢山の山菜を採集することができました。

「こんなものですかね？」

「十分な成果よ」

まだ日が暮れていなかったので、私とヴェル君は屋敷に戻ると調理場で山菜を木炭と一緒に茹でてアク抜きをしていきます。

「茹でた山菜はこのまま半日ほど放置してから、水を取り替えてさらにアク抜きします」

山菜のアク抜きと保存方法に詳しいヴェル君ってちょっと面白くもあり、とても知的だなって思ってしまいました。

もし夫なら、『こんな仕事は貴族の仕事じゃない！　男の仕事でもない！』って言いそうだけど、ヴェル君は貴族の仕事、男の仕事と言われている仕事も、夫以上にこなしてしまうであろうことがわかっているから。

「アクが抜けた山菜は、ワラの上でカラカラになるまで乾燥させればいいのね」

「ええ、完成した乾燥山菜は湿気があると腐るので、乾燥した冷暗所に置いてください。あと、これと一緒に保管するといいですよ」

「また木炭？」

「木炭は、湿気や臭いを取ってくれるんです」

木炭にはそんな効果もあったなんて。

「ヴェル君はなんでも知ってるのね」

「たまたま本で読んだだけですよ」

ヴェル君のおかげで旬を逃すと食べられない山菜を大量に乾燥保存できるようになって、彼がいなくなっても極端に食事の内容が質素になる心配はなくなりました。

乾燥山菜の在庫があれば、食事を作る時に山菜がないことに気がつき、わざわざ採集に行く手間も省けるから。

私は安心しながら、今日採集した山菜でお義母様と一緒に夕食を作ったのだけど……。

「今日は山菜尽くしか。まあまあだな」

「年を取ると、山菜やキノコが沢山あった方が嬉しいものだ」

「そうですね、旦那様」

夫はそんなに喜ばなかったけど、お義父様とお義母様は喜んでくれたからよかったと思うことにしましょう。

＊＊＊

「アマーリエ義姉さん、そっちに行きましたよ！」

「えっ？　どこ？」

「今、真下を！」

「えいっ！　入ったぁ！」

「やりましたね」

二日目。

太陽の光が燦々《さんさん》と降り注ぐなか、私はまるで子供に戻ったかのように、バウマイスター騎士爵領内を流れる川でお魚を獲っています。

ヴェル君が大きな網と、水に入っても濡《ぬ》れない『ウェーダー』なるスカートの上からでも履けて胸まである長靴を用意してくれて。

少しはしたないけど、川の中に入って網でお魚を追いかけていると、子供の頃に兄や同年代の子供たちと川遊びした時のことを思い出してとても楽しい。

ヴェル君の送別パーティーに使う食材はもうとっくに集まっているから、今日は保存食に使うお魚を獲っています。

でもお魚も日保《も》ちしない食材なのに、沢山獲ってしまって大丈夫かしら？

そう思いながらもとにかく今は、お魚を獲ることに集中しないと。

でも、楽しいわね。

「ヴェル君！　大きなナマサが獲れたわ！」

「大きいですね」

他にも、コヌル、フーハ、小魚、小エビなどが大量に獲れました。

とにかくお魚は足が早いのに、ヴェル君はどうやって保存食に仕上げるのかしら？

「まずは大きな魚からかな」

ヴェル君は、魔法で作った刃をお魚の頭部に差し込んでトドメを刺し、エラを切り裂いて血を抜いていきます。

次にウロコを落としてから、エラと内臓を取り去り、最後に頭も一緒に真ん中から開きました。

「ヴェル君って、お魚を開くのが上手ね」

「まあ、このくらいなら。こうやって開いた魚を濃い塩水に漬けます」

お魚を塩漬けにするところは多いけど、バウマイスター騎士爵領では塩が貴重なのでなかなかできない料理法ね。

でも、何度も使える塩水なら大丈夫そう。

この料理法はよく覚えておきましょう。

「しばらく塩水に漬けた開いた魚ですが、本当はカラカラになるまで天日で干すんだけど、今日はスピード優先で」

そう言うとヴェル君は、魔法で熱風を出して塩水に漬けたお魚の開きを乾かし始めます。

ヴェル君の魔法の効果は絶大で、魚の開きは短時間でカチカチに乾いてしまいました。

「こうしておけば、食べる時に水に漬けてふやかしたり、煮込んだりして戻し、食べることができます。いい出汁《だし》も出ますよ。あ、干していないコヌルがあるので、これはお昼にしてしまいましょう。開いたものに塩とハーブを混ぜたものをまぶして焼いていきます……」

昼食で大皿にのったお魚を食べられる、なんて贅沢なのかしら。

「塩加減もちょうどよくて、コヌルの身もホクホクで美味しいわ」

「上手く焼けてよかった」

ヴェル君が全方位から魔法でじっくりと焼いてくれたコヌルのハーブ焼きは、川魚特有の生臭さもほとんどなくてとても美味しい。

魔法だと火加減を自在に調整できるから、焦げたり生焼けになることが少ないのね。

「小魚と小エビは、こうやって食べます」

次にヴェル君は、小魚と小エビに薄く小麦粉をまぶしてから、熱した脂で揚げ始めました。

「……獣臭がしない脂？」

獲物から採れる脂身を鍋で熱して脂を抽出するのだけど、私は独特の獣臭がしてあまり好きじゃない。

そんな脂でも抽出するのが手間だから貴重品で、夫の大好物だったりします。

脂が大好物っていうのは変に感じるけど、それだけバウマイスター家の食卓が貧しい証拠なのだと思います。

「小魚と小エビを揚げているこの脂、獣臭がしないのね」

「これは、大豆から採った油ですから」

家畜の餌である大豆から、臭いと癖の少ない油が採れるなんて知らなかった。

「大豆から油なんて採れるのね。魔法で作ったの？」

「魔法がなくても、強い圧力と熱を加えられれば搾れますけど……」

残念だけど、今のバウマイスター騎士爵領では難しいということね。

鍋に熱された油で小麦粉をまぶした小魚と小エビを揚げると、いかにも美味しいとわかる香りが漂ってきます。

「美味しそう！」

「骨も殻も食べられますよ」

「これも美味しい！　小エビの殻が揚がると、こんなに香ばしいのね」

小魚や小エビは美味しいけど小骨や殻が気になるし、それを避《よ》けると食べるところがほとんどありません。

だけどこの調理方法なら、小骨も殻も美味しく食べられます。

「でも、この大豆の油だからこそ臭いがないのよねぇ……」

「獲物の脂でも、こうやって野草やハーブを混ぜて獣臭を消す方法もあるにはありますね」

ヴェル君が魔法の袋から取り出した脂は冷えて固まっていたけど、匂いを嗅ぐとハーブの香りがして、これなら色々な料理に使えそう。

「ヴェル君、どんなハーブや野草を脂に混ぜ込んでいるの？」

「これはですね……」

いいことを教わったので、今度獲物の脂身が手に入ったら作ってみましょう。


「お魚料理の昼食、とても美味しかったわ」

「鮮度とか料理法の問題はありますけど、魚は美味しいですよ。特に海の魚は」

「海って、お水が塩辛い大きな池なんでしょう？　バウマイスター騎士爵領にもあるってお義父様がおっしゃっていたけど、遠すぎて簡単には辿《たど》り着けないって」

ヴェル君には魔法があるから、海を見たことがあるのね。

海のお魚かぁ……。

どんな味がするんだろう？

昼食が終わると、昨日と同じく採集した食材を長期保存できる作業を始めます。

もっとも私にはよくわからないので、すべてヴェル君の言うとおりに作業するだけだけど。

お義父様が食材採集で一週間もくれたのは、ヴェル君が出ていったあとのことを考えて、こういう知識も教えてもらってこいということなのでしょう。

「小魚と小エビを長期保存する方法もあります」

そう言うとヴェル君は、魔法の袋から大きな壺《つぼ》を取り出して、その中に大量の塩と小エビをよく混ぜながら入れていく。

「ヴェル君、なにを作ってるの？」

「エビ醤《しょう》です」

「エビショウ？」

「エビと塩を使って、どんな料理も美味しく味付けできる調味料が作れるんです。本当はこのまま長期間発酵させる必要があるのですが、今回は魔法で熟成を早めましょう」

ヴェル君が小エビと塩で満たした壺に魔法をかけると壺が青白い光を放ち、それが収まると壺の中の小エビはかなり減っていて、黒っぽい液体ができあがっていました。

同時に、なんとも言えない美味しいエビの香りが漂ってきます。

「これが『エビショウ』なのね」

「もう一種類、小魚も同じ方法で『魚醤《ぎょしょう》』を作ります」

ヴェル君が魔法の袋からもう一つ空の壺を取り出し、小魚と塩を混ぜて満タンにしてから魔法をかけると、先ほどと同じく魚独特の香りが漂ってきました。

やはり小魚は原形を留めず、壺の中は茶色い液体で満たされています。

「やっぱりエビショウの方が魚独特の臭いや癖がなくて人気が出るかも」

もっとも小魚とは違って、材料である小エビを大量に集めるのは大変でしょうから、お義母様とも相談してまとめて作る必要があるわね。

「普段は魚醤を使って、ここぞという料理にエビ醤を使えばいいですよ。使い方はほぼ同じなので」

確かに完成したギョショウとエビショウの量を比べると、ギョショウの方が何倍もあります。

エビショウは、高級品扱いになるのでしょうね。

「ヴェル君、これって調味料よね？」

「どんな料理にも合いますし、塩の代わりに使えるから、スープや野菜が美味しくなりますよ」

ヴェル君はそう説明しながらキノコと山菜で簡単なスープを作り、最後にエビショウを入れて完成させました。

「どうぞ」

「美味しい……」

普段飲んでいる塩スープなんて比べ物にならないくらい、旨味が強いのね。

「で、こっちが魚醤で作ったスープです」

やはりギョショウは、魚独特の臭いが残っているから苦手な人もいるでしょうね。

でも旨味に関しては、決してエビショウに劣っているというものではありません。

「長期保存のために大量の塩を使いますけど、少しずつ使うものなので、一回分あたりの塩の量はそんなに多くないです」

お義父様に相談して、ギョショウとエビショウをまとめて作れるようにお願いしましょう。

夫に相談しても、『高価な塩を無駄遣いするな！』と言われてしまいそうだから。

「ヴェル君はなんでも知ってるのね。エーリッヒさんみたい」

本当にヴェル君は、エーリッヒさんに似ているのね。

今は魔法でブライヒブルクに行けるから、そこで空いた時間に色々勉強しているのでしょう。

お義母様によると、私が嫁ぐ前からお義父様の書斎に籠って本を読んでいたそうだから。

「俺が知らないことなんて世の中に沢山ありますよ。上手くいったので、もっと小魚と小エビを集めましょう」

「ギョショウとエビショウを沢山作れるようにね」

こんなに美味しい調味料が手に入るのならと、夕方になるまでウェーダーを履いて川に入りヴェル君から借りた網を使って小魚と小エビを獲り続けました。

「アマーリエ義姉さん、そっちに追い込むので網を広げて構えていてください」

「こうかしら？」

「そのまま動かないでくださいね」

ヴェル君が川の上流から小魚の群れを追い立てると、下流で私が構えていた網の中に沢山の小魚が飛び込んできました。

小エビも少ないけど獲れています。

「大漁よ」

「やりましたね」

午後の日差しが燦々と降り注ぐなか、私とヴェル君はまるで子供の頃に戻ったかのように、日が暮れるまで小魚と小エビを獲り続けました。

だけどそんな楽しい時間はあと数日だけ、ヴェル君はもうすぐこの領地を出ていってしまう。

「……（彼がいなくなったら、寂しくなるでしょうね）」

彼を無理に引き留めても、昔のヘルマンさんみたいに部屋住みの悲哀を味わわせるだけ。

それに加えて、夫の猜疑心《さいぎしん》が強まって決していい結末を迎えないでしょうから、私はヴェル君を快く送り出してあげないと。

「？　アマーリエ義姉さん、俺の顔になにかついてます？」

「ううん、そろそろ屋敷に戻りましょう。ギョショウとエビショウの作り方を詳しく教えて」

「時間はかかりますけど、魔法を使わなくても熟成できるので、その方法を教えますよ」

「頑張って覚えるわよ」

「最初は失敗してカビるかもしれないけど、すぐにコツが掴《つか》めますよ」

ヴェル君の送別パーティーで使うための食材集めはあと五日。

私はこの楽しい日々を決して忘れないようにしようと、強く心に誓うのでした。

＊＊＊

「ふむふむ、なるほど。屋敷の地下倉庫ってこんな風になってるんですね」

「ヴェル君は入ったことがないのね」

「ええ……下手に入り込んで、盗み食いしていると疑われるのもなんですし……」

「えっ？　そんなこと誰も思わないでしょう」

「幼い頃、クルト兄さんから言われたんですよ。食事が足りないと思っても、台所や地下倉庫から貴重な食材を盗むなよって」

「夫が、ヴェル君にそんなことを言っていたなんて……」

「ここに立ち入ってクルト兄さんに見つかったら弁明できなそうなので、絶対に入らなかったんです」

その日の夕食は、ヴェル君が魔法で作ってくれたエビショウを使ったスープや、小魚と小エビの揚げ物が食卓にあがって、みんなに大好評でした。

夕食後、私はヴェル君からエビショウとギョショウの作り方と保存方法を教わりました。

それからカチカチになるまで乾燥させたコヌルとフーハの干物を湿気が少ない屋敷の軒下に吊《つ》るしていきます。

……普通の貴族は軒下に魚を吊るされたら怒ると思いますが、バウマイスター家では食材が多い方が喜ばれますので、独自の光景でしょうね。

そして屋敷の地下にある倉庫には、今日ヴェル君が魔法で作ってくれたものと、私が仕込んでみたエビショウとギョショウの壺を並べていきます。

沢山の塩を使うのでお義父様に相談したら、すぐに許可が出てよかった。

夫も、お義父様が許可を出したのでなにも言いませんでしたし。

「これだけあれば、しばらく保ちますよ」

魔法を使わないエビショウとギョショウの作り方も教わったので、これからは私が作れば問題ないでしょう。

今日の作業が終わると、ヴェル君は地下倉庫に保存されている木の実や乾燥させたキノコ、小麦粉などを興味深そうに見ていました。

「この地下倉庫の食品の管理は私の担当なの」

バウマイスター家の財政状態は決していいとは言えないので、節約しながら上手く食材を使っていかなければなりません。

「お義母様から引き継いだばかりだけど、跡取りの妻としての大切な役割だから」

「となると、もう少しこの地下倉庫の中身も充実させるかな」

「ヴェル君、今はヴェル君の送別パーティーで使う食材の確保が優先だから、そこまでしてくれなくていいのよ」

私を一週間もヴェル君に付き添わせるからにはその意図があるのはわかりきっているけど、彼はこれまで無償でバウマイスター家の食卓に貢献してくれたのだから、これからは自分たちだけでなんとかしないと。

「そうしておいた方が、父上とクルト兄さんに色々言われずに済みますし。アマーリエ義姉さんって、この家に嫁いでからお休みありました？」

「……ないわね」

たとえ辺境の貧しい領地でも、貧乏騎士の次女が跡取りの正妻になれたのだからと、私は嫁いだ日からずっと働き続けていました。

それに不満がないとは言わないけど、子供たちもいる私にお休みなんて絶対に取れないと思っていたのです。

「わざわざ父上が一週間、俺の食材集めを手伝えってアマーリエ義姉さんに命じたんです。送別パーティー用なのか、バウマイスター家の在庫のためなのかよくわからないけど、俺が簡単に集められるから、あとは遊んでたって問題ないんですよ」

「ヴェル君は優しいのね」

夫からは自分を脅かす存在だから早く出ていってもらいたいと思われているのに。

今回の食材集めの件だって、ヴェル君がいなくなったあとに自分たちでやらなければいけないことを、もう関係のなくなるヴェル君に押し付けているのだから……。

「働かなくて質素な料理と、働いて豪華な料理となら、俺は当然後者を取りますよ。それとアマーリエ義姉さんのお手伝いは、父上が企《たくら》んだのかな。跡取りであるクルト兄さんが唯一逆らえないのは父上ですからね。父上って、意外と女性に気を使うんですよ」

「前にお義母様が、そんなことを口にしていたような……」

お義父様は私にお休みを与える意図も含めて、ヴェル君のお手伝いを命じたのでしょうか。

「とにかく明日も、表向きは送別パーティー用の食料集めを続けるんですから、余った分を地下倉庫に入れておけばいいだけのこと。明日もほどほどに頑張りましょう」

「……明日もよろしくね、ヴェル君」

ヴェル君と一緒に狩猟や採集もいいけど、久々にお休みを貰《もら》ったということが殊更嬉しかったのか、私は年甲斐《としがい》もなくワクワクしながら就寝した。


そして翌日の朝。

日課にしている地下倉庫の在庫確認に向かうと、昨日とはなにかが違うような……。

「あっ！　臭いが消えている！」

地下倉庫は空気が籠りやすく、長期保存のために乾燥させた食材が多いから、乾物特有の臭いが常に充満しているのだけど……それがなぜか消えていました。

そして、その場にいたヴェル君の手にはまたも木炭が。

しかも沢山。

「そんなに大量の木炭、どこで手に入れたの？」

「おはようございます、アマーリエ義姉さん。自分で作ったんですよ」

ヴェル君が魔法で作ったのなら納得がいきます。

本当はお料理で木炭を使いたいけど、作るのが大変なうえに鍛冶屋《かじ》が最優先で使うため、バウマイスター家では乾燥させた薪《まき》を使って煮炊きをしています。

「こうやって地下倉庫のあちこちに木炭を置くと、臭いと湿気を吸着してくれるんです。山菜のアク取りと同じような仕組みです」

「木炭って、そんな使い方もあったのね」

「段々と木炭が臭いと湿気を吸着しなくなるので、そうなったら水で洗って乾かせばまた使えますよ」

「再利用できるのはいいわね」

貴重な木炭なので、使い捨てだと夫からもったいないって言われるでしょうけど、何度も使えるのなら文句は言われないはず。

「(ヴェル君は、そこまで考えて……)」

この子は決して魔法だけじゃない。

もし彼がバウマイスター騎士爵領に残ったら、すぐに領民たちは夫と比べてしまうでしょう。

お義父様とお義母様、なによりヴェル君がそれをわかっているから……。

「(ヴェル君は、領地に残っても残らなくても生活に困ることがないけど、夫は……。そして、私と子供たちも……)」

だからこそヴェル君は私の子供たちともあまり接したりしない。

将来、子供たちがもう少し大きくなったら、ヴェル君がいい叔父さんであることをちゃんと教えてあげないと。

「……」

「アマーリエ義姉さん、最近考え事が多いみたいですけど?」

「バウマイスター家の豊かな食生活は私にかかっているんですもの。あっ、木炭ありがとう、地下倉庫の嫌な臭いと湿気がなくなったわね」

「今日も狩猟、採集に行きましょうか」

「そうね」

三日目。

今日は領内にある草原でウサギを狩りつつ、野草を摘んでいきます。

とはいえ私は弓矢を使えないから、全部ヴェル君が魔法で仕留めていくのですが。

彼の矢はまさに百発百中で、多くの成果を手に入れることができました。

「毛皮はなめして……これは俺がやらなくてもいいか。肉は干し肉にしよう」

私はというと、しばらく野草を摘んでいましたが、どこからともなく甘い香りが漂ってきたので誘われるままに歩みを進め、気づけばお花が沢山咲いている場所に辿り着いていました。

「綺麗《きれい》ねぇ……」

「……なるほど」

「ヴェル君？」

「ほら、ハチがいますよ。ヘルマン兄さんのところの巣箱に棲《す》んでいるやつかな？」

今日来た草原は分家の養蜂場にほど近いので、ヴェル君の言うとおりかもしれません。

このハチたちは、彼らが管理している巣箱から飛んできたのでしょう。

「私はお酒を飲まないから、ハチミツ酒にする前のハチミツの方が好きよ」

「俺も同じです」

「まだ未成年のヴェル君がお酒好きだったら、それは問題だと思うのよ」

「ははは、ですよねぇ」

「一昨日《おととい》食べさせてもらったハチミツは美味しかったわねぇ」

あれは、ヴェル君が野生のハチの巣から採集してきたものだけど、この辺にいるハチは分家が管理している巣箱に戻るから、手を出さないようにしなくちゃ。

「でも不思議ね。ハチってどうしてお花から蜜を集められるのかしら？」

「花に蜜があるから……。当たり前か」

「お花から直接蜜を採れたら、好きな時にハチミツを食べられたりして」

「魔法なら、できなくもないかな？」

ヴェル君が開いた手で草原に咲く花をいくつもなぞり始め、魔法の袋から取り出した瓶に触れると、まるで手品のように瓶の底に黄色い液体が溜まっていきました。

「これって、ハチミツ？」

「ええ、ハチのように魔法で集めたんですよ。やってみたらできました」

「魔法って、本当に便利なのね……」

どういう魔法なのか、私には見当もつかないけど。

「味見をしてみましょう」

「一昨日食べたばかりなのに、私、罰が当たって明日死んじゃうかも」

「大げさだなぁ、アマーリエ義姉さんは」

ヴェル君に魔法で集めたハチミツを舐めさせてもらったけど、これもとても甘くて美味しかった。

「次は、いつハチミツを舐められるかしら？」

分家は、お義父様と夫からハチミツ酒の製造を最優先するように言われているから、ハチミツを甘味として楽しむのは難しい。

ヴェル君のように野生の巣を見つけて……難しいわね。

「父上もクルト兄さんもケチ……じゃなかった、渋いですからね。あっ、このことは秘密にしてくださいね」

「わかっているわ。ありがとう、ヴェル君」

たとえ少量のハチミツでも、これは分家が行っているハチミツ酒作りの貴重な材料なので、たとえ花からでも勝手に採集するわけにはいかない。

でもヴェル君は、そんなリスクを冒してでも私のためにハチミツを採ってくれた。

やっぱりヴェル君は優しい。

ちょっと脳裏に、もし私がもっと年下で、なにか運命のイタズラがあって彼の奥さんに……なんて妄想が浮かぶくらいには彼に好感を持っている。

「(私が、ヴェル君にできることは少ないけど……) あっ、このお花は実家の領地にもあったわね。懐かしいわ。子供の頃はこれで遊んだのよ」

「花でですか? 俺は花の名前に疎いから、どんな名前の花かわからないです」

色々と知っているヴェル君だけど、お花の名前には疎いのね。

「フルリジアって名前のお花よ。女の子だったからこうやってね……」

私はお花を摘んでから、それを編んで花輪を作っていきます。

久しぶりだけど体が覚えていたみたいで、そんなに時間をかけずに花輪を編み終わりました。

「この花輪をこうやって。ヴェル君、とっても似合うわよ」

私はヴェル君の頭の上に、そっと花輪をのせてあげました。

「じゃあ、俺もやってみるかな。とはいえ、花輪は難しいから……」

ヴェル君も私の真似をして、花でなにかを編んでいるみたい。

どうやら完成したようで、それを私の指に……指?

「お花の指輪ですよ」

「綺麗ね」

ヴェル君が、右手の薬指につけてくれた花の指輪はとても綺麗でした。

「ありがとう。そういえば、男の人から指輪を貰ったのって初めてね」

「えっ？　クルト兄さんから婚約指輪を貰ってるじゃないですか」

ヴェル君が慌てて、私の左手の薬指についている婚約指輪を指差したけど、普段見せない慌てたヴェル君は可愛《かわい》いわね。

「これって実は、お義母様が使っていたものをいただいたの」

他にも実家から持参した指輪も持ってるけど、それも母からのもので、やっぱり男性から貰った指輪ってこれが初めてね。

「ははは、これはお花の指輪だから、ノーカウントですって」

「ノーカウントにしちゃうの？　私は嬉しかったわよ」

ちょっとからかうように言ったら、ヴェル君は珍しく顔を赤らめていました。

でもね、ヴェル君。

たとえお花の指輪でも、私は本当に嬉しかったのよ。

「あっ、もうそろそろお昼の時間ですね」

なんか誤魔化されたような気がしたけど、この日のお昼もヴェル君が準備してくれました。

今日も慣れた手つきで魔法の袋から鍋と魔導コンロを取り出し、なにやら事前に作ってあったらしい鍋の中身を温め始めます。

「ヴェル君の料理だけど、手慣れたものね」

「冒険者志望ですからね。自炊くらいできないと」

これがもしバウマイスター家なら『男性が料理なんてできるか！』と、特に夫などは騒ぐでしょう。

女性からしたら、毎日、毎食の食事の支度は大変なので、料理をする男性というのは好ましい存在……ただ、他の人が見ている場所だと、『料理は女性の仕事ですから』と言って、台所から追い出してしまうかも。

「ヴェル君、お鍋の中身はなにかしら？」

「それほど変わった料理じゃありませんよ。ホロホロ鳥のシチューです」

「ご馳走じゃない」

このところ、ヴェル君がよく獲ってくるようになったから常識が麻痺《まひ》していたけど、ホロホロ鳥は滅多に獲れないご馳走なのよね……。

それで、ヴェル君がいなくなると食べられなくなるから残ってほしい、なんて言えるわけがありません。

「どうぞ」

「ありがとう」

長時間煮込んであるシチューは、ホロホロ鳥の旨味がしっかり出ていて、とても美味しい。

お肉も崩れそうなほど柔らかく煮込んであるから、調理にも時間をかけているのね。

新鮮なホロホロ鳥を使っているようで、内臓も臭くなくて、独特の食感と風味を楽しめる。

「野菜は柔らかいけど、しっかり形と味が残ってるのね」

「先にホロホロ鳥だけで丸一日煮込んでから、最後の仕上げで下茹でした野菜を入れてますから」

「本格的なのね」

ヴェル君って、どこでお料理を習ったのかしら？

お義父様の書斎の本の中にお料理の本なんてなかったはずだから、多分ブライヒブルクの図書館でしょうね。

「ブライヒブルクの図書館には、料理の本もありますから」

まるで私が心の中で思っていたことを読んだかのように、ヴェル君が教えてくれました。

ブライヒレーダー辺境伯家。

私の実家、マインバッハ騎士爵家の寄親で、ヘルムート王国南部最大の貴族。

その領都であるブライヒブルクは南部最大の都市として有名だけど、私は行ったことがありません。

ブライヒブルクと王都スタットブルク。

人生で一度くらい行ってみたいけど、今の私はバウマイスター騎士爵家跡取りの正妻で、死ぬまで領地から出ることは叶《かな》わないでしょう。

御家《おいえ》騒動を避けるためにとはいえ、やはり領地を出ていく彼が羨ましく思えてしまいます。

ですが、剣や弓、ましてや魔法が使えるわけでもない私は、今の生活を続けるしかありません。

「外の世界……。私は嫁ぐ前も、実家の領地からほとんど出たことがないから」

「そうだったんですね」

「私のような田舎の零細貴族とその家族なんて、そんなものよ」

襲爵《しゅうしゃく》の儀で王都に出向くことがほぼ唯一の旅行で、あとは死ぬまで領地から出ない地方領主なんて珍しくないのですから。

「あっ、でも。時が経《た》てばバウマイスター騎士爵領も発展して、気軽に他の領地に出かけることができるようになるかもしれません」

「そうなったらいいわね」

ヴェル君が気を使ってくれたようだけど、残念ながらそれは叶わないことだと私でもわかります。おそらく、どんなに頑張っても現状維持がせいぜいでしょう。

「……アマーリエ義姉さん、甘味を取りに行きましょう」

「甘味？　甘い木の実でもあるのかしら？」

昼食を終えると、ヴェル君が私を普段行かない占有林の奥へと案内してくれました。

「ヴェル君、確かここには『ウザツル』しかないって、お義父様が……」

ウザツルというのは俗称で、樹木に巻き付く太いツル状の植物のことを指します。

これが生えてくると、絡み付く樹木以外の植物がほとんど生えてこなくなるので、ウザヅルが茂る林に採集に入る人はいません。

それならウザツルを刈り取ればいいと思う人は多いけど、ウザツルは少しでも根があると再生してしまうし繁殖力も旺盛なので、この一角は完全に手付かずで放置されていると、以前夫が言っていたのを思い出しました。

「そんなウザツルにも使い道があるんですよ。手伝ってください」

「あっ、はい」

ヴェル君は近くにあるウザツルを小さな魔法の刃で切ると、その切り口を頭上に持ち上げながら私に渡します。

「切り口を高い位置で保持してください。切り口を下げると、ツルの中の水が零《こぼ》れちゃうんで。反対側も切りますから」

「そういうことね」

ウザツルの中に水が入っていたなんて初めて知ったけど、どんなお水なのかしら？

水なら井戸から汲《く》めばいいから、きっとなにか特別な水のはず。

「ウザツルの中に溜まっていた水を、この大鍋に集めます」

私とヴェル君は、次々とウザツルを採集してはその中に蓄えられている水を大鍋に注いでいきます。

二人で作業したおかげで、一時間と経たずに大鍋の中はウザツルから出た水でいっぱいになりました。

「アマーリエ義姉さん、この水を舐めてみてください」

早速舐めてみると、ただの水だと思ったら、ほんのりと甘味を感じます。

「ちょっとだけど甘いわね」

「このままだとそんなに甘くないので、これを煮詰めるんですよ。今日は魔法でやってみます」

ヴェル君が火魔法を使うと、大鍋の中の水があっという間に沸騰して湯気を立て、その量を減らしていきます。

「こうやって、ウザツルの中に溜まっていた水を煮詰めることで、甘味が増すんです」

バウマイスター騎士爵領では甘味は貴重なので、ヴェル君は私でも集められる甘味の作り方を教えてくれたのね。

何人かでウザツルの中の水を集め、大量の薪は必要だけど煮詰めるだけで甘味が手に入るから、魔法の必要がありません。

「……こんなものかな？　アマーリエ義姉さん、味見をお願いします」

大鍋いっぱいにあった水が煮詰まって小さな壺一個分の量にまで減ってしまったけど、少し舐めただけで口の中に爽やかな甘さが広がっていきます。

「ウザツルの中に入っていた水を煮詰めるだけで、こんなに甘くなるなんて」

「ウザツルが生えると、巻き付く樹木以外の植物がほとんど生えてこなくなるじゃないですか。その分こいつは栄養を蓄えるんですよ。もう一回やったらオヤツにしましょう」

午後は引き続きウザツルから甘味を作る作業を行い、オヤツは占有林で採集した果物や木の実にウザツルの甘味をかけたものを食べました。

あまり甘くない果物と木の実も、ウザツルの甘味がかかると極上のスイーツになって最高ね。

「暑いですね」

そう言ってヴェル君が渡してくれたマテ茶はとても冷たく、日はあまり当たらないけど、蒸し暑い占有林での作業で汗をかいている身としてはありがたいです。

「冷たくて美味しい。魔法って便利なのね」

「できないこともありますけどね。ウザツルの甘味がこれだけあればマテ茶も甘くできますし、お菓子作りにも使えますよ」

その日は暗くなるまでウザツルに溜まった水を集めて煮詰める作業を続けたおかげで、沢山の甘味を手に入れることができました。

おかげで子供たちに甘い物を食べさせてあげられます。

「子供たちが喜ぶわ。ヴェル君、ありがとう」

「俺は甥《おい》たちになにもできませんからね。このくらいならお安いご用ですよ」

もし子供たちがヴェル君と仲良くしていたら、私共々夫に叱《しか》られてしまうでしょう。

彼もそれがわかっているから、食料集めを利用して甘い物を子供たちと私にプレゼントしてくれた。

今は子供たちに話せないけど、大きくなったら優しい叔父さんのことを話そうと思います。

あなたたちが定期的に甘い物を食べられるようになったのは、叔父さんのおかげなのよと。

翌朝、私はヴェル君と食料集めに出かける前に、地下倉庫で在庫確認をしていました。

「ええと……。これはここでいいのかしら？」

ここ数日、ヴェル君が保存可能な食材を沢山採集してくれたので、地下倉庫の空きスペースがだいぶ減ってきたわね。

彼はただ魔法を使って沢山の食料を集めるだけでなく、私たちでも採集、加工できる食材を教えてくれました。

いくらヴェル君が頑張って一時的に地下倉庫をいっぱいにしても、時が経てば私たちは再び貧しい食生活に戻ってしまう。

だからヴェル君は、私たちでも採集、加工ができる食材を私に教えながら、食料を集めているのでしょう。

ただ与えるだけなら、誰にでもできます。

ところがヴェル君は、お義父様の本来の目的であった、ヴェル君がいなくなってもしばらく食事が貧相にならない備蓄量を達成しつつ、私にそれを維持する食料の集め方、加工方法、保存方法まで教えてくれたのです。

ただあげるだけだとその時限りだけど、ヴェル君に教わったとおりにやれば、豊かな食生活を守ることができます。

ここ数日、ヴェル君と接してきてわかったけど、彼は爵位と領地に興味がないようです。

むしろそんなものを持っていると窮屈で堪らないと思っている気さえします。

それなのに、夫よりもはるかに貴族としての適性があるのだから……。

「夫がヴェル君を家臣として使う……無理でしょうね……」

「アマーリエ、なにが無理なんだ？」

考え事をしていたせいか、地下倉庫に夫が入ってきたことに気がつかず、突然声をかけられて心臓が止まるかと思いました。

幸い、ほとんど独り言は聞かれていなかったようで安心しました。

「ヴェル君が沢山の食材を集めてくれるから、この地下倉庫がもっと広がればいいなって思って。無理でしょうけど」

「地下倉庫はそう簡単に広げられないからな」

なんとか誤魔化せた。

でもヴェル君なら、魔法で地下倉庫を広げてしまうのでしょうね。

「備蓄食料が増えたな。これならあと一年は開墾に集中できる」

バウマイスター騎士爵領で飢え死にする心配はほぼないけど、領民たちが狩猟、採集に集中すると、商隊から購入できる塩の量が減ってしまいます。

だから夫は現在、小麦を作れる畑の開墾に集中しているので、地下倉庫の備蓄食料が増えたことにご機嫌でした。

食料があれば、収穫物を得られるまでに二年以上かかる開墾を続けることができるから。

「とはいえ、いつまでもヴェンデリンに頼るわけにいかないから、この一年が勝負となるだろう。アマーリエ、ヴェンデリンがこの領地を出るまでの間、頼むぞ」

「わかりました」

「しかし、魔法というものは凄いのだな」

幸い夫は、ヴェル君の魔法だけに目がいって、彼の領主としての才能に気がついていないようです。

もしそれを知られたところで、彼があと数日でこの領地を出ていくことに変わりはないけど。

とにかく今は、なにもトラブルが起こらないことが双方のためなのだから。

「久しぶりにこの地下倉庫に入ったが、変な臭いや湿気がなくなっているな」

「ああ、それでしたら……」

本当は言わない方がいいのでしょうが、誤魔化すこともできないので、私は脱臭と除湿に木炭を使っていることを夫に話しました。

「木炭か……。木炭は鉄を作るために貴重なものだ。そのような使い方は感心せんな」

バウマイスター騎士爵領で生産される貴重な木炭はかなりの量が製鉄に回されるので、夫はそれを地下倉庫の脱臭と除湿に使っていると知って、いい顔をしませんでした。

「脱臭と除湿に使っている木炭は、効果が薄くなったら洗って干せば何度も再利用できるそうです。鉄の生産量には影響を及ぼしませんから」

「……そうなのか。まあ、それならいいか」

夫は納得してくれたようです。

納得というか、地下倉庫の脱臭や除湿に使う木炭のことなど気にする者は、貴族ではないと思ったのでしょう。

「(ふう……)」

実はこの木炭は、ヴェル君が魔法で作ったものです。

そう説明すれば、バウマイスター騎士爵領で生産している貴重な木炭を流用していないことが証明できるので夫も納得してくれたのでしょうが、私はそれを彼に言う気になれませんでした。

「(もしそのせいで夫が、ヴェル君に対しさらに警戒してしまったら……)」

ヴェル君はもう少しでこの領地を出ていくのだから、最後までなにも起こってほしくない。

そしてもう一つ……。

「(なんの問題もなくヴェル君が領地を出たら、たまにはバウマイスター騎士爵領に帰省してくれるかも……)」

これまで、上の弟さんたちは一度も帰省していないので望みは薄いですが、万が一の期待を込めて……。

「(私は、ヴェル君がこの領地を出ていくことが寂しいのね)」

それは、ヴェル君が可愛い義弟だから？

それとも……。

「（まさか、彼はまだ子供だもの）」

でも数年後、大人になった彼に会ってしまったら……。

もし私が彼に好意を抱いたとしても、おばさんになっている私なんて相手にもされないでしょうね。

そんなことを考えてしまっていた時、夫が声を小さくして私に話しかけてきました。

「アマーリエ、ここだけの話だが、さらに畑を広げるためもう少し食料が欲しいところだ。領民たちに一食でも食事を出せたら、俺の評価は変わる。だから……」

「はい……」

夫の言わんとすることは理解できました。

ヴェル君がこの領地を出て行く前に、少しでも多くの食料を備蓄してほしい。

夫はそれを開墾に参加している領民たちに提供して、自分の手柄にしたいのでしょう。

正直なところあまり感心できることではありませんが、このバウマイスター騎士爵領は常にギリギリの状態。

それに、夫がバウマイスター家の後継者としての立場を確立すれば、正妻である私と子供たちの将来も安定するのですから。

「（そんなことを考えてしまう私も、結局はヴェル君を利用している夫と同じなのでしょうね……）」

「アマーリエ、もう少し頑張れば、この領地にも余裕が出てくるんだ。頼む」

「わかりました」

元々一週間の食料集めは、お義父様が同じことを目論《もくろ》んで許可を出したこと。

私がヴェル君に同行しているのは、その監視役でもあるから。

お義父様がなにも言ってこないのは、ヴェル君が順調に食料を集めているからでしょうし。

「(それでも……)」

この四日間、バウマイスター家に嫁いでから、こんなに楽しかった日が他にどれほどあったか。

跡取りの正妻という立場に、実家よりも厳しい経済事情。

子供たちが生まれた時も、男の子でどれだけ安堵したことか。

貴族の正妻が跡取りである男の子を産めないと、針の筵《むしろ》に座る思いをさせられるのですから。

そんな生活を送る私が、ヴェル君と過ごすこの一週間に縋《すが》ることは悪いことなのでしょうか？

「あなた、行ってきます」

「頼むぞ、ヴェンデリンに少しでも多くの食料を採集させるのだ」

「わかりました」

夫との話を切り上げた私は、ヴェル君への後ろめたさと、今日も彼と楽しい時間を過ごせる嬉しさを同時に感じながら、バウマイスター騎士爵領の占有林へと向かうのでした。

＊＊＊

「アマーリエ義姉さん、具合でも悪いんですか？」

「私は健康そのものよ」

「それならいいんですけど。顔色が悪かったから心配しました」

「ヴェル君は優しいのね。女性の細かな変化に敏感な人はモテるわよ」

「ははは……だといいですね」


今日も食材集めが始まったけど、夫との会話の内容や、私の置かれた立場を考えて落ち込んだところをヴェル君に勘づかれそうになってしまいました。

この子はまだ十二歳で私は子供扱いしていたけど、大人並みに鋭いところがあるのだと思い知らされました。

私は元気を装ったけど、それも彼には見透かされているような……。

「今日も色々採れるといいですね」

「そうね」

せっかく楽しい時間になったのだから、今はそんなことなど考えず、食材集めに勤《いそ》しみましょう。

ヴェル君のおかげでもうとっくにお義父様の考える目標には達しているものの、夫の考える目標にはまだもう少し、といったところでしょうか。

でもヴェル君は、そんな追加の食材ですら簡単に集めてしまいそう。

でも、これまで食べられないと思われていた食材も交じっているから、保守的な夫が口にしたら驚きそうだけど。

そんなことを考えながら野草を摘んでいると、彼はとある木の枝をジッと眺めていました。

「ヴェル君、どうかしたの？」

「この枝とあそこの枝の膨らみがわかりますか？」

「そう言われると、膨らんでいるわね」

ウザツルみたいに、甘い水でも入っているのかしら？

「実はこの中には、これが入っています」

ヴェル君が木の枝の膨らみを魔法で切り裂くと、中から白くて真ん丸の虫が出てきました。

「虫？」

「アマーリエ義姉さん、悲鳴をあげないんですね」

「王都住まいの貴族令嬢でもあるまいし、田舎領地育ちの女性が虫を見たくらいでは驚かないわよ」

ヴェル君ったら、ブライヒブルクでそういう女性に出会ったのかしら？

女性を驚かせようと思って虫を見せるなんて、ヴェル君も案外子供っぽいところも残っているのね。

「虫くらいじゃ驚かないか。実はこの虫、茹でて食べると甘くてクリーミーで美味しいんですよ」

「この虫を食べるの!?」

ヴェル君のまさかの発言に、私は驚いてしまった。

虫を食べるなんて……。

「わ、私はいいかなぁ？」

「でもこの虫は簡単に採れて、栄養もあって美味しいですよ。一回だけでも試食しませんか？」

「ええと……」

ヴェル君は次々と、木の先端にある細い枝の膨らんだ部分や、落ちている枝の膨らんだ部分から白くて真ん丸な虫を取り出していく。

ある程度集まったら、それを魔法の袋から取り出した魔導コンロと鍋、魔法で出した水で茹で始めました。

「少し塩も入れて茹でると、甘味が引き立ちます」

「本当に食べるの？　それ」

「たまに食べますね。すぐに採れて美味しいから」

ヴェル君は魔法使いなので、食材を集めることはそう難しくないはず。

そんな彼が定期的に食べるというので、私も試しに食べてみることにしました。

「茹でても、見た目に大きな変化はないのね」

「こいつは、よく木の樹液に集まる甲虫の子供です。う――――ん、クリーミーで甘くて美味しい。茹でる時、お湯に塩を入れるのは俺が考えたんです。甘さが引き立つんですよ」

ヴェル君があまりにも美味しそうに食べるので、私も覚悟を決めて口に入れてみると……。

「本当に甘味があって美味しい！」

虫なんて食べ物じゃないって思ってたけど、こんなに美味しいなんて。

「毎日食べるのはどうかと思うけど、たまに食べる分にはいい食材でしょう？」

「そうね。毎日はちょっと勘弁してほしいけど」

最初は虫を食べさせるなんて……と思ったけど、とても美味しかったし、今朝の夫とのやり取りで感じていた陰鬱《いんうつ》な気分がいつの間にか晴れていることに気がつきました。

ヴェル君は、私の気分を紛らすためにあえて虫を食べさせてくれたのかもしれません。

「いざという時の非常食にもなりますけど、見た目はねぇ……。そこは諦めてください」

「もう少し見た目がよかったら、みんな競って食べると思うわ」

「もしかしたら、この虫の見た目が悪いのは、食べられないための生存戦略なのかも」

ヴェル君って、たまにエーリッヒさんのような難しい話をするのね。

そんな知識欲の高いエーリッヒさんやヴェル君と、お義父様の書斎にある本を開いたこともない夫では全然タイプが違うから、距離を置いて正解なのかも。

「俺はこの虫に似ているのかも……」

「……」

魔法が使えて、バウマイスター家の中でもエーリッヒさんと並ぶほど賢く、優しくて、領主としての資質があるのに、夫の家督継承を潤滑に進めるため、お義父様はヴェル君を領民たちと極力関わらせないようにしました。

この虫と同じく、口に入れてしまえば美味しいと気がつかれてしまうから。

でもヴェル君にとっては、これでいいのだと思います。

だって彼はいつまでも幼虫のままではなく、大きく美しい甲虫として、外の世界に旅立っていくのだから。

＊＊＊

「実に素晴らしい地下倉庫になったな。これなら、開墾をしている領民たちに食事を配ることができる」

朝、開墾作業の指揮に出かける前、食料でいっぱいになった地下倉庫を満足げに見ている夫。

夫はこの食料で食事を作らせ、開墾作業に参加している領民たちに配って、自分の支持を集めるつもりでいます。

お義父様がこの筋道を立て、ヴェル君はそれに納得して動き、夫だけは無邪気に地下倉庫に集められた大量の食料を見て喜んでいるのです。

これまでは領民たちが開墾に参加しても、昼食は自前で用意しなければならず、薄いマテ茶くらいしか出せなかったけど、これからは昼食を支給できるようになる。

これで領民たちの支持も集まり、夫の跡取りとしての地位は安泰。

そしてそれは、その妻である私と子供たちの生活の安泰にも繋がるのだけど……。

「アマーリエ、今日もヴェンデリンの監視を頼むぞ」

「はい」

ここまでお膳立てしてもらっても、いえだからこそ、逆に不安になるのかもしれません。

夫は私に対し、ヴェル君を監視するように命じました。

やはり今でも夫は、ヴェル君に跡取りの地位を奪われることを恐れている。

いくらお義父様が配慮しても、猜疑心が晴れることはないのね。

「ヴェル君は、ブライヒブルクの冒険者予備校に通うことを楽しみにしています」

ヴェル君のフォローというわけではないけど、彼と一緒に食材を探していると、そんな話をしてくれることが多々あったので、夫に話してみます。

領内で彼と親しい同年代の子供はいません。もしヴェル君が同年代の子供たちを集めて一緒に遊んだりでもしたら、夫に対抗するための徒党を組んだと思われかねず、彼もそれを警戒するでしょう。

だから、ブライヒブルクの冒険者予備校で同年代の友達を作りたいのだと思います。

夫の態度を見る限り、彼の慎重さは正しかったのでしょう。

肝心のヴェル君は、このバウマイスター騎士爵領に未練なんて欠片《かけら》もなくて……難しいものね。

「できれば、もっと遠方で……ヴェンデリンは魔法を使えるのだから、王都で活動すればいいのにな」

たとえヴェル君がブライヒブルクの冒険者予備校に通うとしても、成人後に仲間でも連れて戻ってこられたら堪らないと思っているのでしょう。

「ブライヒブルクは都会ですから、そこでの生活に慣れてしまうと、ここには戻ってきたくなくなると思います。ヴェル君は若いから」

「……かもしれないな。さて、開墾の指揮に出かけるか」

私もヴェル君との食材集めがあるので、夫と一緒に倉庫を出て、屋敷をあとに……。

すると、開墾現場へと向かう夫に声をかける人物がいました。

「クルト様、本日もみな集まっております」

「クラウスか……」

本村落の名主であるクラウスさん。

一見温和な人物に見えますが、若い頃はブライヒレーダー辺境伯家の紛争に参加して戦功をあげたこともあるとか。

お義父様も夫も、彼が有能なので用いているけど、油断ならない人物だと思っているようです。

本村落には保守的な領民が多いので、その大半が夫の家督継承に好意的だと聞いていますが、噂によると、どういうわけか名主であるクラウスさんはエーリッヒさんの家督継承を推そうとした過去があるとか。

どちらにしても、これがただの朝の挨拶で終わればいいのですが……。

「そういえば、今日から開墾に参加する領民たちに食事を支給してくださるそうで、領民たちになり代わりお礼申し上げます。調理を担当する女衆の手配は終わっております」

「ようやく食料に余裕が出てきたのでな。これまで、開墾中の食事は領民たちの持ち出しで心苦しかったのだ」

「領民たちも喜びましょう。そういえば、ヴェンデリン様はもうそろそろこの領地を出られるのでしたね」

「……ブライヒブルクの冒険者予備校に通うそうだ」

夫が開墾に参加する領民たちに食事を出してくれることへのお礼を述べつつ、まったく関係のないヴェル君の話を……いえ、クラウスさんは気がついているのでしょう。

夫が領民たちに出す食事の材料は、すべてヴェル君が集めていることを。

クラウスさんがヴェル君の話をした途端、夫の表情が一気に暗いものに。

もしここで下手に夫が動揺すると、領民たちに出す食事の材料をヴェル君が集めていることを彼に悟られることになってしまう……いえ、クラウスさんはもう確信したでしょうね。

夫はすぐに表情に出てしまうから。

それでも夫は、彼との無難な会話に徹するしかないのです。

「ヴェンデリン様は魔法の腕を磨かれるのですね。将来が楽しみですなぁ」

「魔法使いとして、これ以上成長できる保証もないがな」

「それでも貴重な魔法使いですからねぇ。クルト様は将来……」

「もう時間がない。開墾現場に向かうぞ」

「畏《かしこ》まりました。私もお供いたします」

夫はクラウスさんの話を途中で遮りましたが、それは『将来ヴェンデリン様を、この領地に呼び戻さないのですか？』と口にするのを防ぐためだと思います。

二人は一緒に、開墾現場へと向かいました。

本村落の名主であるクラウスさんは、もう作業ではあまり役に立ちませんけど、開墾に参加している領民たちへの作業の割り振り、開墾した畑の測量、分配などの事務作業で欠かせない存在なのだとか。

だから夫は、クラウスさんを開墾に参加させないという選択肢がないのです。

クラウスさんがやっていることを夫が覚えれば……いえ、夫はそんなことを貴族がやる必要はないと思っているので、絶対に覚えないでしょう。

「クルト様、おはようございます」

「おおっ、ラミィか」

私から遠ざかる二人に、声をかける人が。

本村落の領民らしく、ようやく成人したばかりといった感じのあどけない顔をした少女ですが、彼女を見る夫の顔が緩んだのが遠くからでもわかりました。

「ラミィ、今日もクルト様のお世話を頼んだぞ」

「はい、わかりました」

私の疑いすぎかもしれませんが、若い女性が笑顔で夫のお世話……開墾作業の指揮でお世話役が必要なのか謎ですけど、夫は地方の零細貴族だからこそ貴族らしさに拘《こだわ》っていて、ラミィという少女にお世話されるのが心地いいのでしょう。

私もすでに二人の子供を産んだ身です。

妻しての役割が終わり、実家の母のように側室の管理に回る日が来るのかもしれません。

「（父にも側室がいたので、仕方がないことだとは理解していますけど……）」

女性として、妻としては寂しくもありますが、私と夫は結婚式で初めて顔を合わせた夫婦で、恋愛感情があるのかと聞かれると、そんなものはないと断言できます。

貴族の結婚とは大半が似たようなもので、それでも男の子を二人産んだ私は、バウマイスター家の正妻として丁重に扱われているので不満はないのですが……。

「（あのラミィという少女が将来夫の側室に？　ですがそれも、夫がバウマイスター騎士爵家の当主になってからの話でしょう）」

それまでは、非公式の側室ということになるのでしょうか？

「（私、考えすぎなのかしら？）」

本当にただのお世話係で、それだけで夫は満足しているのかもしれず、私は遠ざかる三人を見ながらモヤモヤとしたものを感じてしまうのでした。

＊＊＊

「アマーリエ義姉さん、今日は表情が強張《こわば》っていませんか？」

「そうかしら？　今日も頑張……らなくてもよさそうね」

「これだけ集めれば大丈夫でしょう」

今朝の出来事で気分的にモヤモヤしているのを、またもヴェル君に見抜かれてしまったようです。

彼は今日の分の食材集めをとっくに終えていて、私にお茶を淹《い》れてくれました。

「これは……」

「マテ茶に野イチゴのジャムを入れたものです。甘くて、野イチゴの香りも加わって……美味しいでしょう？」

ジャムの甘味と、マテ茶と野イチゴの香りで、私は落ち着くことができました。

「ヴェル君は、将来のことを考えていたりする？」

今日の食材集めはお昼前に自然閉会となり、二人でお茶、食事、お菓子を楽しみながら話をする時間に。

夫たちは今日も開墾をしているので申し訳ない気がしますが、たまにはこんな日があってもいいのかなって。

「将来ですか。俺は貴族ではなくなって、自由な冒険者になるんです」

「自由かぁ」

私は貧しい騎士の次女として生まれて、本来なら貴族の跡取りに嫁げるような立場ではなく、家臣か名主の跡取りあたりに嫁いで、貴族としての身分を失うはずでした。

今の私は恵まれているはずなのに、嫁ぎ先が僻地《へきち》すぎて近隣にも出かけられないうえに経済状況はよろしくありません。

だから、ヴェル君が言う『自由』という言葉に強く惹《ひ》かれてしまいます。

「その自由も、魔法があったからですけど」

ヴェル君が魔法を使えなかったら、エーリッヒさんと同じような道を歩んだでしょうからね。

それに、もし私が冒険者になっても、きっと苦しい生活になるでしょう。

もしかしたら、死んでしまうかもしれない。

実際、政略結婚の駒にも使えない貴族の娘たちが冒険者になっても、一定の割合で死んでしまうと聞いたことがあったので。

冒険者の仕事が辛《つら》いので、安易に結婚して嫁ぎ先で苦労したり、夜の仕事を始めたり。

自由があっても、必ず幸せになる保証もないのですから。

「どんな人生を選ぶと、人は幸せになれるのかしら？」

「わからないです。人間は、すべての選択肢を綺麗に並べて、のんびり選《え》り好《ごの》みしたりなんてできませんしね」

仮に、実家を出て冒険者になった私がいたとして、今よりも不幸なのか幸せなのか。

それは神様にもわからないのでしょうね。

「まあ、こんな時は肉ですよ」

「お肉？」

「肉を食べると元気になりますから」

ヴェル君は魔法の袋から魔導コンロを取り出し、その上に鉄板をのせて熱し始め、その上で分厚くスライスしたお肉を焼き始めました。

「これ、先週狩った猪の肉です」

「その割には、とても新鮮に見えるわね」

「肉は熟成させると美味しいんですけど、日にちが経つと腐敗してきます。特にバウマイスター騎士爵領は暑いので、肉が腐るのが早い。だから即席で地下室を作って、そこに魔法で作った氷を入れて冷やしながら肉を熟成させました。この方法なら肉が悪くなりにくいので」

「そんな方法でお肉を熟成させるのね」

お肉は腐りかけが美味しいとは聞くけど、バウマイスター騎士爵領は暑いから、それを試す機会がなかなかなくて。

下手に腐らせてしまうともったいないと夫に怒られてしまうので、バウマイスター騎士爵領では、お肉はなるべく早く食べるか、塩漬けにするか、干し肉にするのが半ば常識でした。

「ヴェル君、その液体は？」

「ブライヒブルクの市場で購入してきた『ジンジャー』をすり下ろしたものと、それに岩塩とハチミツを混ぜたソースです。ジンジャーが肉の臭みを消してくれるばかりでなく、体が元気になりますよ」

確かに猪のお肉を焼くと独特の獣臭がしますが、目の前の鉄板の上で焼かれているお肉からはいい匂いしかしません。

「美味しそう！」

「あとは、つけ合わせの野菜のソテーとクレソンと……」

「くれそん？」

「人が来ない川辺で見つけた野草で、俺が適当に名前をつけたんですけど、これが肉料理に合うんですよ」

分厚くて大きなお肉が焼きあがり、つけ合わせと共にお皿にのせると、お皿が見えなくなってしまうほどお肉が大きく……。

「こんなに大きなお肉は初めて」

「大判ジンジャー猪ステーキを召し上がれ」

「いただきます」

早速大きなお肉にナイフを入れてみると、分厚いのにすっと切れます。

フォークで刺してお肉を口に入れると、獣臭はなくて柔らかく、ジンジャーの刺激と爽やかさと肉汁の美味しさのバランスが最高でした。

「美味しい！　お肉も柔らかくて」

「スジがなくて、柔らかい部位しか使ってないですから」

「贅沢なのね」

「もちろん、他の部位もちゃんと料理に使いますけど。たとえば……」

大きなお肉を食べ終わった私に、ヴェル君は次の料理を出してくれました。

「猪のスジ肉や内臓を、岩塩とジンジャーとハーブで長時間コトコト煮込んだものです」

「これも美味しそう」

早速フォークで食べてみるけど、よほど長時間煮込んだのだと思う。

スジ肉も内臓も噛《か》む必要がないくらい柔らかく煮えていて、私は夢中になって食べました。

「そのまま食べても美味しいですけど、炙《あぶ》ったパンにのせて食べても美味しいですよ」

ヴェル君のお勧めに従い、彼が魔法の袋から取り出し、魔法でカットし炙ったパンにのせて食べてみるととても美味しい。

「美味しいけど、ここまで柔らかく煮るには大量の薪か木炭が必要だから、バウマイスター家では出せないわね」

「工夫すれば大丈夫ですよ。実はコレ、薪や木炭の使用量を節約できる鍋を使っているんです」

「そんなものがあるのね」

魔法を使わずに燃料を節約できるなんて！

ヴェル君が魔法だけの人じゃない証拠ね。

「これを使って煮込んだんです」

そう言ってヴェル君が魔法の袋から取り出したお鍋は、他のお鍋に比べると蓋《ふた》を含め全体的に分厚く、一番の特徴はその重さでした。

「これでスジ肉を煮込むと、普段と変わらない薪と木炭の使用量でここまで柔らかくなります」

「まあ、魔法のお鍋なのね」

「魔法じゃないですよ。鍋全体が分厚くて重たいから、煮炊きをしても熱が逃げにくいんです。だから火から下ろしても、長時間煮え続けるんですよ」

「便利なのね」

ヴェル君は、このお鍋をどこで手に入れたのかしら？

……魔法で作ったとか？

「アマーリエ義姉さんにあげますよ」

「こんな高価なもの、貰えないわ」

このお鍋には大量の鉄が使われているらしい。

バウマイスター騎士爵領では良質な鉄鉱石が採れないばかりか、そもそも製鉄するのに使う木炭の生産量も開墾が優先で少ないので、鉄鉱石があったとしても鉄が作れないという状態です。

だからヴェル君のお鍋は、バウマイスター騎士爵領では大変貴重なものということになります。

「ブライヒブルクで購入したお鍋を魔法で分厚くしただけなので、俺からしたらそこまでの高級品じゃないんです。生活用品なのでどうぞ」

「ありがとう、ヴェル君」

このお鍋があれば、薪と木炭を節約しながら美味しい料理を作れるわ。

「でも、このお鍋をバウマイスター騎士爵領内で普及させるのは難しいでしょうね……」

「普通の鍋数個分の鉄を使いますからね」

鍛冶屋のエックハルトに頼んでも、開墾に使う農具や普通の調理器具の製造が最優先でしょうから無理ね。

バウマイスター騎士爵領にはまるで余裕がないから。

でもいつか、領民たちもこのお鍋を購入できるようになれば……難しいでしょうね。

「ところで、この重たいお鍋の名前は？」

「『ダッチオーブン』といいます」

ヴェル君からダッチオーブンを貰ってしまったけど、これは私がしっかりと管理しましょう。

お義母様はともかく、夫には見せられない。

いくら義弟でも、妻が夫以外の男性からプレゼントを貰ったら気分が悪いでしょうから。

夫は台所や料理になんて微塵《みじん》も興味がないので、バレないとは思うけど。

「このダッチオーブンですけど、パンも焼けて便利ですよ。他の料理の作り方を書いた紙もプレゼントしますから、よかったら試しにどうぞ」

「ありがとう、ヴェル君」

ヴェル君のおかげでこれからも美味しいものが食べられそう。

それも魔法を用いず、夫が勘づきそうにない方法だからとてもありがたかった。

「そういえば、明日でこの生活も終わりですね」

「あっという間の一週間だったわ」

楽しい時間というのは、あっという間に過ぎていくものね。

ついに明日の夜、ヴェル君の送別パーティーを開いて、明後日《あさって》の朝に彼はバウマイスター騎士爵領を出ていってしまう。

「(たまには遊びに来てね……とも言えないわね)」

もしヴェル君が帰省したら夫が気が気でなくなってしまうし、彼もそれは理解している。

他の兄弟たちもそれを理解しているから、これまで誰もバウマイスター騎士爵領に帰省していないのだから。

「寂しくなるわ」

「あははっ、そんなことを言ってくれるのは、アマーリエ義姉さんだけですよ」

お義父様とお義母様も寂しいと思っているはずだけど、決してそれを表に出さない。

わかりにくいけど、それがお義父様とお義母様のヴェル君に対する愛情なのだと、ヴェル君も理解しているはず。

でも、朝晩の挨拶くらいしかしていなかった私が、ヴェル君と一番会話をしているというのは、さすがに度が過ぎていると思わなくもありません。

「明日は楽しみにしていてください」

「明日？」

「せっかくの最終日ですから、色々と準備します」

＊＊＊

そして、ヴェル君との食材集め最終日。

今日でこの楽しい生活も終わりです。

私が占有林に入るとすでにヴェル君は大量の食材を集め終わっていて、用意されたテーブルの上には、沢山のご馳走が並んでいました。

「ヴェル君、これは？」

「今夜の送別パーティーですけど、アマーリエ義姉さんはそんなに食べられないかもしれないから、今のうちにどうぞ」

確かに今日の私は、ヴェル君との食材集めを早めに切り上げて送別パーティーの準備を始め、お義父様、お義母様、夫、子供たちの世話もあるから、ゆっくり食事をしている時間はないでしょう。

この子は本当に優しい。

でもこんなに優しいと、将来女の子にモテすぎて大変そう。

「ヴェル君も自分の送別パーティーなのに、この一週間ご苦労様」

「俺の送別パーティーなのに、それに使う食材集めを自分でやってる時点でまぁ……俺も今のうちに楽しんでおきますよ」

今夜の送別パーティーはあまり大々的にできないどころか、分家にも領民たちにも内緒で行われます。

お料理が少し豪華な夕食という程度の扱いだから、そんな席での主役はどうしてもお義父様と夫になってしまう。

ヴェル君もそれほど楽しめないことがわかっているから、今のうちにって考えたのね。

「貴族ってのは、難しいものですね」

「そうね」

特にバウマイスター騎士爵家には、色々と事情がありすぎるのだけど。

「無事に食材も集まりましたし、あとはノンビリしましょう。そういえば、アマーリエ義姉さんってお酒は飲めましたっけ？」

「ほとんど飲んだことがないからわからないわ」

バウマイスター騎士爵領では分家が作るハチミツ酒が名物だけど、例の魔の森遠征による大損害のせいで小麦の栽培と開墾が優先され、まだ生産量が抑えられているとか。

たまにお義父様と夫が飲んでいるみたいだけど、私は結婚式の時にひと口飲んだくらいだったから、自分がお酒に強いのか弱いのかすらわかりません。

「お酒もあるの？」

「なくはないんですけど、アマーリエ義姉さんが酔っ払いながら送別パーティーの準備をしていたら、俺がクルト兄さんに叱られそうなので。だから代わりに果物をハチミツに漬けたものです。こうするとあまり甘くない果物でも、ハチミツの甘さが加わって美味しくなります。漬け汁をマテ茶に入れると、ハチミツの甘さと果物の香り、酸味も加わって贅沢な味になりますよ」

ヴェル君はお酒の代わりに、フルーツハチミツマテ茶を淹れてくれました。

「美味しい！」

ヴェル君が淹れてくれたマテ茶も、普段バウマイスター家で出しているマテ茶とはまるで別物ね。

ブライヒブルクで購入してきたのかしら？

「(この品質のマテ茶は手に入れられないけど、果物の風味で美味しくできることを教えてくれたのね)」

「次はこれです」

「これは？」

「ハチの巣です。この中にハチミツが詰まっているんですよ」

「よく一人でハチの巣を採集……あ、ヴェル君には魔法があるものね」

「ハチに刺されたくないから、魔法で完全防御ですよ」

分家が養蜂をしているハチはとても大きく、刺されるととても痛いのでハチミツを採る作業はとても大変だって前にマルレーネさんが言ってたけど、ヴェル君には魔法があるから刺される心配はないのね。

「そのまま食べると蜜ロウが口に残るから、パンにのせて焼きます」

ヴェル君が火魔法でハチの巣をのせたパンを炙ると、パンが焼ける香ばしい香りと、不思議なことにハチの巣が溶けて、パンに染み込んだハチミツの甘い香りが漂ってきました。

「こうすれば、蜜ロウが口の中に残らないんです。蜜ロウを食べると、健康と美容にいいそうなので」

早速ヴェル君が焼いてくれたトーストを齧《かじ》ると、ハチミツの甘さと香りが口の中いっぱいに広がります。

「美味しい！」

こんなに美味しいもの、嫁いでから初めて食べたわ。

「まだまだありますよ」

そう言うとヴェル君がケーキやクッキーをテーブルの上に置き始めました。ブライヒブルクで購入してきたのかしら？

「俺の料理の腕前では、ケーキのスポンジやクッキーの出来栄えが微妙なので、ちょっと出かけて買ってきました」

「ケーキなんて久しぶり、美味しそう」

本格的なケーキは嫁ぐ前に実家で食べたきりだったから、何年ぶりかしら？

バウマイスター家では、あまり甘くない焼き菓子ですら滅多に食べられないご馳走だから。

「ヴェル君、なにを作っているの？」

私がケーキを堪能していると、ヴェル君はまたなにかを作っています。

「カキ氷です。冷たくて美味しいですよ」

ヴェル君は魔法で瞬時に果物を凍らせると、『ウィンドカッター』を使って薄く細かく削ってから容器に盛り付け、その上にハチミツを回しかけました。

「氷のお菓子なのね。私初めて食べるわ」

バウマイスター騎士爵領は暑いことが多いから、氷のお菓子は最高のご馳走ね。

私とヴェル君は、お菓子とお茶を楽しみながら取り留めのない話を続けました。

「将来、ヴェル君もエーリッヒさんたちも、気軽に帰省できるようになればいいのだけど……」

夫のバウマイスター騎士爵家当主としての地位が確立すれば、弟たちが帰省をしても警戒する必要はないはずです。

そんな未来が訪れればいいと、私は願わずにはいられません。

「どうですかね？　リーグ大山脈を越えての帰省はお金、時間、体力、どれも著しく消費しますから……。なによりエーリッヒ兄さんたちには仕事がありますし」

そういえばそうでした。

リーグ大山脈が立ち塞《ふさ》がる以上、バウマイスター騎士爵領に踏み入るには周到な準備と時間がかかります。

逆に私たちも、リーグ大山脈の向こう側に行くことは難しい。

だから私は、死ぬまでに故郷であるマインバッハ騎士爵領の土を踏むことはできないと、覚悟していたのだから。

「バウマイスター騎士爵領が発展したとしても、これればかりは難しいわね」

「希望はなくはないです。バウマイスター騎士爵領には、魔の森もありますしね」

バウマイスター騎士爵家が有する未開地の南端にある、広大な密林地帯を含む魔物の領域。

以前、先代のブライヒレーダー辺境伯様が秘薬の材料を求めたことでも有名なこの場所に、もし多くの冒険者が集うようになれば……。

「俺がもっと魔法を上達させ成人すれば、魔の森で活動できるかもしれません。当然、魔の森に入るには父の許可が……もしかしたらその頃には、クルト兄さんの許可が必要かもしれませんが」

ヴェル君が優れた冒険者として魔の森で活動できるようになれば、バウマイスター騎士爵領ももっと発展して、ヴェル君も気軽に帰省できるようになるかもしれない。

私はそんな将来に期待しながら、送別パーティーの準備が始まる時間まで、のんびりとお茶とお菓子を楽しんだのでした。

＊＊＊

「いよいよ明日、ヴェンデリンが旅立つ。なので今夜はささやかながらも祝宴を用意した。みんな、存分に食べてくれ」

夜、お義父様の簡単な挨拶から、ヴェル君の送別パーティーという名の食事会が始まりました。

やはり正式にパーティーを開いてしまうと、分家やクラウスさんたちにも声をかけなければいけないので、あくまでも非公式にヴェル君の新たな旅立ちを祝うことになったのです。

「うわぁ、美味しそう」

「ご馳走だ」

普段はほとんどヴェル君と接しないカールとオスカーだけに、二人は叔父さんのことはそっちのけで滅多にないご馳走に大喜び。

なぜならバウマイスター家の大人たちは、ヴェル君が魔法使いであることを子供たちに隠しているのだから。

もし自分の叔父さんが魔法使いだとわかれば、子供たちがヴェル君に興味を持ってしまう。

夫からすればそれは決して望ましいことではなく、どうせいつかはバレてしまうにしても、ヴェル君がこの領地を出ていくまでは内緒ということになっています。

「母上、お肉ぅ」

「はいはい」

「僕も」

「すぐに切り分けますね」

「今日のステーキの肉は……なんだ？」

「旦那様、これは熊の肉ですよ」

「そうなのか。おかわりをくれ。父上、今日はハチミツ酒をどうぞ」

「今日は特別だ、一杯くらいいいか」

ヴェル君の予想どおり、私は子供たちと夫、お義父様のお世話で忙しくて、自分で作った料理なのにほとんど食べている暇がありません。

「アマーリエさん、私も手伝うわ」

「いいえ、今日はヴェル君との最後の日ですから、積もるお話もあるでしょう」

お義母様が私を手伝おうとしたけど、ヴェル君は明日、この領地を出ていってしまいます。

だから今夜ぐらいは、二人で話してもらいたい。

お義母様のお手伝いを断って、私は子供たちの面倒を見ながら夫とお義父様のお世話を続けます。

「ヴェンデリン、もう住む場所は決まっているのですか？」

「はい、母上。冒険者予備校の寮に入ることが決まっています」

「それならいいのです。ヴェンデリンとエーリッヒの心配をする必要はないと思うのですが、やはりお腹を痛めた子供が出ていくとなると、寂しいものですね」

あまり送別パーティーには見えないものでしたが、ヴェル君も普段より豪華なお料理を楽しんでくれたようなので、これでよかったと思うことにしましょう。

「母上……お腹いっぱい」

「……」

「カールとオスカーは、もうベッドに入りましょうね」

いつもよりも沢山食べて眠くなった子供たちを寝かしつけると、お義父様と夫もヴェル君に声をかけることなく、明日の開墾作業に備えて早めに就寝してしまいました。

一杯だけと言っていたハチミツ酒を、飲みすぎてしまったせいもあるのでしょう。

「さあて、お皿を洗わないと。今日はご馳走ばかりだったから、綺麗に食べてくれたので皿洗いが楽ね」

普段も食事を残すとすぐにお腹が空いてしまうので、残す人は誰もいないから、お皿洗いは同じくらい楽なのだけど。

「アマーリエさん、私も手伝います」

「じゃあ、俺も」

「ヴェル君も？」

「冒険者は野外で食事を作りますから、食べ終わったら食器ぐらい洗いますよ」

「でも、ヴェル君は今日の主賓だから」

「まあいいじゃないですか。ご馳走は出たけど、あまり主賓感はなかったですし」

『男性は台所に入るな！』と、怒鳴りそうな夫もいないので、私、お義母様、ヴェル君でお皿を洗います。

こんなことは最初で最後でしょうから。

「ヴェンデリン、随分と手慣れた感じですね」

「冒険者になるため、自炊と後片付けをいつもやっていますから」

「お屋敷に帰ってこない時は、外でそんなことをしていたのね」

「冒険者はみんなやっていますから」

お義母様も驚いていたけど、ヴェル君は家事も不自由なくできるのね。

料理を作ることができるから、皿洗いなんて簡単かもしれないけど、夫は絶対にやってくれないでしょう。

貴族の男性にお皿洗いなんて頼めるわけがないのだけれど。

「ヴェンデリンは領地を出て一人暮らしをしても、あまり不自由しなそうね。安心だけど、幼い頃からあなたは手がかからなかったから、母親としてはそれが寂しくもあったりするわ」

お義母様はしっかりしているヴェル君に安心しつつも、自分に甘えてこないことを寂しいと思っていたのね。

これはお義母様に限らず、お義父様もどこかで似たような思いを抱いているのかもしれません。

「皿洗い、終わりましたよ」

「早いのね、ヴェンデリンは」

「明日からはすべて、自分のことは自分でやらないといけませんから。あっそうだ。アマーリエ義姉さんはあまり食べられなかったでしょ？　これをどうぞ」

皿洗いを終えたヴェル君が、魔法の袋からなにかの塊を取り出し、それを切り分けてお皿の上にのせました。

「簡単に作ったドライフルーツケーキですけど、割とイケますよ」

ヴェル君は自分の分とお義母様の分も切り分け、マテ茶も淹れてくれました。

これが最後のティータイムとなるでしょう。

「木の実もフルーツも甘味もふんだんに使ってあって美味しい」

「ヴェンデリンはこんなものまで作れるのね」

お義母様は今日初めてヴェル君が作った料理を食べたから、その腕前に驚いたみたい。

「ただ、まったく貴族らしくはないですよ。でも俺は、死ぬまでそれでいいと思っているんです」

「そうね。ヴェンデリンは貴族だろうが貴族でなかろうが、実はそんなに変わらないのかもしれませんね」

ヴェル君はお義母様にも手作りケーキを食べさせることで、自分がバウマイスター騎士爵家の家督にまったく興味がないと伝えたかったのでしょう。

貴族に未練がある人は、お皿洗いやお菓子作りなんてするわけがないのだから。

「……ヴェンデリン、明日に備えて早く寝なさい」

「そうですね。リーグ大山脈は魔法で飛んでも疲れますからね」

ドライフルーツケーキを食べ終えた私たちは就寝し、そして翌朝――。

いよいよヴェル君が、バウマイスター騎士爵領を出ていく日がやってきました。

これは予想していたことですが、お義父様と夫はすでに開墾作業に出かけていて、ヴェル君の見送りは私とお義母様のみです。

「せめて最後くらい……」

見送りに来ないお義父様と夫に対し不満げなお義母様ですが、エーリッヒさんたちが領地を出る時も同じだったので、余計にそう思ったのでしょう。

「母上、父上やクルト兄さんがここに顔を出すと、一人妙な動きをする可能性がある人物がいるので、二人で見張っているのでしょう」

「それって、クラウスさん？」

「その昔、エーリッヒ兄さんを当主にしたがっていたとか。彼が俺に声をかける可能性を考慮したんじゃないんですか」

私が思うに、ヴェル君はエーリッヒさん以上にバウマイスター騎士爵家の当主に相応《ふさわ》しい資質を持っているから、人を見る目に長《た》けたクラウスさんが余計なことを考える可能性が高い、だからお義父様と夫はクラウスさんの動きを封じている……ヴェル君はそう見ているのでしょう。

「母上、アマーリエ義姉さん。俺が出ていけば、みんなが幸せになるんですよ。俺だってそうです。外の世界で自由にやれるのだから。それでは、母上もアマーリエ義姉さんもお元気で」

私とお義母様が見送るなか、ヴェル君は少しだけ道なりに歩いてから魔法で飛び上がり、もの凄いスピードでリーグ大山脈を越えていきました。

「アマーリエさん、魔法使いというのは凄いものなのですね。クルトがヴェンデリンを使いこなすことができたら……。残念です」

私もヴェル君には領地に残ってほしかったけど、どうしようもないのも事実。

でもたった一週間だけとはいえ、ヴェル君と過ごした楽しい時間は、私にとってかけがえのないものとなりました。

この思い出を胸に、私はバウマイスター騎士爵家跡取りの正妻、将来の当主の妻として生きていこうと決意するのでした。

＊＊＊

「あれ？　これは……」

ヴェル君が領地を出ていったその日の夜。

明日の朝食に使う食材の確認をしていると、戸棚の端に一通の封筒が。

手に取ってみると宛先は私になっていて、封筒を開けてみると、『お世話になりました』と一言だけ書かれた手紙と共になにかが入っていました。

「これは……」

確認すると、なんと封筒の中には青い宝石がついたペンダントが。

「これって、私へのプレゼント？」

まさか、私にこんなに素晴らしいものをプレゼントしてくれるなんて。

嬉しさがこみあげてきた私は、半ば本能で手紙とペンダントをすぐに仕舞い込みました。

もし夫に見つかったら取り上げられてしまうかも、と思ったから。

明日の朝使う食材の選別と確認を終えた私は、嬉しさのあまり軽やかな足取りで地下倉庫を出て寝室へと向かったのですが……。

「アマーリエ、笑みなんて浮かべて、なにかいいことでもあったのか？」

「地下倉庫の在庫が沢山だったので」

まさかヴェル君からアクセサリーを貰ったとは言えないので、私は地下倉庫に食料がいっぱい入っているからと嘘《うそ》を……いいえ、それも嬉しいことに変わりはないのだけれど。

「ヴェンデリンは出ていってしまったが、保存の効く食料を大量に残してくれた。しばらくはこれを使って開墾をしている領民たちに食事を出し、俺への支持を集めるんだ。他人が集めた食料を、さも自分が集めたかのように偽って出す。よくないことは理解しているが、これも俺が無事当主となり、それをカールに継承するため。そしてアマーリエのためでもあるのだから」

「はい」

「明日は忙しくなるぞ」

ヴェル君がいなくなり、明日からはまたバウマイスター騎士爵家嫡男の正妻として、忙しい日々が始まります。

色々と思い悩むこともあるけれど、これからも私は大丈夫だと思います。

なぜなら私には、ヴェル君と二人だけで過ごした、あの楽しかった一週間があるのだから。

＊＊＊

「アマーリエ義姉さん、確かそのペンダントは……」

「ヴェル君が十二歳でバウマイスター騎士爵領を出る時、私にそっとくれたものよ。今はこうやって堂々とつけることができるからいいわね」

「俺が未開地で拾ってきた品質があまりよくない宝石を、ブライヒブルクの宝飾店でペンダントにしてもらったものなので、今となっては他のアクセサリーをつければいいと思いますけど……」

「そうかしら？　私はこのペンダント、とても気に入ってるけど」


今日、何年も前にヴェル君から貰ったペンダントをつけていたら、プレゼントしてくれた本人に気づいてもらえました。

「私、男性にちゃんとアクセサリーをプレゼントしてもらったのって、あの時が初めてだったのよ。だから嬉しくて、今でも定期的につけているの」

「そういえば、前にそんな話をしていましたよね。地方の貴族女性は、自分の母親や夫の母親から指輪などのアクセサリーを貰うことが多いって」

それは新しい宝石やアクセサリーを購入するとお金がかかるので、代々受け継いで使っていくことが多いから。

「都市部の貴族や大物貴族は、奥さんとなる女性に婚約指輪を購入することが多いけど」

「お金がない地方貴族の悲哀ですね……指輪やアクセサリーの使い回し……」

「ほほう、面白い話を聞かせてもらった。ヴェルってば、そんな若い頃からアマーリエさんを口説いていたなんて……」

「ルイーゼ……。お世話になったから、領地を出る前にプレゼントを渡しただけなんだけど……」

ルイーゼさんに私とヴェル君の話を聞かれていたようで、興味深そうに話に加わってきました。

彼女は、ヴェル君が十二歳の頃から私と関係があったと疑っているのかしら?

「十二歳の頃、義姉に恋焦がれた少年ヴェルってやつだね」

「だから、その頃の俺とアマーリエ義姉さんは、バウマイスター騎士爵家が置かれた厳しい現実に共に立ち向かう、同志みたいなものだったから」

「ヴェル君、その例えはとても上手ね。昔のバウマイスター騎士爵家は色々とあったものね」

「そうですよね、アマーリエ義姉さん」

「今となっては、それもいい思い出だと思えるから」

でも実はあの時ほんの少し、私はヴェル君と今のような関係になることを望んでいた。

恥ずかしいからそのことは他人には……特にヴェル君には絶対に内緒だけど。

だって、あの一週間の思い出はずっと美しいままにしておきたいのだから。

MFブックス

八《はち》男《なん》って、それはないでしょう！ みそっかす 2

2024年1月25日　初版第一刷発行

著者　Y.A
発行者　山下直久
発行　株式会社KADOKAWA
〒102-8177　東京都千代田区富士見2-13-3
0570-002-301（ナビダイヤル）
印刷・製本　株式会社広済堂ネクスト
ISBN 978-4-04-683148-4 C0093

企画　株式会社フロンティアワークス
担当編集　小寺盛巳／福島瑠衣子（株式会社フロンティアワークス）
ブックデザイン　ウエダデザイン室
デザインフォーマット　AFTERGLOW
イラスト　藤ちょこ

本シリーズは「小説家になろう」（https://syosetu.com/）初出の作品を加筆の上書籍化したものです。
この作品はフィクションです。実在の人物・団体・事件・地名・名称等とは一切関係ありません。

ファンレター、作品のご感想をお待ちしています

宛先
〒102-0071　東京都千代田区富士見 2-13-12
株式会社 KADOKAWA　MFブックス編集部気付
「Y.A 先生」係 「藤ちょこ先生」係

二次元コードまたはURLをご利用の上
右記のパスワードを入力してアンケートにご協力ください。

https://kdq.jp/mfb
パスワード
fup7k

● PC・スマートフォンにも対応しております（一部対応していない機種もございます）。
●アンケートにご協力頂きますと、作者書き下ろしの「こぼれ話」が WEB で読めます。
●サイトにアクセスする際や、登録・メール送信時にかかる通信費はご負担ください。
● 2024 年 1 月時点の情報です。やむを得ない事情により公開を中断・終了する場合があります。

転生令嬢
アリステリアは
今度こそ
自立して楽しく生きる
～街に出てこっそり
知識供与を始めました～
野菜ばたけ
ill. 風ことら
魔法のiらんど
2022小説大賞
異世界ファンタジー部門
《特別賞》
受賞作
知識を伝えて、
みんな幸せに!
お前は一人でも生きていけると言われ、王太子に婚約破棄された転生令嬢アリステリア。彼女は慰謝料としてもらった領地の街で、身分を隠して暮らし、女性たちに知識を供与しながらみんなで幸せになることを目指す!
婚約破棄された公爵令嬢の、おしのび平民ライフ
MFブックス新シリーズ発売中!!
MFブックス

底辺おっさん、
チート覚醒で
異世界楽々ライフ
ぎあまん
[イラスト] 吉武
異世界で不自由なく、
冒険者らしく暮らしたい!
底辺サラリーマンから底辺冒険者へ転生するが、持っていたスキルは【ゲーム】。
異世界に来てまでゲーム三昧の、先がない二度目の人生……。
これは、そんなどん底から大逆転するおっさんの異世界チート生活録!!
MFブックス新シリーズ発売中!!